灰故事

The Grey Story

阿乙

译林出版社

元　气

目录

小镇上

杜撰集

* 情人节爆炸案 *

情人节爆炸案[1]

第一部分

1998年2月14日下午

天空浩大，一只鸟儿忽然飞高，我感觉眩晕，便低下头。影子又一次叠在残缺的尸体上，就像我自己躺在那儿。

以前也见过尸体，比如被刺死的，胸口留平整的创口，好让灵魂跑出来；又比如喝药的，也只是嘴唇黑掉一点。但现在我似乎明白肉身应有的真相：他的左手还在，胸部以下却被炸飞，心脏、血管、肉脂、骨节犬牙交错地摆放在一个横截面里。这样的撕裂，大约只有两匹种马往两个方向拉，才拉得出来吧。

五米外，躺着他烧焦的右手；八米外，是不清不楚的肠腹和还算好的下身；更远的桥上，则到处散落着别人的人体组织

1 本篇为第二版，原题为《极端年月》。

和衣服碎片，血糊糊，黏糊糊。桥中间的电车和出租车，像两条烧黑的鱼，趴在那里，起先有些烟，现在没了。

上午我往桥上赶时，已看到小跑而回的群众在呕吐，现在风吹过来，我还是支撑不住。我抱头蹲在地上，可是又觉得那尸体自行立了起来，在研究自己可怕的构造。我猛然看了一眼，它还是面目模糊，一动不动地躺着。我被这孤独弄得可怜起来，便拨通媛媛的电话，对她说："我爱你。"

媛媛说："你说些什么啊？"

我说："我要保护你一生一世。"

媛媛说："你没事吧？没事的话我挂了。"

我真想拉她衣领，告诉她，我庄重地说"我爱你"，并不是因为今天是情人节，而是因为一颗很小的炸弹，像撕叠纸，撕了很多人。很多人，虎背熊腰的、侏儒的、天仙的、丑八怪的，说没就没了，说吃不上晚饭就吃不上晚饭了。

可是等我找到合适的词，电话却响起"嘟嘟"的声音。

我叫破喉咙，大喊"操你妈"，天空轻易地把声音收走。我又将手机砸向石块，那东西只跳了一下，便找个草丛安静待着了。我慢慢靠上树，跌坐向树根，坐成一尊冷性的雕像。不久，媛媛的电话打过来，我又知自己心间其实埋着汹涌的水。媛媛一说"对不起"，我的泪水便冲出眼窝，汩汩有声。

我说："我只是想见到你。"

媛媛忽然明白了，带着饭盒就往这片距大桥二十七米的树林赶。她气喘吁吁的身影越变越大，我挣扎起来，展开双臂，摇摇晃晃地迎接她，抱她。她的胸脯踏踏实实地顶上我的胸脯，我像走近篝火，身体生起一层层的暖来。

用调羹捞完铝盒里最后一口饭后，我静静看着发怔的媛媛，说："我吃饱了。"

媛媛的口里冒出蚊子一般的声音："我背叛你了。"

我说："你说大声点。"

媛媛摇着头说："对不起。"

我慢慢走过去，抱紧她，箍紧她，箍得两人都不再抽搐了。

后来，阳具热了起来，我去翻她毛衣，可媛媛泪眼婆娑地拦着。媛媛说："说你原谅我。"

我说："我原谅你。"

然后我将毛衣拉下来，却忽见她的上身跟着一起血淋淋地拉了过来。我突然醒过来。眼前哪里有电话，哪里有媛媛。眼前只有肥肿的下午一层一层浮着。

1998年2月14日傍晚

远天变成硫黄色时，一个白衣老头一截一截变大，走向这里。我想这就是要等的北京专家，便舞着手迎上去。我想告诉他，远地儿没尸体了，我们一起回去吧，可他却像个收破烂的，走走停停，拿着枝条在地上辛苦地拨来拨去。

我赶到他面前，敬了个礼。

老头抬起吊睛白额大头，说："会阴很好，臀部也不错。"

我忽然闻到此人嘴里喷出的马粪味，心间晃荡一下，下起暖烘烘的雨来，可是老头又撂下我，在一边蹲下了。他戴好手套捡起那只烧焦的右手，眯眼看了很久，又小心放下。

看到那个躺着的上半身后，老头用枝条指着它说："你看，胸部以下没了，是什么情况？"

我说："距离炸弹应该很近。"

老头说："不，是炸药，你没闻到硝铵的味道吗？你能形容这一路的尸体吗？"

我说："都是血肉模糊。可能有的伤重点，有的伤轻点。"

老头说："你长长脑子。车边是不是有两具整尸？他们衣服是不是还在身上？上边是不是还有很多麻点？"

我说："是，是。"

老头说："说明什么呢？"

见我没反应，老头又说："说明不是炸死的，是被冲击波活活冲死的。你想，人飞出来，先和车窗户有接触，出来后又和地面有接触，铁人也报废了。但是他们顶多是个炸裂伤，不像面前这具，明显是炸碎伤。炸碎了，就说明他待在爆炸中心。你看他右手飞了，说明什么呢？你说说看。”

我说：“他身体右边靠近炸药。”

老头说：“准确说，是他用右手点着了炸药。”

老头又说：“他的会阴和臀部保存得不错，又说明什么呢？”

我想到会阴和臀部对位，很难同时完好，支支吾吾起来。

老头点着我的太阳穴，说：“都给你指得这么明。他是蹲着点的。蹲着，炸药就炸不到屁股和鸡巴了。”

老头又说：“在电车西南方向三十米处，我们找到另一具胸腹缺损的尸体，他是两只手都被炸飞了。你说因为什么？”

我说：“可能两只手抱着炸药。”

老头说：“总算对了。你看着，现在我们基本可以画出电车爆炸前的样子了。左边多少位子，右边多少位子，坐什么年纪、什么身高的人，坐哪里，什么坐姿，我相信都可以画出来了。司机的位置在这里，毋庸置疑。我听说司机伤得不重，这就说明他距离爆炸点偏远，这样我们可以判定，爆炸点在后车厢。到目前为止，我们只找到两具胸部以下缺损的尸体，而且分别被抛到西南和东北方向的最远处，这说明是他们引爆了炸药。情况就是这样，他们待在一起，一个面向司机坐着，双手抱炸药，一个背对司机蹲着，点它。至于其他人，复位也容易，损伤重的靠炸药近，损伤轻的靠炸药远，右边受伤说明右边靠着炸药，左边受伤说明左边靠着炸药。这样，我们就可以把几具特点鲜明的尸体请上车了。我感觉那个背部一塌糊涂的男子，当时在歪着身子亲别人，因为距他不远的一具尸体正襟危坐，只是炸掉了手臂。我感觉还有一个小偷，他的手被破损的皮革缠着，像是要抓什么东西，却什么也没抓着，我估计是钱，钱烧掉了。我还听说售票员没事，但是面部一片漆黑，我估计她当时应该发现了情况，想过去看，结果刚抬脚，炸药炸了。”

老头说到梗阻处，忽见我仍是汗如雨下，便没意思地丢下树枝，说："可以收了。"

我郑重其事地戴上橡胶手套，把尸块和物品小心翼翼捡进塑料袋，又塞进编织袋，试图挽回一点好感，可是腰一次次折下，便没气力了。我想歇息下，又不敢，只是默念，事情总会结束的，结束了就回家拉媛媛的手，鞋也不脱，睡死过去。

收拾停当后，我挺了好几下腰，寻思老头会和我一起抬编织袋，可他却傲慢地丢下一个眼神，然后打着手电，跟着一晃一晃的光芒，走前头了。我把编织袋扛上肩膀后，抬头看了眼大桥。那里，一个个人在忽明忽暗的警灯照耀下，像是尸体一具具站起来，像是收割完庄稼，相约回家，像是遥不可及的幸福。像是要抛下我。

1998年2月14日晚

下车后，我看见刑侦大队操场好像个屠宰场，堆满大大小小的编织袋，副大队长是算账师爷，在昏灯下点数。不一会儿，他扔掉账本，大步流星地走过来，两只手捉住老头一只手，握起来。

我拉开车后厢，拉出尸袋，小心听着他们聊天。副大队长说："数出了二百零二袋，吓死人。"老头说："没什么没什么。"我怕老头接着说："你们怎么还有这么弱智的警察。"

卸好尸袋后，我过去向副大队长汇报，副大队长只"嗯"了一声，我正要像个屁一样飞走，却不料又被他伸手拉住。副大队长说："你带首长去洗澡。"我好似驴儿跋涉归来，背上忽又被重物压着了，脸上苦起来。

澡堂里，水柱砸向马赛克砖，好像下雨，我拿毛巾狠狠搓洗身体，好似血污永远搓洗不完。未几，我看到老头走回更衣处，在那里用干毛巾搓隆起的腹部和灰茫茫的阴部，像搓一只伤痕累累的皮球。我把头伸进水柱，想：您老快点走啊。

可是老头却坐在那里抽烟。眼见抽完，又接上一根。

我穿好衣服后，老头说："走，一起吃饭。"

我说："我还是不去吧，我去不合适。"

老头呵斥道："让你去，你就去。"

我是在那时理解"绑架"一词的，好似刚和莫斯科的情人度过第一个甜蜜的夜晚，便被差役架着往西伯利亚走了。我每往酒店走一步，便觉媛媛身体往水里没一截，走到门口，亮如白昼的灯光扑来，我心里"咯噔"一下，看到媛媛彻底沉入水中。湖面寂静，世界寂静了，无数亲热讨好的"你好你好"声却纷至沓来。

进包厢后，副市长起立鼓掌，隆重介绍道："这位就是张其翼张老，公安部首批特聘的十大刑侦专家之一。大家欢迎。"

老头也不谦让，落座于上位，然后四顾看去。桌上好似开了个蔬菜园，百合、土豆、苦瓜、茄子、青菜、玉米，百花齐放，百家争鸣。老头冷笑道："你们做西红柿鸡蛋汤是不是连鸡蛋也舍不得放？"

副大队长鞠躬道："主要是怕心情不好。"

张老说："心情不好算什么，心情不好也要吃饭啊。"

副市长忙拍巴掌，把服务员喊来，说："有什么风味特产，尽管上。"

又对张老说："我们地方小，不懂规矩，张老不要怪罪。"

张老说:“不怪。就来一瓶二锅头、一盘红烧肉、一盘腔骨、一碗猪肘子。小妹,速去。”

我心里像被杀了一刀。世上掩人事莫过喝酒,敬酒还酒,还了还要敬,不矫情到凌晨不算完。我低下头,从这毫无用处的喧哗声中抽身出来,死盯着手机看,那上边的时间许久不变化一下,那上边一分钟慢似一世纪,那上边只写着永恒的四字:中国移动。我像从上课铃响起便开始憋尿的学生,坐立不安。许久,我又去想媛媛长什么样,却是什么也想不出,心下便有蚂蚁一行行,焦灼地爬。

正迷糊间,忽听副大队长从天上喝下声来:“老二,干什么呢?”

我匆忙抬头,见红丝丝的肉片、肥硕硕的肉块和拦腰斩断的骨头,正冒着欢腾的热气,而张老已然夹好一块,要赏给我。一股呛水涌上喉间,可张老还在挑逗:“闻一闻,很香的。”

我闭上眼,生生把呛水吞了回去,张老嗤了一句,又去夹了三片,招呼大家:“吃,吃。”

大家说好,却只拨弄蔬菜,而张老早已将肉汁从唇间咬飞出来,我看得魂飞魄散,便又低头瞅手机。没有未接来电。我想把它恢复成鸣音,又怕被说不懂规矩。抬头时,张老又从碗内夹出肘子,大家唯恐被点名,埋头扒饭,个个把口腔塞得严严实实。

张老有礼送不出，愤愤地把肘子丢回碗内，那油汤猝然飞出。副市长已然控制不住，吐了，我们受领导启发，个个鼓起嘴巴。张老大嗤："你们干什么公安？"拂袖而去。我们面面相觑，不敢赔罪，不敢挽留，只愿他走快点，他一走，我们就自由了，就欢快地吐起来，有的吐完，觉得不到位，抬头看看腔骨的血盆大口，继续吐起来。

我擦嘴时看到同事揉太阳穴，问："你白天不是收尸吗，怎么也怕？"

同事说："白天收东西，晚上吃人啊。"说完眼泪出来了，我也出了些眼泪。我想这样也好，牢坐完了，解放了，却不料副大队长扔掉餐巾纸，拍巴掌说："今晚统统加班。"

我忽然厌倦起这工作来。我想应该甩掉背上的重担，咬断鼻前的缰绳，离开这永无解脱的轨道，撒开蹄子去过情人节，可是又有声音告诉我，你这是命，而且是条好命。

我想给媛媛说下，可是害怕这样是把自己丢在砧板上，任她劈头盖脸地剁。我想她打过来就好了，我的声音像生病一样，她或许就理解了。

我拖着自己，恍恍惚惚走向大队，冷不丁被门口嘈杂的声音围杀过来。他们揪我衣服，摸我肩膀，给我下跪磕头。我张皇失措地说："往好里想吧。"有个把粉底哭花了的中年妇女冲过来说："什么叫往好里想？我没工作，孩子要读书，怎么往好里想？"

我想快步走进去，却不料她用手箍住我腿，我甩不是，蹬不是，只能干耗着听她嘶喊。她大概说她老公本应加班去了，厂里却说没去，本应上午坐电车回，也一直没回。我听得晕头转向，心想这样也好，就待在这里，陷在这里，老死在这里。

那女子见我只是发愣，便苦苦哀求了："你带我进去看看，就是化成灰也认得。"

我说："别多想了，明天我们会贴通知。"

1998年2月14日晚—2月15日凌晨

进大队里后，手机总算响了，传来的却是副大队长的声音。他以为张老吃饭带我，就是对我有好感了。他要我去服侍这糟老头儿。

我叫天天不应，叫地地不灵。

来到烟雾缭绕的办公室后，我只是坐着。张老抽烟，喝茶，觉得口里湿了，又抽，完全投入在他自己的世界。有时痰"哗"的一声飞出，我还觉自己是容器。

张老开始拼接一堆草图时，我想我画的现场图也在里边，便走过去说："这张好像应该拼在这里。"

张老挥手说："走开。"

我傻掉了，一动不动。张老又说："求求你走开行不行？"

我这才像得到判决，走开了，但不知是该走到桌边，还是门外，便压着自尊心磨蹭，许久才敢落座于门旁沙发。坐好后，我将手机设为静音，颤巍巍地点上烟，心下则伸出两只巴掌，疯狂抽张老的面颊。

张老的手机响过一次。张老吼道："你不打电话会死啊。"然后将那东西一把拍到桌上。我战栗起来，接着想这不是我一个人的问题了，这是所有人的问题。所有人都有问题，就说明你张老才有问题，神经病。

后来，张老拿出尺、笔和白纸，画了几笔，揉掉了。如是往复，好似有了点进展，谁料副市长带队，亲自端西瓜来了。副市长说："不急这会儿，不急这会儿。"

张老起身取了一片，一口吃掉，然后说："还要吃吗？"

副市长脸煞白下来，找了个台阶，溜了出去。

人走了，张老就倒在椅子上，翻来覆去，唉声叹气，好似大富豪破产。许久，我才听到他说："严丝合缝的东西又破碎了。"

我想我待在此地为何呢。我就是看手机，看来看去，还是"中国移动"。

我想，媛媛自己安排了，媛媛不在乎我了。而我呢？一直是她的囚徒。她说有光，于是就有了光；她不说，天下就黑暗了，我在夜雨中孤苦伶仃地走。

我恍惚觉得自己是暴怒的法官，手上提着皮鞭，围着媛媛走。我说："我给过你很多东西，比如钱、信任，以及任何的秘密，可是却不知道你在想什么，想着谁。"我看到这个嘴角带血的烈士轻蔑地说："我为什么要说，我有什么好说的！"我被这轻蔑侮辱了，想用刀剖开她的心脏大脑，看看里边到底埋了什么真相。但这就是人类永远的遗憾，你永远无法像知道自己想什么一样，知道别人想什么。别人就是城堡，媛媛就是城堡。在冥想的尽头，我扔掉屠刀，眼泪哗哗地跪下来，恳请城堡主人开恩，给我一个判决，要么让我活，要么让我死。

这样悲绝的字句眼见要冲出口时，我吓醒过来。张老像剪影僵立在灯光下，我想媛媛应该是睡了，今天不用多想了。

今天就这样了。

将近一点，张老才完工。他张牙舞爪了好一番，我才知是叫我。匆忙走过去，见桌上已摆好两张精密的电车复位图，火柴人或坐，或立，或躺，或蹲，一目了然，死十五，伤二十三，完全贴合。而且，以前我见过的示意图多是线标外奔，这些却是向里奔，向电车奔的，就好像尸体们沿着抛物线飞回去了。

张老说："怎样？"

我老实巴交地说："像艺术品。"

张老有些不好意思地笑了。张老说："两张图之间还是有误差的，爆炸点彼此差了一尺。我们差一个具体物证，有张草图上注明有螺丝钉，我已看过原物。这颗螺丝钉是哪里的，将决定炸点在哪里。现在，你打电话给公交公司，叫他们开辆同样的电车到桥上。"

我说："现在？"

张老说："当然现在。"

是夜，一辆同品牌的电车开到被炸车旁边后，我们封锁好大桥，静观张老脚套塑料袋，手提电筒，在两辆车间来回奔波，不厌其烦。弄了有一刻钟，他说："电车上的螺丝虽然脱离，但基本能找到，就是倒数第二排连车座带螺丝一起飞了，说明爆炸点在那里。你们配钥匙，固定好钥匙，就能配另外一把了。道理一样。"

说完，张老又找了两个刑警上新电车，让他们时而侧坐，时而正坐，时而蹲着，时而抱物，时而头垂，时而头歪，"咔嚓咔嚓"，拍下不少照片。我想到美国大片的特技模拟，忽觉事情简单，但就是想不到。

回来后，张老改了改复位图，对着副大队长朗读："爆炸点距车地板十厘米，左壁五十五厘米，后壁一百零四厘米，即倒数第二排单座右下方；爆炸物系硝铵炸药，炸药应为十公斤，现场未搜到导火索，但可考虑为导火索引爆，你们可查炸药来源；爆炸前乘客动作基本测出，除待在倒数第二排单人座的两位乘客有嫌疑外，其余人处于浑然不知的状态，因此，嫌疑人应基本锁定这二人，就是第十二号和第十三号，你们可重点查访。”

副大队长说："张老真神仙也。"

张老说："罢了。"

1998年2月15日下午

我迷迷糊糊醒来，已是下午。手机躺在沙发边，像是深藏不露的门房，将告诉我，这十余小时谁关心过我，慰问过我。我想显示屏上或许记载着二十个、五十个、一百个未接来电。都是媛媛打来的，媛媛很焦急，平均十分钟打一次。我得赶紧回个电话去。

但那里空空如也。

我想欠费了，又觉不可能，心下便忽然来了大水。我就是在车上爆炸了，她也不会来看看尸体；就是埋在棺材里了，这婊子也不会来洒一滴泪水。

我想想还是拨过去了，电话“嘟”一下，歇一下，好像公布答案的倒计时。我的嘴唇哆嗦起来，我会跟她说什么呢？

我甚至都怕听到自己的声音了。可那声音终于无休无止地漫长起来，到最后又有个普通话很好的女子出来说些客气而冷漠的话："对不起，您所拨打的电话暂时无法接通，请稍后再拨。"

"对不起，您……请……"

"Sorry, the number you dialed is busy now. Please dial it later."

我咬着腮帮，像石头一般僵坐着。这时，张老走来问："醒啦？"

我仓皇地笑笑，忽见张老又鬼魅般走远了，嘴上还说："又说废话了。"

我问："饿吗？"

张老背对我摆摆手，苍老地说："不用了，挺麻烦你们的。"

我问："张老您这是怎么了？"

许久，张老才搬椅子过来，俯身对我说："孩子，你觉得图纸很精细，像艺术品吧。"

我说："是。"

张老说："我每次做时也很兴奋，我总想看到事物回到它应有的状态。现在，我把乘客画回到昨天上午十时八分，我看到他们浑然不知地坐在车上，有的想着上班，有的想着回家，有的想着发财，有的色胆包天。我也看到那两人，一个闭眼，抖索着手抱炸药，一个把头凑到炸药包上看，镇静地把火苗移向导火索。火光一定照过他的脸，一定显现出他兴奋的眼神。我看到了这一切，几乎有射精的快感，可是就是有声音告诉我，你看到有什么用?”

我说:“怎么没用呢?”

张老说:“就是没用。我也测算出了爆炸点，可是测出了又有什么用?你们只要上车，看哪里损坏最大，就知哪里是爆炸点了，你们也很快就知道是路上爆炸还是车上爆炸了。而炸药成分，你们也可化验出来，民间用药都是矿药，矿药都是硝铵，学名叫硝酸铵，有的也叫硝酸钠，都知道。还有，即使你们在现场查不到引爆人，也能通过认尸，排除出好人。关键一点，我记得你第一次见我，就说那具尸体应该靠近爆炸点，你说你都知道了，我论证这么久有什么用?”

我说:“张老千万别这样说，没您我们一筹莫展。”

张老说:“到目前为止，还没有国际组织声称负责，也没人自首。不过，自杀性爆炸，凶手往往留有遗书。你说，人家遗书都留了，我还论证个屁!好像人家留遗书是为了让人炸一样，不可能。写遗书就是为了炸人，炸自己。”

张老说到哀处，猛拍大腿，叹一把老骨头，毁这荒谬的工作上了。

我说:“我就不信善恶没有报。”

张老说："啊呀，你说到我痛处了。最苦的就是这个，凶手无法起诉，你有气出不了。你判他五马分尸，他先把自己五马分尸了，你判他凌迟，他先把自己凌迟了，你不解恨，再剁几刀，像剁包子肉馅一样，有意义吗？我昨晚去现场复查，也是想推理下，看有没有可起诉的活人。我想还有种微小可能，就是这两人也是无辜的，他们处在炸药中间，导火索却是别人点的。但我在现场找人一模拟，就知道不可能了，光天化日，长距离引爆太难，而且那座位的格局也只许两人互相遮挡，完成此事。"

我说："您肯定抓过那种陷害他人的。"

张老说："前年在501国道上抓过。那次爆炸发生在夜晚，卧铺车的人都睡了，现场表明，一个上铺女子，腹部和双腿被炸严重，损伤超越其余人。当地公安认定是自杀，我说你们还年轻，你们低估了别人的智慧。我这么说，是因为看到一个伤员的腋窝和脚板有炸伤，我的理由很简单，只有点了导火索然后找地方趴下的人，才会暴露腋窝和脚板。后来案件告破，情况就是这样。死者老娘还说，怎么也不会想到是他。但这样让我感到聪明的案件，却很少发生。有些要案奇案，破起来工作量巨大，我多半只出现场，还原一些数据，真正破案的还是你们地方民警。我说白了，就是个前期打杂的，就是个帮手。可有可无。"

我把话题移开，说："您为什么出了现场还能吃喝？"

张老说："你见了一般尸体，也能吃喝。我只不过看多了爆炸案的尸体，就习惯了。其实也吐过，吐是因为那次爆炸程度超出我想象了。那次是在一个破庙，我赶到时，就见一铜钟立在庙前，黑黢黢，开裂了，没什么大不了的，但一撬起钟，一股呛人的味道便冲出来，几乎要放倒我们。我们起先看到里边漆黑一团，什么也没有，擦擦眼，又看到肉末和骨头渣子沾在钟壁上。我马上意识到自己没看到一滴血，因为血被剧烈的高温烘干了。于是哗哗地吐了。我眼泪哗哗地对旁人说，我是公安部的钟馗啊，我都吓坏了。"

我说："是人都要吓坏的。"

张老说："是啊，我从没见过对人这么彻底、这么有创意的玩弄。我感觉那壮汉被五花大绑罩在钟里后，叫了很多次娘，而外边的人则站在安全的田野，对他进行一道道宣判，然后息声，点着导火索，看着它慢慢往前烧。那是天下唯一的声音。那壮汉的肌肉一定鼓满了，眼睛也撑到最大，然后他看到一条红色的虫子钻进来，爬上他的脚，他想跳，跳不起来，想跑，无处可跑，接着爆炸降临，像有一万发子弹射过来，你看不见任何完整的器官，你被彻底消灭了。"

张老接着说："那钟自己大概也受不了，跳了几跳，才闷响着落于地上。”

我说：“人为什么会用炸药呢？”

张老说：“这问题看起来傻，其实问得好，这问题和吃喝拉撒一样重要。一开始研究爆炸，受现场刺激，老觉得这事应该是人害怕碰上也害怕去做的，想想都是可怕的。可是一离现场，碰到人生不顺，比如女人被拐跑了，就又恨不能把人祖宗八代，活着的死了的，都炸个稀巴烂。”

我说：“是呀是呀。”

张老说：“仇恨带来的。人有时奇怪，杀人前气势汹汹，杀完了，杀得没呼吸了，又稀稀拉拉地哭起来，知道自己做错了。我想那两人要是能看见爆炸后的自己和人们，一定后悔。”

我说：“死了看不见。”

张老说：“是呀，生前却做了炸药的奴隶，或者说力量的奴隶。我这么说，你可能不理解。我就问你，你小时候做梦是不是老盼望成为大孩子？你点头，那就是了。成人和小孩的最大区别就是力量，成人可以把小孩一脚踢飞，小孩不能反过来这样。这个世界就是这样，你有力量时，你就会受这个力量诱惑，大孩子打小孩子，不是他要打，是他体内的力量驱使他打。你看你原来的同学，能考上大学的，都是瘦弱不堪的，考不上的，都是身强力壮的。这就说明，个子大的人占有力量，他就会自觉地用这个力量去占有社会资源，已经能占有了就不会努力考大学了。”

我说：“是，美女也是这样，美女也不考大学。”

张老说：“没有力量的呢？自然就想工具了。工具是肉体的外延，是猴子变成人的原因。我打不过你，还杀不过你？炸药是弱者的砝码，炸药比匕首好用，速度快，不会好事多磨，同时杀伤力大。你想，就那么一下，就能形成大规模的爆炸面，钢都炸瘪了，何况人？而且它还能掩埋罪证，如果设计得足够好，就是谁死了也查不出呢。”

我说：“是。”

张老说：“弱者的不安心态，很容易转化为对工具的迷恋。我们小时候做木枪，喜滋滋地用它，就是想在里边找英雄气。对炸药也是这样，很多人可以捕鱼，可以捞鱼，但他们就是觉得这种方式太没劲，所以用炸药炸鱼，仿佛一炸，全村都会投来畏惧的目光。我见过不少没手掌的先生，蠢得要死，炸药响了，才知往水里扔。说明什么呢？说明紧张，紧张了想扔，又怕扔水里导火索灭了同伙笑话，就不镇定了。就是这样一个显见的懦弱证据，他们还乐于展露，人家一看，用过炸药的啊，怕了三分，其实狗屁。”

我说：“自杀性爆炸，自杀便自杀，为何要带上别人？”

张老说：“你这孩子装糊涂吧，你以为纯粹是自杀吗？你以为他们的敌人是那些乘客吗？”

我说：“他们是报复社会吗？”

张老说：“是啊。你看《新闻联播》播的那些自杀性爆炸，如果引爆者强大到可以管理别人，就不会采取这种手段。采取这种手段的唯一理由就是，我扳手劲扳不过你，打架打不过你，所以要靠炸弹来突破。就像人和墙，我对墙提要求，墙根本不回答，我殴打墙，墙还手都不会，但是一上火药，墙和你的区别就消失了。对那些人来说，墙也许只缺一个角，但这个角足以让整面墙都意识到。昨天的爆炸案也是这样，全国都知道了，整个社会也知道了。如果凶手有什么遗书，就很明显了，大家就会好好看他写了什么，听他说了什么。而平时，他们说话谁听？”

我说：“会不会有人仅仅为自杀而使用炸药？”

张老说：“一般人不会。我觉得用炸药还是想说出点什么，这炸药就是扩音器，就是讲话前剧烈的干咳。就是提醒大家，注意听我说，我不满。”

1998年2月15日晚

张老晚饭没吃，走了，据说华北有个炸药车间出事，死的人比这边还多。我想找点事情做，忽然又找不到。这样，墙钟的秒针，像是割刀，一刀刀划向我的心脏。

我听到一个声音说："非问清楚不可了，非如此不可了。"

我又听到"嘟、嘟、嘟"的声音。我觉得这声音好像是在嘲笑我。我知道媛媛是在以故意不接的方式让我误以为她在上厕所、开会。我想你干吗不直接挂断呢？我犟脾气上来了，一次次按重拨，我想，就是吵，也要把你吵死。这样恶狠狠好一番，猛不料媛媛的声音过来了，我措手不及。

媛媛说："你干什么啊？"

我说："不干什么，就是想你，担心你。"

媛媛说："你喝多了吧？"

媛媛又说："有事吗？没的话我挂了啊。还要开会呢。"

我说："当然有。"

媛媛说："什么事？"

我说："这么久了，你就不能打个电话吗？"

媛媛说："你还好意思说，有女的给男的打电话吗？"

我说："是啊，我是男的，我打给你，但是哪次你又和我好好说话呢？"

媛媛说："什么又是'不好好说话'呢？"

我说："这样就是。"

媛媛说："你不知道人家忙吗？"

我本想说“你是不是有了别的男人”，说不出口，挂了，老子也还你一个“嘟嘟嘟”。然后我用手捏显示屏，捏到“中国移动”四字变歪，变彩，变没了，便把它丢到地上，用脚踩，踩烂了，又一脚踢到墙角。

我受不了你这现代怪兽的折磨了，你让恋爱变成每三分钟一次的狐疑、求证、拷打，你杀死孟姜女范喜良了。

晚上回家，妈妈见我气色不对，问我，我说不出口，倒在床上翻来覆去。妈妈端来猪心桂圆汤，说:“趁热吃了，别生气，女人有的是。”

我说:“不是那回事。”

妈妈说:“我不管是怎么回事，你是我儿子，你给我吃掉，身体要紧。”

妈妈又说:“我一早就看出不是什么好东西了。”

我说:“别说了。”

妈妈气愤地出门，找张姨、王姨说去了，声音大到一条街都听得到，比如她老娘是卖糕点的，一天没几角钱利润，年终奖都没有，到哪里找这么好的女婿；又比如为了国庆结婚，挺好的房子又装修一遍，花了好几万，好几万不是钱啊；又比如过年过节，又是茅台酒又是铁观音，自家都喝不起，都孝敬给她了，现在好了，孝敬出潘金莲了。

我推开窗户，大喝："妈，别说了。"

王姨、张姨赶紧把我妈推回屋。妈妈好似不服气，又加一句："就是那样，本来就是那样。"

那夜，我看到媛媛挂在衣柜里的拳头大的内裤，便想到她紧窄的腰身和阴部，如今躺在另一个男人身下，扭摆，呻吟，挛缩，便过去扯它，扯不破，又撕，撕不裂，又揉，揉成团，塞垃圾桶去了。然后我斗志昂扬地四处清理媛媛的东西，口红、本子、浴帽，丢了花花绿绿一堆。我好似又看到媛媛在躬身收拾，收拾完了，扬长而去。

我的心像是被刨过，空荡荡的。

夜晚有些清冷的月色泻于床上，我睁着眼，想自己浮游在没着落的半空，为雨淋，为风吹，为雷电穿过，便再也控制不住，滚下泪来。

我想肯定有这样的对话——

我说："我以后再不打电话了。"

媛媛说："好吧。"

我说："再不骚扰你了。"

媛媛说："好吧。"

我说："分手吧。"

媛媛说："好吧。"

我想媛媛一定是在等我，等我忍受不了折磨，先提出分手。

这几乎是她最后的仁慈和良心了。

1998年2月16日

次日上午，我往办公室赶，穿过几十号法医，看到到处是胳膊、大腿、皮块、骨头、内脏、肠子，像半熟的卤制品滴着黑色的血。我觉得自己也死了，是在阴间。

中午开会，墙上贴满了十五张素描遗像。

副大队长说是省厅神笔马良根据拼接好的尸体还原出的，十二号、十三号尸体因爆炸过度，只能还原一点点。我睁大眼睛看了看，那两张面孔好似一大一小两只鸡蛋。副大队长说："兄弟们，现在你们要做的是把群众放进来，让他们领人，谁领到这两具尸体，谁就是嫌疑犯的家属。"

我踉踉跄跄走到尸体边，点好香烟，忽听四周喧闹起来，好像天上落下一个大海。不一会儿，面孔扭曲、欲哭无泪的男女老少便如急浪驰来，淹过一具尸体，又淹过另一具。不知是谁抢到先手，找准一具，"哇"地哭将起来。哭声和呕吐一样，会很快传染开来。我便想爸爸了，爸爸当年听说我掉到湖里去了，像飓风吹刮的树，像醉汉，跌跌撞撞跑过来，一下没跑好，竟然摔倒在地。我看到了，跑过人群去扯他衣角，他看了一眼我，不相信，又看了一眼，“哇”地大哭起来。

我也要哭了，便不再看他们。

如此喧闹很久，像是有个抽水马桶，把喧闹又抽走了，大家跪在地上默默烧纸，收拾尸骨，只有前天碰到的粉底女人，还在念叨:“他爸你享福了，享大福了。”我知道她老公恰如张老所言，到死还在亲嘴。我知道她现在难以自处。后来，几个浓眉黑眼的发廊妹被带过来，交头接耳指着一具女尸说:“就是她。”粉底女人忽然站起，扑上去掐，掐得个个落荒而逃。粉底女人见手间什么也没有，便跺脚大骂:“众人养的，婊子养的，鸡，鸡。”

我跟着默念:“鸡，鸡。”

粉底女人消停后，我看了眼天空，忽被惨淡的光线镇压了，忽觉寂寞、寒冷。我闭上眼，想睡过去，仿佛睡过去了事情就会自己过去。等我醒来，也恰是这样，夕阳、群众、十三具尸体都消失了。而十二号、十三号尸体，还在面前一动不动躺着。我打起精神，重新审视他们，像审视没有谜底的谜面。我看到他们躺在飞速流逝的光阴里，急剧萎缩，失去皮肉，然后骨头也风化了，被风吹走。他们飘走时，挑衅地大笑。

媛媛跟着在空中挑衅地大笑。

我想，如果我即刻死掉，一定死不瞑目，便忽然理解起去年那个杀人的精神病来。就因为朋友说了一个关于他前妻的谜语，他逐渐失态，竟然疯了，而后在精神病院遍访高人，仍不得其解，竟又逾墙来找朋友，朋友给了谜底，但他觉得是假的，便砍了朋友两刀。当时听来，心下有五字，“总之很恐怖”，现在却忽然知道他的愤怒了。

回到家后，我干呕了好一会儿，半点不想吃，倒在床上，妈妈过来说：“吃点吧。”

我说：“说了不吃。”

妈妈手擦围裙讪讪而去，没过多久，又推门进来，我懒得理她，偏头装睡。又过了一阵，妈妈斗胆进来，庄重地说：“老二，我也不知该说不该说，你就想到一点，家里什么都好，细水长流，留得青山在，不怕没柴烧。”

我说：“你说什么呢？”

妈妈说：“媛媛和她科长好了。”

我说：“你说什么呢？”

妈妈说：“我问到了，最近她和她科长去长沙出差了。”

我说：“出差不代表什么。”

妈妈说：“唯愿什么事没有。但是做父母的不喜欢这样的媳妇，你莫跟她来往了，不值得。”

我挥了挥手。

妈妈说：“你答应我，心里想开点。”

我说："没事的，她也是喝我洗脚水，我早就不喜欢她了，正好。"

可妈妈一走，被压抑的火苗便在心间腾起，顷刻间将皮囊内的一切烧了个遍。我好像被什么推着，跃床而起，走来走去，将妈妈整理好的媛媛的物品一一掀翻。有枚花瓶养着枯萎的玫瑰，掉下时竟然没碎，我提起一砸，它才清脆地碎了。然后，我又被越烧越大的怒火推到客厅里，我敲打着电话上的数字，一连敲错三回，才算敲过去了。

电话一通，我劈头就喊："别他妈又有事，长沙很好玩吧？出你的差去吧。"

媛媛说："出差怎么了？"

我说："你明明说开会。"

媛媛说："对啊，出差就是为了开会。"

我说："装什么糊涂，分手吧。"

媛媛说："好吧。"

我说："你来把你的东西取走吧。"

媛媛说："不要了。"

我说："是你的东西，你自己取走，否则我扔了。"

媛媛说："扔吧。"

我说："那你把我的东西还给我。"

媛媛说："好吧。"

我说："你还是烧了吧。"

媛媛说："好吧。"

我说："别好吧了，你记着，过年时我去你家，给了你两千块。"

媛媛说："我还给你。"

我说："当然要还。"

媛媛说："今天你是不是疯了？"

我说："你他妈才疯了，自己心知肚明。"

媛媛说："我没法跟你说。"

然后电话挂了，媛媛消失了，就好似在街头吵架，对面突然蒸发了，我看着自己遍体鳞伤，起起伏伏，大败而归，忽然泪流满面。

那咸东西流过嘴角时，好似导火索一般，把自尊又燃起来了。我重振旗鼓，拿手指敲电话，敲过去一次被挂一次，最后终于接通了，人却衰竭得只剩"嘶嘶"声，什么也喊不出来。

许久，我才听到媛媛说："早点休息吧。"

我将话筒砸到桌上，转身走了，我想，媛媛你给我记着。走到窗户处时，又听到楼下妈妈和张姨、王姨在大声说话。王姨说："早看出来了，上次那边亲戚就告诉我了，说是天天坐车，手里还捧着九百九十九朵玫瑰花呢。"张姨说："我也早知道了，说是当着街就十指紧扣。叫老二莫生气，娶进门才麻烦呢。”

我推开窗疯了似的喊：“张姨、王姨，你们早知道了，怎么不告诉我？”

妈妈恼怒地看了眼我，见我神色不对，马上进屋。妈妈擦了擦我脸上的泪痕，说：“气是生不完的，自己身体要紧。你答应妈，别难过了，别为女人生气。”

妈妈又说：“两个阿姨也是欢喜，你说你娶这样的女人进屋，一街的邻居都不喜欢。以后说话别那么直接了，她们也是怕媛媛以后做你媳妇了，得罪她了，所以过去不说。现在做不成了，不就说了？”

我听不下去，转身进房，妈妈好似要跟进来，我把门反锁了。妈妈敲了几下门，我大声说“没事”，敲门声才扭扭捏捏地消停了。

我拉灭灯火，却又幻觉刀枪棍棒都杀到眼前，我便取酒来一口口地喝，喝得热气一截截涌起来。我想媛媛你是堵墙，我是拿你这堵墙没办法了。我要是组织同事或者联防队员去打你们这对狗男女，你们就会掏出创可贴、红药水和云南白药，说自己和小偷带止痛片一样，早知道要挨打的，打完就没事了。我要是说你们真贱，你们就会说，是啊，我们真贱，贱得不行，七八代都很贱。我要是说把你们关起来，你们又会说，我们多少还是懂得点法律的，这样吧，我们是良民，申请个拘留，十五天后咱们算两清了。

我想，我他妈是和自己说相声，什么气也出不了。

我提了枪，勒好裤带，拉开房门，穿过客厅，掏钥匙去开防盗门。转了几圈，晃当当响了，还是没开，我便踢。妈妈急忙穿着睡衣，赤着脚过来了。

妈妈说："你要去干什么？"

我说："有点事。"

妈妈说："你不能出门。"

我说："你管不了。"

我说："滚。"

妈妈忽然拉开我，双手张到防盗门上，说："我不滚，今天你出不了这个门。"

我喷着酒气，把妈妈拉到一边，继续扭钥匙。可是门总算开时，妈妈又喊起来："老二，你看着。"

我回头一看，她手上抱着我爸爸的遗像。

我说："你想多了，媛媛不是还在长沙吗？"

妈妈说："那你做什么去？"

我说："我去散散心。"

妈妈说："我陪你去。"

我不耐烦地说："还是回吧，都回吧。"

我把爸爸的遗像摆好在客厅时，发现他还是很严肃，到死都不会笑。

1998年2月17日

次日，妈妈陪我打车到大队门口。我进门后又出来，看到一辆公交车冒着烟跑了，妈妈不见了，才脚步轻飘，脸色发红，恍如隔世地走向办公室。我想到同事，就好像他们正一个个地在开怀大笑，我想你们给可怜的人积一点德，不要过来意味深长地拍肩膀。可是到了，却发现他们早已掉入自己苦恼的深渊，烟抽几口，就掷地上，用脚踱来踱去。

从医院回来的人说："医院里二十三个伤者，三个快死了，六个暂时脱离危险，剩余十四个什么也讲不出来。司机伤得不重，头发却白了，病房掉下茶缸，他就尿床，声嘶力竭地要求转院。售票员正面受冲击，毁了容，医生怀疑精神失常，建议不要惊扰。还有些伤员虽然神志清醒，却提供不了什么线索。有一个甚至还说，就是你们坐车，也不会研究别人呀。"

从炸药厂回来的人说："本省的产销储渠道，说是每笔账都对得上，每件炸药都说得清去处，而且炸药外包装和爆炸案里发现的也不匹配。从做题目角度说，这是灾难，这意味着省里这个可控范围被排除了，嫌疑犯可能来自漠河，也可能来自海南，只要属于广阔的九百六十万平方公里，就都有可能。如果从尸体外观作大胆联想，来自蒙古、东南亚也不是不可能呢。”

从停尸间回来的人说：“认尸的群众陆陆续续来了二十好几个，我们像陪领导参观一样，陪他们走到停尸间。他们歪着头，眯着眼，趴下身子，细细参观尸体，参观完了，一会儿说是，一会儿说不是，磨蹭很久，才羞涩地说，有百分之八十的可能不是。其中一位最伤人了，哭得梨花带雨，让我们以为找到尸主了，结果她接到传呼，就笑起来，说，你们看，没死，通了信呢。”

从派出所搞调查回来的人说：“社会调查那么容易搞吗？本来是可遇不可求的事，哪个派出所，哪个片区偶然找到线索，就破了，现在你投一百人一千人去做，投一百万人一千万人去做，做回来还是个零，这不是叫人下大海捞冰棍、到珠峰捉泥鳅吗？”

大家都说：“妈的个 ×。”

副大队长脸黑着进来，众人立刻噤声。副大队长一个个看，一个个瞅，瞅得眉毛竖起来，眼睛凸起来，胸腔一起一伏，我们便知道，那股从部长嘴里缓缓生出，又在厅长、局长那里扇了几扇的怒火，终于要通过副大队长的嘴巴发泄到我们身上了。

空气宁静。

副大队长顿了顿，什么也没说，竟然走了。正当大家松弛下来时，他又折回来，让我哈气。我哈了口气，然后看到他整个脸皱成一团，接着伸出两颗大牙齿来。

副大队长喊道："你还好意思花天酒地。"

我罩着头不回答。

副大队长又来揪我衣领，问："喝了多少？跟谁喝的？"

我说："一个人喝的。"

副大队长拍起我脑袋来，说："放你妈的屁。都什么时候了，你他妈是不是不想干了？"

我说："是。"

副大队长说："你再说一遍试试。"

我大声地说："是。"

大家忽然反应到什么，将我拥出门外，问我怎么了。我晃着泪水，什么也说不出来。中队长低声交代："别多想了，回家休息一两天，避避这烟鬼的风头，过几天他手头没烟了，又会到你抽屉里找的。"

我匆忙点头，要走。忽然中队长又来拔我的枪，我说："怎么啦？"

中队长说："我先帮你存起来。"

中队长又说："你别多想，我手下的人谁也开不掉。"

我鞠了一躬，在他们错愕的目光中，头也不回地走了。穿越大门时，好似穿越的是气候分界线，好似整个人忽然扎进茫茫冷水中，竟然想，这就是冗长而惶恐的余生。我不知道要走到哪里去，只是脚要走，左脚走了，右脚就要跟上去。东消失了，西消失了，南消失了，跟着北也消失了，雨开始宽阔而无限制地统治起世间来。

那些男人、女人、老人、小孩，在摇晃的树枝和被雨水浇得滴滴答答的遮阳篷下，迈着大惊小怪、有惊无险的脚步，充满信心地朝前游弋，各回各家。只有我像怪物，在伸手拥抱这密密麻麻的惩罚，好像寒冷、痛苦、病痛和死亡才是快乐的本原。

好像高尔基在说："让暴风雨来得更猛烈些吧。"

我也在说："让暴风雨来得更猛烈些吧。"

我三年追来的女人，三天就报废了。

我不可能再看到像伞一般豁然打开的笑容，不可能再看到像珠玉一般明澈的眼神，不可能再将敬畏的身体置放在她的体香旁边，不可能再从她微皱的眉头和扭摆的身躯体察到自远方而来的挛缩。那挛缩像浪花、像烟火，水乳交融，恩爱偕老。可是现在，她像是提着铲子把她从我体内生生铲走了。

我忽然如赌徒般溃败，忽然像人只剩半边，空荡荡，血淋淋。我晃了好几下脑袋，还是这样，几天前还应有尽有，现在却被剥夺得一干二净。

后来，我勉强朝着电信大楼走去，在路过水淋淋的栅栏后，我看到修车铺旁边有一家没关门的小卖部，小卖部有一部电话。

我拨通了媛媛的电话。

我说："我承受不住了。"

我说："对不起，是我多心。"

我说："原谅我吧。"

媛媛薄薄的嘴唇在我的想象中开启了，锋利而决绝的牙齿像是早已准备好。

媛媛说："分手是你说的，你说分就分，说好就好。你以为我是什么？"

我说："是我不好。"

媛媛说："对不起。我不想再担惊受怕了，钱已汇了，请注意查收。"

我说："我不想要你的钱，我只是生气找不到出气的人。"

媛媛说："是你的钱，不是我的钱，你的钱，我还给你。"

我说："好吧，还吧，我也收不到了。"

我说："我活不下去了。"

媛媛静默了很久。

我说："我活不下去了。"

媛媛说："对不起。"

我说:“我想见见你。”

媛媛说:“对不起。”

我说:“我他妈想见见你，我他妈活不下去了。”

可是电话挂了，我说的最后几个字她没听到，这几个字挂在我嘴边，像根冰棍。老板目瞪口呆地看着我，我也看了下自己，雨水将我的绿色制服涂染成黑色。

我凄惶地一笑，说:“没见过警察这样吧?”

老板不安地摇摇头。

我说:“现在见着了。”

我又说:“我爸爸跟我说过了，宁叫天下人负我，不叫我负天下人。”

老板说:“你这是什么话，你工作那么好，又有面子。”

我头也不回地走了，我想他一定对着我的背影深吸凉气，一定叫他的老婆出来看这人间奇迹。他说要报警，他老婆就揪他耳朵说，你真多事，一点记性都不长。

我苦笑着继续往浑噩的方向走，好似泪水从脸庞经过，一颗颗悲壮地砸开在眼前的路面上。我想我的活路就在于你了，我在等待你伸出手，你伸出手轻轻一勾，我就像死狗看到骨头，阳光万道，益寿延年。

可是我的手机呢?我的手机不是早就丢了吗?我刚刚不是

还在小卖部打电话吗?

我忽然又在人间多留了些时日。开始时，我准备等半个小时，可是我觉得这样的恐慌还不至于在人的内心生成。我想一小时足够了，一小时，媛媛在不停地说服自己，没事的，没事的，可是终于说服不了自己，她开始拼命打手机，打不通又往我家打，她一听到我妈的声音就说:“阿姨，对不起，阿姨你快点帮我找回老二。阿姨，你快点。”

一个半小时后，我脱下警服，颤抖着走进另一间小卖部。

我对妈妈说:“媛媛来电话了吗?”

妈妈说:“没来。”

我说:“那你查查来电记录吧。”

妈妈说:“没有。你没事吧?不加班的话早点回，外边下了大雨。”

我说:“没事。”

我放下电话，心间一叹，如今是死绝了。

我朝着一间废弃的大楼走去，楼道黑暗，好似地狱弯弯曲曲的入口。在最后一层，我拉了很久的铁闩，以为拉不开，那冰冷的东西忽往旁边一冲，竟将虎口夹出血来。我惨叫一声，屈辱层层叠叠地涌上来。

拉开门后，狂风斜雨浇杀过来，我咬着牙齿，心想，真是好死的时节。

“啪”的一下，“啪”，这个一米七三的身躯就将扑倒于坚硬的地面，雨水像清洗一只开瓢的西瓜一样，清洗着冒着热气的头颅，那本来还有点构造的东西，便很快模糊了，囫囵了，便不成样子了。第一个人看到地上这章鱼似的尸身后，手舞足蹈地大叫，接着来了很多人，他们也不打伞，也不加衣，就那样恐惧而好奇地看着警察拉警戒线，就那样等待媛媛。他们在媛媛跌跌撞撞而来时，让开了一条路。他们心里说，就是这个可怕的女人，狐狸精，害死了这个男汉。他们心里想说的反映到他们的眼睛里，他们火辣辣地盯着媛媛。媛媛哆嗦着瘦弱的背，背上了沉重的十字架。

此后，她的背永远地驼了，她没地方可去了，单位是火辣辣的眼光，街道也是，世间尽是。她从此披头散发，噩梦缠身。

这样想，我好似平衡了很多，便趴在栏杆上静候上天的命令。我看到密集的雨自身边路过，直冲下去，整个世界“哗哗”地响起来，然后又慢慢看到妈妈在下边伸着脖子，往这边望，她找寻了很久，忽然撞上我的眼睛了。我心间忽有闪电，竟是一下看到那眼窝里空洞洞的绝望了，便怔住了，许久又知她是根本看不到我的，她只能无助地俯身，去收拾我的尸骨，像收拾一堆柴火，她对旁边的人说：“走开。”

我看到她背起编织袋，对人说：“走开。”然后像个疯子消失在路面了。

我便知自己没勇气去死。我原本就怕死。我只是自怜。

可这时我的身躯忽然被大地这块磁铁紧紧拉吸，栏杆好似支撑不住，要翻滚下去。我仓促地推了一把，那上边的一部分便分裂出来，像灭火器一样飞下去。

接下来轮到我了。可是那里边生锈的钢筋又生生把我拽住了，我扑在上边差点掉下楼，直到自己慢慢从死亡的半空退回来。我摒住呼吸把全部身躯退回到楼面后，这才踏实了，才知心脏像惊马般跳起来，才知呼吸像喷气般闯出来。我趴在楼顶，闻了很久，直到确信雨、树、尘土和万物的味道清晰地跑回鼻孔，才安心了。可是不久，我又神经质地爬起来，我害怕这楼面是斜的，我如今又要滑落下去。

我骇然地站了几分钟，又去小心推别的栏杆，竟发现它们慢慢像摇篮一样，晃了起来。我便吓破胆，跳着跑了。

1998年2月18日凌晨及以后的一段日子

我像一条落水狗回来后，看到一个矮小的影子晃荡着，一会儿摸我的脑门，一会儿啧啧叹息，一会儿要去熬姜汤，一会儿又要下去买药。

我定睛看了几眼，总觉得她是另外一个世界的人。

我说:“你是我妈吗?”

妈妈说:“我是你妈你都不认得了?”

我说:“你不是我妈。”

妈妈说:“老二,你是怎么了?”

我把“老二”听得真切,便知到家了,忽然放松下来,几乎在倒在沙发上的同时,如释重负地合上眼皮。如是睡了一会儿,觉得身上盖了好厚的被子,脚上盖了好厚的毯子,又被扶起来喝了好大一碗苦药,嘴角流了好些,不管不顾,又沉沉睡去了。这一睡进去,便好似进了一个雾世界,怎么走也走不到尽头,却总是有不长眼睛的恶人,忽然张牙舞爪地撞过来,我惊悚地连退几步,又总是被他们狞笑着撞上。他们撞上,像干枯的纸,碎落一地。后来我又看到半空中挂满脆嫩欲滴的雪梨,我跳起来够,够不着,我想大喊:梨,梨,梨,喉咙却是被掐住了一般,半点声音也吼不出。我感觉自己就要被掐死了,最后一次破口大喊,那封锁忽然就松了,喊声竟如惊雷,将我吓醒过来。

我看了很久,不知道自己在哪里,想起来找水喝,竟是没有丝毫力气了。抬头看了窗户,忽见天色已近微明,雨大概停了,可是风还在用拳头一下下擂着玻璃,偶然的远处,还有玻璃忽然掉下碎掉的声音。我转头看了眼妈妈的卧室,门开着,人却不知去哪里了。我忽然被彻骨的孤独包围起来,便缩紧在被窝，哄自己睡起来。

这样迷迷糊糊睡了一阵，隐隐听到远处有人在喊："老二回来啊。"

另一个人跟着附和道："回来了哎。"

我心想是梦，可是又害怕这声音慢慢走到别的地方去了，便支着耳朵听，听到那声音曲曲折折，忽而东忽而西，没个稳定的方向，心想那是别人家的，便焦躁起来，绞痛起来，两腿竟蹬起被子来。如是伤心，忽又听到那声音猛然在门口大声响了起来，我听到妈妈在开防盗门，在一步步走过来，便觉鬼魅般的世界一寸寸褪去，禁不住欢喜起来。

可虽然我的脸皮抽动着，却就是打不开眼皮。直到妈妈的手摸上我的额头，说："老二回来啊。"我才忽然睁开眼皮。一看到妈妈，我便安宁了。

我说："妈，你们去哪里了？"

妈妈和张姨一惊，接着灿烂地笑起来。

妈妈说："老二，我们给你叫魂去了。"

我说："好生生的，搞迷信干什么？"

妈妈说："怎么迷信？你小时候发烧，都是我叫回来的。"

张姨说："你妈想你肯定是看过爆炸案的尸体，丢了魂，就去叫了。"

张姨又说："是一步步走着去叫的啊。"

我心下一算，这大桥到我家，是十里路。

我说："你说你年纪比我大，我不担心你，你倒担心起我来了。"

妈妈说："我就是这样，谁叫你是我儿子呢。你六十岁了，我九十岁了，你还是我儿子。"

此时，忽听防盗门又晃当当响了，却是王姨端着热气腾腾的小米粥和茶叶蛋进来了。

妈妈说："辛苦王姨了。"

王姨说："醒了？醒了就好，快给老范作个揖，老范保佑了。"

妈妈一想正是，便匆匆跑到爸爸遗像那里，鞠了三个大躬，说："多谢范老子了。"

我不顾她们说烫，狼吞虎咽，喝完粥，忽然又说："妈，我以后再也不理媛媛了，她就是来求我，我也不理了。"

几位妇女听了，欢欣鼓舞，抢着说："这就好，就应该这样。以后就这样报复她。"

我心想，这只不过是说给你们听听，她怎么可能来理我呢。我又想，她们也就是这么听听，她们就巴不得我平安百岁。

未几日，我休养生息，来到单位，发现桌上果然有张两千元的汇款单，扭捏几下，还是撕了，然后像赌气的工人，投入到工作当中，别人弄好的材料，再弄一遍，别人问过的人，再问一遍，如是几番，才知用力过猛，便慢慢正常了。

我叮嘱自己："人家是阿紫，你不是游坦之。"

我起先以为副大队长会给我点小鞋穿，可是这烟鬼倒很直接地给我一句话："快去买条烟来，对了，买了一条，给你自己留一包。"

我问为什么。他说："送一条就算行贿了。"

后来，我们因为别的案件下郊县，路过大桥，忽然感怀起来，就停在那里看了看。我看到那里蓝天白云，山清水秀，烧黑的车辆已然不见，护栏也像从来没有损坏过一样，立在那里。仔细找了很久，才在路心找到一个锅盖大的坑和众多麻点大的小孔，但它们已然阻挡不住一辆辆车，吼叫着，生机勃勃地爬上来，开过去。

我想，车一辆辆开过去是个好比喻，就像日子一天天开过去，新闻一天天开过去。我们起初不能接受羞辱，习惯就好了，好比一个人被锯了手，起初想自杀，等到学会用一只手吃饭、如厕、做爱了，便知带着缺失生活了。我们从没有实现过破案率百分之百。

老百姓也是这样，第一次看耶路撒冷爆炸案时，心疼得不行，看多了，今天看到三十个人没了，明天看到四十个人没了，就麻木了，就只看到一个数字了，仿佛被炸飞的不是肉，而是数字，是一二三四五。我们这里也这样，这些日子的大规模停水事件，骚扰了半个城市的日常生活，这样，那十几具尸体便被忘记了好些。十几具是什么，是三百万人口的几分之几？是不能复生的他们重要还是活着的我们重要？我们没水，不能喝不能吃不能洗澡，渴死啦，臭死啦。

我更是这样，我原来还咬着牙齿等媛媛和我联系，哭着恳求我原谅，等了一阵子，又觉得还是自己主动去和她见面好，就算了了心愿，可手头总有事。我就盘算，是事情重要，还是媛媛重要，结果是事情重要。后来听到张姨和王姨讲媛媛，是越讲越恶心，比如媛媛租了间房子，怕是被包养了，怕是每天做爱，做得惊天动地，臭名远扬。我问自己，你心里难过吗？我便让张姨再讲一遍。张姨又说了一遍，我还是不生气。等到气候变了，街上女子衣服越穿越少，粉藕般的手和白玉般的胸露着，一晃一晃，我下身竟然说硬就硬，最后硬如一条铁杵。

我忽然忧伤起来。这世上原是没有忠诚的。

第二部分

1998年5月14日

光阴荏苒，当媛媛把钱从四公里外重新汇来时，“情人节爆炸案”已像“杨乃武和小白菜”，是历史旧案了。我手捏新买的摩托罗拉，把报纸盖脸上，脚架桌上，怀念路上偶遇的女人。当时我从公交车下来，而她恰好袅袅地走上去。我回头一看，她已经消失在一堆俗人中了。

我想着两只危险的高跟鞋，像支撑一尊即将摔倒的瓷器，支撑着修长的腿、细嫩的腰和呼之欲出的胸脯，心都碎了。这时，我听到门忽被推开，摘下报纸，便看到一个头发乱如鸟窠、脸色酱黄、眼角还有眼屎的男子，举着皮包，叫喊着闯了进来。我拍着桌子问：“干吗？”

来者说：“来领奖。”

我说：“领什么奖？”

来者说：“爆炸案啊，我破了爆炸案。”

我心说民间福尔摩斯比民间科学家还多，便极不情愿地示意他坐，要他把东西给我看，可他却捂死皮包，说一看就露财了。他说：“从二月十四日算起，我开展独立调查已有九十天，以一天八个工时计算，我出工七百二十个小时，以一个工时十元计算，你们应支付我七千二百元；另外，我去大桥，一天来回车费是二十元，三个月是一千八百元；还有，为了更好地获取证据，我购买索尼相机一台，价格是三千四百元，购买胶卷六十卷，价格是三千元，都有发票。这样加起来，是一万五千四百元。你们如果要看，除支付五万元的悬赏金，还需支付一万五千四百元的劳务费，总计是六万五千四百元。”

我想你要说相声，我就捧个哏，便问：“你叫什么呀？”

来者说：“周三可。”

这么一说，我就明白了，嘴角竟压不住笑。周三可原也算本城有名的闲人，人传他从不理胡子头发，从不扣裤扣子，从来都是夹着一个温州产的假皮包，能掏出很多名片。如果你不懂法，他会掏出律师名片，并且真的给你出庭，问被告时，他会像港片律师一样扶着墨镜说：“现在我所有问你的问题，你只需回答‘yes or no’，understand？”如果你家有人出车祸，他会掏出调查公司的名片，信誓旦旦地说他握有现场证据，能证明是司机闯红灯还是你家人闯红灯，是车轧死了你家人还是你家人轧死了车；如果你活在某个闹市区，他会掏出报社通讯员的名片，名片上写“家事、国事、风流事，事事关心”，动员你向他举报线索，一经采用，好处费二十元到五十元不等，其实他在向报社记者报料时，至少拿一百。就是这样一人，可笑，可恨，可爱。

我说：“谁知是不是宝贝呢？我们的狼狗去几百遍了，也没搜出来。”

周三可急辩道：“怎么不是呢？我一块石头一块石头地翻，

翻了三个月，你看这里都翻脱皮了，你以为我诳你？跟你说，找到后我那个战栗，我怕被人扒了，被人抢了，就一次次背上边的信息，背好了，记住了，才安心了，才想到要回家休息，冷静冷静。可是在家刚待一分钟，我又怕夜长梦多，便打车来了。我一上车就说，往刑侦大队开，请直接往刑侦大队开。”

我说："说这些做什么呢，看看就知道了。"

周三可说："不能看。"

我说："怎么不能看？"

周三可说："你看了不认账怎么办？"

我说："你把警察当什么了？"

周三可说："我不管，你要看，就立字据。"

我便扯下材料纸，装作要写，周三可说不行，说非要带刑侦大队字头的那种文件纸，我便又扯了一张那纸来。我说："写什么啊？"

周三可说："证明。兹证明，如市民周宏广所提供证据身份证一张，为'情人节爆炸案'破案线索，即支付悬赏金人民币六万五千四百元。"

我说："这事我得请示领导。"

周三可说："好，我就等领导呢，跟你们这些人没法说。"

副大队长过来后，说："好，就这样写，不露财，找人去盖个大队章子。快给我看看。”

周三可大受鼓舞，从包里倒出塑料袋，从塑料袋里又倒出纸包，里三层外三层揭开后，拿出一张残缺的身份证，上边写着：姓名，周力苟。头像和其余部分被烧毁严重，看不出是哪里人，多大年纪。缺损边沿有烧焦后结的黑痕，和爆炸案贴题。

我拿过死伤名单要核对，谁知周三可也从包里抽出一份来。周三可说：“我核过了，死伤三十八位，有名有姓的三十六位，这张身份证的名字不在三十六之列，我断定是凶手。”

副大队长说：“谁知是不是你随便找张身份证烧的呢？”

周三可抢过身份证，说：“我到北京交公安部去。”

副大队长忙说：“别啊。老二，快倒茶。”

周三可饮毕茶，又捡桌上的中华抽，抽几口，小心掐灭，夹在耳朵上，然后像主人一样，把刑侦大队前后左右看了看，瞅了瞅，方才兴致很高地走了。

我看他颠儿颠儿的模样，就想他找到身份证时，一定对着江上飞起的鸟儿大喊：“发达了，老子发达了。”就想他回去后，一定把字据小心压在箱底下，然后和老婆做三次爱，向居委会表三次功，劝棋友喝三趟酒，不醉不归。半夜又爬起来，撬起木箱，看字据，数六万五千四百的位数，确信不是六千五百四十，才肯去睡了。

如此，便是洞房花烛夜、金榜题名时、他乡遇故知、久旱逢甘霖，也不如了。

1998年5月17日

我们在本地查户口，查不出周力苟。通过省厅向下发协查通报，也没有回音。正要向公安部打报告全国协查时，江岸派出所的人打电话来，说在幸福旅社住宿登记簿上找到了这个名字。

我们风驰电掣赶往幸福旅社，吉普车忽然超了9路电车，我们想，是了。

在住宿登记簿上看到周力苟的住宿记录，竟是二月十三日登记入住的，又是了。我们对着名字念，苟，一丝不苟的苟，忽觉淤塞的血管被打通，整个人神清气爽起来，风趣多情起来，几乎想电话找到周三可，邀请他过来亲一口。

感谢这可爱的神仙，让我们直达谜底，我们只要按照住宿登记簿上写的，把车开到邻省文宁县吉祥乡周家铺村六组就可以了。享年二十八岁的周力苟，其生前将一览无余地展开在我们面前。

黄昏时，我们饮庆功酒，竞相谈起世间的神奇来。比如周三可如果不笃信河滩上有遗物，不像疯子一样持之以恒地去找，我们便不知道周力苟这个名字；比如服务员要是非常敬业，每天将房间翻来覆去地打扫，我们便不会在三个月后还在床垫夹层找到一根四十二厘米长的导火索——这导火索干什么用？当然是引爆炸药啊；比如老板当时不多句嘴，周力苟便不会把同伙名字也登上去，你也知道，两人住宿旅社一般只登记一个人名字。可是周力苟填好名字、身份证号码和家庭住址后，老板忽然说，你把同住的也登上去，周力苟便又在旁边一笔一画注了“汪庆红同住”五字。

更神奇的是，老板竟对二月十四日凌晨存有记忆。能有记忆，又是因为走肾。平日他走肾，来去孤独，那日却猛见一男子伏墙嗷嗷地哭，好似还不单是嘴巴在哭，胸腔、大腿也在哭，身躯抖得怕人。老板等他尽兴了，问怎么啦，那人便转过满是泪水的脸来，老板看清了，阔阔的，眉眼大，痘痕多，本是个彪悍的种，却又是周力苟了。周力苟看着老板时，好似没看，好似活在另外一个世界，鬼魅般飘回305房间。老板抖完尿回去，恰好路过那房间，又听到里头传出声音：“别哭啦，哭什么哭？”老板说，那声音又尖又高，令人印象深刻。

老板说完，便叹息这么大一电视，这么一笔悬赏金，天天播，怎么就视而不见呢。

我说：“还好意思说，炸药都住进店了。”

那夜，我假装自己是周力苟，住进幸福旅社305房间，试图感觉出疑犯的心理信息。我看到四壁是柔和的淡黄色，好似篝火的光映在美女皮肤上，温暖而愉悦。天花板中间则挂着一盏画中常见的古式吊灯，而墙壁上还真有幅硕大的画，是安格尔的《泉》，女人在山涧间全裸，坦然露着红色的乳头和有弧度的腰部，因为右臂弯过来扶水罐的缘故，腋窝对着观者，却没有一根扫兴的腋毛。双腿夹着的私处也如此，虽有阴毛少许，也是驯服地收拢于底线，仿佛书法里的一笔斜钩。

我想女人那里都是飞扬跋扈，险象环生，我想旅社都挂安格尔，粗鄙平庸，可这里怎么这么干净这么纯洁呢？我将耳朵贴在墙上，试图听隔壁职业的叫床声，始终没听到。拉开玻璃窗后，也没看见想象中的垃圾场，倒是徐徐扑来的江风让人感怀。如是伫立，我寂寞，竟是想死的心都有了，竟想给世间挂念的人打电话，如此想来想去，竟又只有媛媛一个答案。我想说你不用担心我骚扰了，我想你念你，也只是自己想自己念了，我会好好过的。总之像个总结陈词，像个遗书，可是又不记得媛媛的号码了，绞尽脑汁记了半晌，只记起几个数字，还不确定。

我重新往远处看，远处挂了硕大的月球，照耀着底下一间间淡黄色的度假旅社。这些旅社像昼行夜伏的甲壳虫，排着长长的队伍，排过青翠的龟寿山，一路排到桥边。桥上，元宝作顶的桥堡正对着墨黑色的水，一下下闪着归来的红色光芒。我静心听，又听到水流的慈声和轮船牧牛般的叫唤，一时觉得身在天堂，心下无话可说。

我觉得周力苟、汪庆红也是这样。

二月十三日下午四点，周力苟和汪庆红登记入住，关上门，忧伤了一会儿，痛哭了一会儿，推窗看到这世间的天堂，觉得被告慰了，便安静了。二月十四日上午九点，他们离开旅社，一头扎进最后的人间。我想他们一定好好吃了早饭，附近有几家不错的早餐店，卖热气腾腾的皮蛋瘦肉粥，那粥通过他们饥饿的喉管后，暖了他们的胃，让他们流下幸福的眼泪，他们觉得自己是个饱死鬼。吃完后，他们背着十公斤重的包，走到胜春北路公交站，或者胜春南路公交站，反正都不远，他们挤在一伙哈欠连连的人当中上了9路电车，走啊走，走到倒数第二排，看到一个位子，周力苟坐上去，汪庆红则拉着吊环。然后，他们看到电车路过一间间德国风格的房子、一棵棵制造氧气的树木和一阵阵清新的晨风，晃晃悠悠爬上了引桥。引桥长达三百米，电车使着劲，发出老将军式的剧烈呻吟，他们或许自小就崇拜这种大汽车的吼叫，心情豪迈起来，他们又看了眼蓝色的天穹和折射到车窗的晨光，觉得够了，点点头，掩护着拉开拉链，一个抱着包，痛苦地闭上眼，一个反方向蹲下，镇静地点着导火索。在炸药接触火苗的十万分之一秒内，炸药体积变大几万倍，瞬间产生几十万个大气压，好似打翻人间和天堂的界限，穿透不幸与幸福的铁门，将他们炸离了这个世界。跟随他们一起到达天庭的是嫖娼的、扒窃的、上班的、回家的、想事的、做梦的，他们带着愤怒的灵魂，揪着二人的衣领，吵嚷着要回家，但是上帝说不用回去了，这里霞光万道，到处是棉花朵似的云彩，这里不用吃饭不用如厕，不用愤怒不用忧伤，不用担心工资、房子、老婆、孩子、疾病、火灾、欺压和下一顿饭，这里岁岁平安。

我找到张老的电话，拨了过去，张老同意了我这个判断。

张老说，他第一次上大桥，就被美抓住了。他想，引桥让路面形成了好看的弧度，好似上行尽头是虚无，是天堂，是归宿。

张老又说，想不开的人都有一个归宿观。

张老还说，一九八〇年北京站那起爆炸案就是如此，八十九人死伤，不过是因为一个知青要告别人间。这知青去山西万荣插队，想靠当兵回京，不料复员时组织把他分到运城拖拉机厂。从地图上看，万荣和运城距北京差不多远，努力来努力去，一公里便宜没占到，知青便埋下大委屈，等到未婚妻嫁人，他便出离愤怒了，终日只想，所谓北京，所谓天安门，所谓前门豆汁，此生便是他乡了。知青探亲离京时，看到北京站弥勒佛式的身躯，想到他大肚能容天下不能容之事，却容不下他，便觉得被嘲讽了。此时，广播里又冒出中年女子不容置疑的声音，那声音是在催促他抓紧上车。他“哗哗”掉下泪来，像是被驱使着往安检口走去，走了十来步，又觉得这北京站正厅长得像个字，最后他说：“不是个‘门’字吗？”前日此门出，昨日此门归，今日又逐出此门了。他便点了炸药。后来，人们看到遗书，说：“地方虽不理想，但终究是个归宿。”

张老说：“其实在引爆时，他可能觉得没有比这更理想的。周力苟他们也一样，可能计划在桥中间炸，或者过了桥再炸，但他们在上坡时猛然看到天堂，便下手了。毛主席不是写过嘛，一桥飞架南北，天堑变通途。”

我说：“也有人不择地方的，也有人随便找个楼就要跳的。”

张老说：“那当然，急火攻心，就管不了那么多了。”

我说：“张老您还好吗？”

张老说：“我很好，酒肉穿肠过，佛祖心中留。哈哈。”

1998年5月18日—5月19日

次日一早，我带好牙膏牙刷和换洗内裤，赶到刑侦大队，准备出发去文宁县。车出大门时，那心情好似禁区内出现空门，就等补射一脚了。可是接下来，我就心惊胆战地看到街对面走来一个女鬼，她穿着粗笨的红呢子裙，涂抹着鲜艳的口红，打着浓重的白霜，试图掩盖住丑陋的伤痕，却是掩饰不了。

我好似看到两边的楼一幢幢倒下，灰尘漫天。

这时，同事说："那不是你家媛媛吗？"

我说："瞎说，媛媛穿衣服这么难看吗？"

车辆路过她时，我将身子侧了侧，遮住同事目光。我看到她头发凌乱，眼睛浮肿，鼻子和嘴巴苦皱着，正神情畏惧地望着车内，露出什么也望不到的遗憾来。我想这就是媛媛你吗？我还好跟车出来了，你要是到大队找我，岂非丢死我的人了。我不解，自己怎会追这么丑、这么寒碜、这么没品的女人追了三年，还要死要活的，中了邪吗？你瞧你穿的什么啊，做迎宾小姐啊？

可是车一开远，我又伤感了，究竟是有个地方回不去了，是有个女人回不去了，我俩的关系毕竟毁灭了。

我又想她可能有事找我，便像老师备课一般备起台词来。如是等待，手机竟没有反应，而车已经跃上高速公路，将指示牌一块块弃下，将清澈的路面像履带一样拖起来，我便困了，止不住瞌睡起来。如是行一百里，司机忽拉警报，我睁开眼，看到前方一辆迎面驶来的卧铺车匆促打方向，停到路边了。我们的车“嗖”地飞过时，我好似感觉那扫视过来的乘客，个个是周力苟，个个是汪庆红，他们在艰难等待汽车修好，好去我们省，好去二月十四日，而我们这辆马力十足的三菱吉普，则朝着他们省，朝着二月十四日以前，一路狂奔。

我想到他们二人在卧铺车停下后，担心车顶放着的编织袋被发现。

汪庆红说：“路上颠簸，爆炸了怎么办呢？”

周力苟说：“炸药这东西文静得很，你用锤子锤它都没事，你点它才麻烦。”

汪庆红说：“要是别人扔的烟头吹到车顶呢？”

周力苟说：“风会把它吹走。即使吹不走，火也小了，想烧透编织袋，没那么容易。”

汪庆红说：“司机和售票员没发现吧？”

周力苟说：“发现了还不说？”

汪庆红说：“可现在停车了呀。”

周力苟说：“停车也没见他们跑啊，他们知道有炸药，还不跑？傻乎乎拿钳子干吗呢？”

汪庆红说：“万一发现了呢？要扭送到公安局啊。”

周力苟说：“送吧送吧，人总有一死，要死卵朝天。”

汪庆红说:“你这么说，我就好受了，我还以为是我逼你死呢。”

我这样想，又觉不妥，因为旅社老板所说的周力苟，原是可怜软弱的。这样想还有个麻烦，就是周力苟有形象，而汪庆红没有。神笔马良根据旅社老板的讲述，补充补充，算是画出了周力苟，而汪庆红作为十三号尸体，始终没画出来。神笔马良说:“他的头顶、鼻骨和面颊骨全破坏了，像被牛踩了几十脚。”

后来天逐渐黑下来，路难走。也许我们还走错了，下高速，过省道，竟跑河里去了，跑不动，要我们推。车轮疯狂转圈，甩了我们一身泥浆。我们骂司机，司机说地图上就是这样的啊。爬过河，又是山，那山路似纠缠在山柱上的铁丝，窄而薄，车灯一会儿照向突兀的山壁，一会儿照向虚渺，好像要将我们甩到太空去。我们实在害怕，便让车停在阔地，搬大石头顶住后轮胎，睡车里了。清晨醒来，我发现文宁县城就在眼下，摆着公园、烈士陵园和大大小小的楼房，像个破盒子。

我兴奋不已，却不料又走了半个上午。

后来去的吉祥乡则索性没有柏油路，有时小心开很久，还得倒车，因为对面装猪的车没有倒车功能。到了民居改建成的吉祥派出所，文宁县公安局副局长勒令吃土鸡，如是酒行三巡，我们着急，副局长说，人都死了，急什么?

我们复核派出所户口档案，发现周力苟确有此人，却无照片，内勤说补办身份证时缺相片，撕下了。我想，管他呢，找到周力苟家就可以了，就有数了。这样到了傍晚，我们坐摩托，屁股都抖散了，才走到周家铺村六组，却发现周力苟驼着背在屋内抽烟呢。他又干又瘦，脸上也没痘痘。

我说："你是周力苟？"

周力苟说："我是周力苟。"

我们跑了七百多里，跋山涉水，像哥伦布穿洲过海，费尽千辛万苦，想看死人，结果死人健在。我不死心，问："你说身份证两年前掉了，知道掉给谁吗？"

周力苟说："娘啊，我也想知道呢。"

我真想抽他。

回来后，那副局长安抚说，还有汪庆红呢，汪庆红可以查嘛。

但是你怎么查？我们原盼以周力苟带出汪庆红，现在却只剩汪庆红这光溜溜的名字了。这名字，一无民族，二无生日，三无住址，往哪里查？而且全国叫汪庆红的多了，你知道是哪个？

此时，手机响了，来电是本省的。我心想是媛媛的，却不料里边喷出的是个急切的男音："我是周三可啊，我是周三可。"

我没好气地回道："干吗？"

周三可说："我问钱，钱是不是可以发了？"

我说："别想了，你那身份证没用。"

周三可说："哦。"

1998年5月19日—5月27日

回文宁县城后，我们用一周时间，查到该县有十二个人叫汪庆红，全部健在。我一个个地召见，一个个地问：去过隔壁省吗？去过长江大桥吗？掉没掉身份证？他们晃着大小不一的头，回答没有。我继续说："这样吧，你发发声，发高点，发尖点。"这些老头、小孩、年轻人，努力配合，学鸡叫，唱《青藏高原》，但我始终听不出有多么高或者多么尖。我糊涂了，糊涂得不行。人都死了，怎么会给你唱歌呢？但大家觉得是大事，唱唱无妨，唱唱就清白了。

更糊涂的是，周力荷的身份证掉在县城，可能是本县人捡了，可是查遍本县，也没听说一个五大三粗的活人失踪。如果是外地人捡到，就要全国协查，或许能查出三五十万的失踪人口。汪庆红更可怕，他要真的是汪庆红，文宁县查不出。以文宁县有十二个估算，全国恐怕得有三万六千个吧。万一是假冒的汪庆红呢，怎么办？又得让这三万六千个汪庆红回忆身份证都借给谁了。万一是掉了，又怎知是掉给谁呢？又或者，那十三号尸体本来就做了个假身份证呢，怎么查？大海里的冰棍看来是要化完了。

我们鞠躬作揖，托付他们帮我们慢慢排查，灰溜溜地上车回家，上路前，问有没有别的路可走，他们说，没有，就只有这条山道，保重。吉普车抬腿上山，蹬腿过河，在省道上撒开腿子跑，跑了半天，好不容易上了高速，我们便去加油站加油。这时，文宁县公安局副局长忽又来电，说又有一个汪庆红来自首了。

我说："你们问清楚了吗？"

副局长说："没仔细问，你们快回吧。"

我心想你们问完了再打电话也好，别让我们又来听大活人唱《青藏高原》了。但是既然有求于人，你能怎样？

我们的吉普疲惫地停进文宁县公安局后，一个穿污秽白工作服的男子跪爬过来。我一下车，他就说："我该死，我真该死。"

我说："你是汪庆红吗？"

那人说："是。我不是那个'红'字，我的'虹'是'气贯长虹'的'虹'。"

我说："你不是嘛。"

汪庆虹说："我从小到大都用这个'虹桥'的'虹'，户口簿上也是这个，但是身份证上又是'祖国河山一片红'的'红'。"

我心想，户口簿上叫“虹”，身份证上又叫“红”，这事情多着，侯耀文侯跃文、闫肃阎肃我也分不清楚了。便又问：“你的身份证是不是掉了？”

汪庆虹说：“没有，我的借给别人了。”

我忽然一振，说：“借给谁了？”

汪庆虹说：“吴军。”

我说：“吴军是谁？”

汪庆虹说：“以前我们食品厂的工人。”

我说：“吴军声音尖不尖？”

汪庆虹说：“尖。”

我说：“怎么个尖法？”

汪庆虹说：“像是鸟儿叫。”

我急掏手机拨打幸福旅社的电话，接通后说了些就把手机给汪庆虹，让他和老板单独沟通，两人“嗯啊哦”，一会儿学鸟叫，一会儿学“别哭啦，哭什么哭”，说是“只可意会不可言传”，竟是达成一致了。

我在一旁听得几乎热泪盈眶，心想，果然是山重水复疑无路，柳暗花明又一村，果然是踏破铁鞋无觅处，得来全不费工夫。

我问：“吴军什么时候离开文宁的？”

汪庆虹说："不知道，他后来去了东街友丰旅社做事。"

我问："你什么时候借他身份证的？"

汪庆虹说："去年八月借的，当时我们在食品厂共事，吴军说身份证在澡堂掉了，我便抽他一耳光，说你个婊子样，赔钱。吴军嘴恶，要咬我，可是我们本地人多，硬是要过来他二十元。吴军没过多久就被厂里开除了。"

我问："怎么开除了？"

汪庆虹说："原因可以问厂里的每一个人，就是他喜欢唱戏，入了迷，有天以为只有自己一人揉面，偷偷在车间画鬓角，描口红，'咿咿呀呀'地唱起来，唱完又揉面，揉得汗如雨下。当时有工友回来，看一妖怪在揉面，吓坏了，恶心了，跑去报告厂长了。厂长心说这正在搞卫生防疫检查呢，拿出一百元甩他脸上了，滚，滚，滚。吴军便气鼓鼓滚了。"

我说："他是个什么样的人？"

汪庆虹说："脸瘦，眼窝深陷，目珠却吓人，牙齿稍稍突出。很多人认识他，却不知道他来自何方。人问，就说黄山卖过画，嵩山练过武，庐山写过诗，唐山学过戏，号'四大山人'。"

后来，食品厂的厂长被叫过来，说的情况也差不多。

厂长说："吴军被开除时，抓住我衣袖，说父母早亡，命运多舛，吃饭不容易，你不爱才也要爱人啊。我觉得不是那回事，挥手掸他，他又暴怒，说：‘别以为你是厂长就了不起，我犯了什么错啊，你今天说清楚，不说清楚我告你去。’我说：‘告去，告去。’他却仍然抓我衣服，不是抓了，是揪，我就叫人把他扔出去了。这人来路不对，进厂也没登记身份证，是我们不对，我检讨。”

1998年5月27日晚

友丰旅社有四层，在文宁县城东街内，原是民房，进去后能见几张木桌子，堂前摆了观音像，掌上托红灯泡，闪一下灭一下。我们拍着巴掌喊人，心想，出来的千万不要是吴军，我们就剩这条线了。

出来的却是个七十来岁的老人，胡子花白，道骨仙风。他一看到我们身上穿制服，便说：“你们是找‘四大山人’吧，走很久了。”

我说：“你怎么知道我们找他？”

老人说：“这等人物总会死的，死了就有人找了。”

我心想是了，云开雾散了，可是又奇怪，便问：“此话怎讲？”

老人说：“‘四大山人’是去年十二月初七（一九九八年一月五日）来的，初九那天便和混混闹事情，当时‘四大山人’把菜刀斫在桌上，你看这里有痕吧，结果混混把他扔街上了，‘四大山人’瘦，一下被扔到街心了，但他站起来和人打，打几回合，变挡，挡几回合，又变挨了。‘四大山人’不求饶，嘴里只说打吧打吧，打死拉倒。混混们不打了，‘四大山人’又找砖头拍自己了，眼见着拍出汪汪的血了，混混个个拦，却是拦不住，便溜了。后来还是何大智出来救的命，何大智说，力气这么大，掰都掰不开。”

我说:“何大智是谁?”

老人说:“脸大如盆的东西。”

我急忙拿出十二号尸体画像，老人说，正是，这师傅画得好，和‘四大山人’画得一般好。

我欲要问何大智，老人又说吴军去了，便由着他了。

老人说:“‘四大山人’和我有同好，就是唱戏，我们这里唱黄梅戏，他唱京戏，说是会唱虞姬。我听他摆过一次，他原是带戏服的，也带化妆品的，唱起来还真是那么回事，声音又尖又美，但拖得太长，听不懂唱什么。我问哪里学的，他说是拜名师梅葆玖学的。他还会画画，他走后我收拾，就有一张他的画，画了个女人披头散发，眼神刚烈，很是个人物，旁边还配了诗呢。我问画画又找谁学的呢，他说是拜名师齐白石学的。我说你大小是人物，待在这里可惜了，他说才这东西就是用来可惜的。正月十四（一九九八年二月十日）那天，天没亮他就不打招呼走了，不但他走了，何大智也走了。”

我问：“两人关系好吗？”

老人说：“好，还当着观音菩萨结义呢，说是不求同生但求同死。那天还摆酒请我做中，说工资不用发了，充酒钱。我后来还是发了。”

我问：“何大智你知道是哪里人吗？”

老人说：“富强啊，富强是出人的地方，出了几个姓刘的大官，也出了何大智这个假把式。”

我说：“怎么个假把式法？”

老人说：“‘四大山人’打架，他躲到厨房；混混们走了，他才提刀出来。你不知道他长多高，长多壮吧，就是这么一个壮汉，贪生怕死。我就不知道，‘四大山人’这等人物怎么交上他。”

我问：“他们住哪里呢？”

老人说：“‘四大山人’是外地人，没地方住，就在四楼杂物间，和何大智搭铺。”

我问：“‘四大山人’是哪里人？”

老人说：“他没说。他写了诗，就是画上配的，说来也无根，去不留痕。”

我说：“诗在吗？”

老人起身从观音像下取出一张纸来。我一看，那诗写着：来也无根，去不留痕。就在美丽地结束不美丽的生命。我心下一闪，所谓美丽地，不就是那段上天的引桥吗？

我说："死意早定啊。"

老人说："是啊，当时只当是文字游戏，现在看来是死了。"

我说："是死了。"

老人默然，也不问怎么死的。

我又问："他们还留下什么吗？"

老人跺跺脚，说雨鞋是"四大山人"留下的，他穿着，做个纪念。老人又带我们上杂物间，我们翻了很久，在一张床铺下翻出一个香烟盒，在另一张床铺下翻出两张身份证，一个名叫艾保国，一个名叫涂重航。我问："这是'四大山人'的床铺吗？"老人说是。

我心说，这人到底叫什么呢？

1998年5月28日

在友丰旅社调查了半夜，没调查出更多信息。第二日我们在文宁县公安局查到何大智的家庭住址，便往富强乡高坑小组赶了。

过富强乡政府后，上山两小时，到了羊肠小径顶端，方看到高坑小组。那里原是山顶凹下的一块地，蒸汽从湿润的土地升起，聚在屋顶，一动不动。我们进村后，也只听到一两声鸡鸣，家家户户开门，露出阴暗的年画，午饭没人收拾，尿布是湿的，不见人影。

同行的富强乡政法干部摇醒小组长刘遵礼后，整个村落才跟着醒过来。刘遵礼晃了晃大而浑浊的眼球，看清我们的制服，惊慌不已，忙喊媳妇倒茶。那媳妇打开了水瓶，发现没热气，噤若寒蝉地请示要不要烧点，我们说不麻烦了。

去何大智家时，一群小孩跟在后边，刘遵礼斥了一声，他们便像鸟儿飞没了，那些大人则推开窗，敬畏地窥探，我们回头，他们就拉上窗。到达何大智家后，我们发现堂内摆着两张遗像，一个是男老人，一个是女老人，刘遵礼说这是刘春枝的父母，两年前先后故了。刘遵礼喊“春枝春枝”，一个丹凤眼、柳梢眉、颇有些姿色的妇女便从内屋走出来。她也惊慌，不知道出了什么事。

我说：“你是何大智的妻子吧？何大智可能不在人世了。”

刘春枝看了眼刘遵礼，又看了眼我们，瘫倒在地。一旁妇女去拉，却是拉不起来。众人意欲拖她上床，她的手指又抠在地上，抠出道道槽印。我们很尴尬，不好追问，便四散去找村里的人。

刘遵礼说 :“何大智是三年前倒插门的，是外姓，但我们不见外，水库分鱼不短他，祠堂也领他进。何大智人老实，能吃亏，刘春枝父母故了后，他们夫妻越发恩爱和睦，有句黄梅戏怎么唱的？你耕田来我织布，就是这样的。我想不出他有什么想不开的，他在县城打工，或许在那边有问题吧。”

我走到谷场，发现有个妇女在收衣服，便上去问，她羞涩地笑笑，连连跟我说听不懂。我想也是，她说的我也听不大懂呢。我走了，她又喊 :“关系很好的，男耕田来女织布。”喊完不好意思地笑了，我也笑了。后来我见一个老头坐在门前，欲要问，老头已转身进屋，只撂下一句 :“我不晓得，莫找我。”

我们一行问出的东西差不多，要么是不晓得，要么是夫妻很好，树上的鸟儿成双对。我问，这里人都爱听黄梅戏吗？政法干部说是呀，几十年只作兴严凤英。

刘春枝安顿好后，抽抽搭搭地说了一些情况。何大智是去年底从县城回来的，过年（一九九八年一月二十七日）那日，他们中午在高坑吃饭，拜祠堂，晚上就去何山和父母、弟弟过年了，在那里住到正月初二（一月二十九日），刘春枝回高坑了，何大智去母舅表叔那里拜年，直到正月十一（二月七日）才回来，第二天就走了，说是和义兄打工去了。

刘春枝说 :“大智在家时挑粪砍树，打工时送钱回家。我总是说别打工了，在家种地也能活，他不听，说我没好吃的没好穿的。现在他死了，房梁倒了。”

刘春枝擤了下鼻涕，又说：“要说坏肯定是坏在他义兄手上了。我听说他义兄在县城打架，往死里打。肯定不是好人。”

刘春枝给我看了结婚证，我一看那上头的何大智，像被电触了，因为他的眼闭着，只留条小缝，他死时竟也如此。张老当时说，他害怕。

我们离开高坑时，刘遵礼出来送，我记得他握手很用力，都能感受到手窝湿热的气息。走了十几步，我回头望，却发现他不见了，全村人也不见了，只有蒸汽悬浮在屋顶。

1998年5月29日上午

我们从富强乡政府出发，又走到了何山小组。我们看到何大智父母家原是个矮屋，土砖被雨水冲得没有边线，旁边有根黑木顶着，以防倒塌。小组长找了一会儿，便把何父、何母和何弟找回来了。何父皱纹密布，像是蜘蛛在脸上纵横拉网；何母嘴唇下扣，一看就知道嘴恶；何弟则痴呆，老大不小的，挂着口水，以为我们有糖。

我说了情况后，何母大号大叫，何父赶忙推开她。何父眼里既无悲伤，也无诧异，只有麻木，何父鞠躬说：“给国家添麻烦了。”

何父说没什么可说的，人都死了，何母则抢辩道：“怎么没说的，人不能这样死了。”何父想拦，看她站在我们里边，便失望地拿着小锄头和小篮子出了门。何母说：“死东西挖药去了。”

没人阻拦了，何母就说得欢快起来，到最后手都说抖了。

何母说：“我儿死，我早知道，刘家人也早知道了，他们装不知道吧？小学订了报纸呢，说长江大桥爆炸了，我儿出门前跟刘春枝说了，他过不下去了，要去炸长江大桥，炸得全国都知道。现在你们来了，谢天谢地，有公理了。”

何母说：“都是刘春枝这妖精害的，我儿那么爱她，照顾她，可是她把钱管了，不给他吃好的，好的都给老乌龟刘遵礼吃了。刘遵礼和她偷人呢，偷了好多年，全村都晓得。我们也是穷，穷才娶这样的浪荡货，还倒插门。我们原以为结婚了，大家就收敛了，谁晓得刘遵礼还去，被发现了还打我儿。我儿太老实了，后来刘遵礼竟然不顾廉耻，和刘春枝睡到一张床上，叫我儿去煮面。我心想，你煮就煮啊，放老鼠药毒死他们。我儿每次回来，我都让他掀衣服，我看到背上总是条条紫痕，都是打的，造孽啊。我儿后来被逼着去打工，说是碍着眼睛了。你说我儿有活路没有？没有。他受了委屈，他也有脾气啊。今年过年，刘春枝来了，我们做好肉好菜，她一脸不耐烦，不下筷子，磨到初二就回去了，来拜年的亲戚还说，你们媳妇呢，我不好说，我能说她赶回去和刘遵礼那个老乌龟戳瘪吗？我就不知道，人怎么有那么多瘪要戳？”

何母说：“初四（一月三十一日）那天，我儿拜年回来，喝得醉醺醺的，我恼了，揪他耳朵说，你一个七尺男儿，连老婆都管不住，顶卵用。我儿犟，说别说了，别说了，知道了。却是磨到正月十一才回到高坑，十二就打工去了。现在看来不是打工，是炸桥。你说他不炸桥炸什么，他戴那么大一顶绿帽子，就要炸桥。”

我说：“他怎么不炸高坑呢？”

何母说：“他敢？我们这里谁敢？刘家光一个老三，就能把人吃了。我们这里都怕刘家人，刘家人上头有大官，欺人太甚。你们公安来了，你们是公道，你们管管这些偷人的。你知道刘遵礼这个老乌龟偷出什么名声吗？他跑到人家窗下吹口哨，把人家男人吹出来了。人家男人生气了，趁刘遵礼到乡里开会，把老婆带到会场，说：‘你不是喜欢吗？给你。’你知道刘遵礼说什么吗？刘遵礼大手一挥，说：‘我得了。’你说这样的人该不该杀？你们拿枪打那个刘遵礼，打那个狐狸精，打死她，我看她求饶不求饶，后悔不后悔，几百年妇道全被她败了。你们要是不干，我去干，我一定拿针扎她，拿火烧她，拿锄头戳她，戳死她这烂瘪。”

1998年5月29日下午至夜

当日下午，我们重回高坑，没见着刘春枝，说去县城了，也没见着刘遵礼，说走亲戚去了，十天半月回不来。同行的政法干部发恶了，问:“去哪个亲戚家了，地址告诉我。”刘遵礼老婆支支吾吾，政法干部便揪衣领喊:“你倒是说呀。”

刘遵礼老婆挣脱开后，跑到谷场大叫“公安打人了”，然后翻倒在地，抽搐双腿，吐出许多唾沫来。我们跑出来时，人们已像洪水冲出来，他们男女老少，提棍的提棍，持锄的持锄，舞刀的舞刀，弄斧的弄斧，黑压压一片，围了过来。他们问怎样了，刘遵礼老婆便干呕，说不行了。他们大声鼓噪，几个不怕死的老头拿竹棍先来敲我们，未几，刘遵礼单独从一间屋内杀出，他老远就挺着鸡蛋大的眼球喊:“谁打我老婆?”然后接过菜刀，看了一眼，剁向政法干部，如是十几刀，政法干部捂着右臂，说痛也痛也，却不见有血冒出。

我脑袋一片空白，任人推来推去，胡乱地说几句“冷静点”，但人们已没法冷静，因为政法干部把菜刀夺走了。政法干部一边跑一边挥舞着菜刀，当地民警说“快跑”，也跑了。这阵势便只剩我了，我想跑，又想人们看着我背影，盯着我警服呢，他们一定说警察屁滚尿流，一定笑岔了气。我只能暗自加快脚步。

那厢，政法干部跑到羊肠小径上，自觉安全了，便大喊：“刘遵礼，别猖狂，你的罪证在这里。”

他这么一喊，后头村民便赶几步，将死要面子的我逮住了。

我被抬起后，像睡在摇篮里，看到天穹，很蓝，很深邃，像枚瓷器，辉煌欲碎，接着，我又听到暴雨般的声音，那些声音说要处死我，我便滚下两行泪来。他们抬了几十步后，猛然将我放下，我站在地上，头晕眼花，然后又清晰地看到对面苍翠的山坡、湿黄的石头和清新的树，鸟儿正踩在晃悠悠的树枝上点头。

我不知道身在何方，自己要干什么，说什么。我僵直着身体，等待山脚一汉子取出柴枪，丈量好步子，疯狂地往这边跑来。我看到肌肉在他身上滚动，空气越来越密，越来越紧，像是有大事发生。枪尖在太阳底下闪出光芒，我又知道，那大事原来是刺穿一袋面粉——我的腹部将像面粉一样，发出“噗”的一声。我心里着急，嘴上狂念：“妈妈，妈妈。”

我想去摸枪，却发现双臂被架住，挣脱不开。更何况那支枪，在来文宁前我嫌麻烦托公家保管了。我像头即将挨宰的兽，全身抽搐，焦躁不安，忽又见亮光一闪，全身安静下来，粉黛不施的媛媛走到面前，拉住我的手，要我和她一起从隧道走过去。我看到那不远处的洞口闪耀着刺眼的强光，便抓紧了媛媛的手。

我看到她歪过头来，对着我心无芥蒂、灿烂地笑。

眼见宏大的光明将吞没我们，一声嘶喝又将我惊回现实。我睁开眼，看见像列车一样奔行的壮汉正在恐怖地紧急刹车，我想他的脚趾搓在地上，全部扭伤了，脚掌也蹭出大片的皮肉。我看到他把柴枪插到土里，痛苦地说："哥，哥，你这是怎么啦？"

刘遵礼瞪了一眼，说："老三，你是不是想我死啊？"

我的血液好像一下流开了。我死不了了。一时竟觉得世界如此可亲。我觉得我应该大小便失禁了，低头一看，却是没有。暗自缩了缩阳具，也没什么尿意。我其实早该想到，刘遵礼原也是怕事的，否则不会拿着刀背对着政法干部砍十几刀。我"咳"地叹息一声，甚至想去调解他们兄弟，谁料刘遵礼又死死盯着我，好像要恢复一只老虎原有的尊严。

我躲闪开目光，不料他拉住我胳膊，让我看他。我看得心慌，那里只有两只浑浊的眼球。

刘遵礼说："铐上我吧。"

我说："为什么？"

刘遵礼说："我破坏人家夫妻感情，破坏我知道不犯法，但人家把毛主席的长江大桥炸了，我就肯定犯法了。”

我说：“你有没有打何大智？”

刘遵礼说：“没有，我只偷他老婆。”

我说：“没打就没事。”

刘遵礼说：“果真没事？”

我说：“没事。”

刘遵礼说：“不是因为你在我手里，才这样说吧？”

我说：“你放了我，我也会说没事。”

我怕他不放心，又说：“本来就没事。”

刘遵礼大笑起来，笑完哭，哭完对众人说：“以后有人来问，就别说你耕田来我织布了，就说我偷人，偷就偷了，没事。”众人如遭大赦，跟着笑起来，刘遵礼的老婆也幸福地笑了。

那夜，我非得吃刘遵礼家最好的腊肉，饮刘遵礼家最好的谷酒，才得以离开高坑。刘遵礼打电筒把我送过羊肠小路后，说：“你说话算数吗？”我说：“算数。”他才算是安心地回了。

一个人走到村部后，我才轻松了些。我解开裤扣撒尿，“哗哗”泡松好大一块地，我觉得快完了，那液体仍然往外狂奔，我便想以前追媛媛时从她家回来，都要紧张地在土墙边撒一泡尿。我想媛媛有一天要是问我有多爱她，我就带她到那里，将泡松的墙体推倒。

在村部小卖部，同伙拿菜刀磨柜台，气势汹汹，我忽而也气势汹汹，我想你刘遵礼至少是袭警啊。一个多小时后，十几个当地民警赶来，大家鼓噪着上路，要去重振公安的威风，却不料带头的接了一个电话，又丧气地命令我们不要去。

从山路往下走后，我朝上看了看月亮，月亮就挂在树枝上，硕大无朋，就像要掉下来一样，很恐怖。可是我总是止不住往上看，我怕，就是我还活着。上了车后，听到机器哼叫的声音，我便知路面被一丈丈抛下。

我是再也不来这地方了。

1998年6月2日

在文宁县去了几趟矿山，往高坑刘遵礼那里又打了几个电话后，我们得到一点信息，但得不到更多，便收兵回本省了。六月二日，刑侦大队发出协查吴军的通告，我受命整理破案报告。

我能写出的纲要是：二月七日，原爆破手何大智声称帮高坑水库买炸鱼用品，从文宁县某铜矿保管员处私购硝铵炸药十公斤，当日回家，对妻子刘春枝说，我不和你过了，我要去炸人，春运火车挤，我就炸汽车，我要炸长江大桥的汽车。二月十日，何大智与吴军离开友丰旅社，乘卧铺车抵达本省。二月十四日，两人离开幸福旅社，搭乘9路电车，在长江大桥引爆炸药。

我能推测出的爆炸因由是“爱情恐怖主义”。写报告前，我打通了张老的电话，说了一些情况，张老听说我要请教，不痛不快地说：“我是最后一次帮你了。”

我说：“一月三十一日，何母对儿子何大智说，你没个卵用。此时何大智的自尊心已被摧毁殆尽，一定想到自己的无能，想到小孩子都说他戴绿帽，阳痿，便受不了，要和心肠狠毒的妻子赌个博，赌注就是炸汽车。为了使一切看来像真的，为了彻底吓倒对方，他特意搞来十公斤炸药。二月七日他向刘春枝摊牌，说了要自杀的意思，不单是自己要死，很多人也要陪着死。这是场情感赌博，赌赢了，刘春枝会害怕，会恳求他不要这么做，老实巴交的他就会原谅她，好好待她，和她一起好好生活；赌输就没想到，赌徒好像从来不会想到输。结果刘春枝恰恰表现得无动于衷，这样何大智就被逼上悬崖了。”

张老说：“面子这东西在乡村是这样，对一贯有的人来说，算不得什么，对没有的，却特别重要。”

我说：“嗯。刘春枝说，你快点去炸啊。何大智就束手无策了，就傻眼了，就只能昏昏沉沉提着炸药走了。他总不能四肢健全地跑回来，告诉众亲朋，我没炸。可惜刘春枝不懂这个处境，等她懂了，就晚了。二月十一日，刘春枝托人往县城带信，说，我对不起你，你不要做对不起党和社会主义的事情。这信晚来了一天，那边何大智等啊等，等了两三天，已经万念俱灰，已经离开文宁县城了。此时只有桥塌了，或者电车罢工了，才能给何大智台阶下。何大智估计也惶恐，当天凌晨，他伏在厕所墙上哭过。”

张老说：“是，两个引爆人中间，有一个是明显害怕的。”

我说：“何大智越靠近我们省，人生之路就越少，就越觉得自己是被冲动绑架了。可是他又想到，自己在薄情寡义的美人刘春枝那里什么也得不到，便不如死了，死了爽快。接着，他又会想到，恰恰没有比搞一场爆炸案更能报复刘春枝的了。他想全国潮水般的口水将涌向刘春枝，让她自责、惊慌、恐惧，夜夜做噩梦，终身背十字架。这时，他或许又是快意恩仇的上帝，在主持，在审判，这也许是软弱的他坚持到最后的原因。”

张老说：“等等，我觉得自杀也能达到同样效果，自杀照样能把指责引向刘春枝。”

我说：“他说出炸桥的话了，收不回了。”

张老说：“那他当初为什么不说‘我要自杀’呢，我觉得蹊跷。”

我说：“您讲过，弱者迷恋爆炸效果。何大智一定权衡过炸十人和炸一人的效果，当然是前者更富于证明性。我想何大智一定渴望扬眉吐气，渴望自己最后一把不输给刘遵礼。事实也是，刘遵礼被他这一举动镇压了。”

张老说：“有漏洞。我再假设，为什么不炸他老婆的村子呢？”

我说：“何大智起先只想用威胁炸人来赌博。何大智说要炸老婆的本家，怎么挽回？更何况高坑的人凶得不得了，大家听说何大智要炸他们，还不把他打死，何大智不会这么傻。”

张老说：“他要死，为何拖个人陪呢？”

我说：“您说的是吴军，吴军不知是哪里人，但极度厌世，也是个等死的人。我这里有他的遗书，上面画了女人，写了诗，说，来也无根，去不留痕。就在美丽地结束不美丽的生命。我判断他失恋了，渴望自我毁灭。”

张老说：“一首破诗。”

我说：“他叫‘四大山人’，会画画、写诗、唱戏、武打。他老板说他艺术不错，我觉得至少是有文化的了。一个有文化的人在县城旅社擦桌子洗碗，说明自弃。很多人不就喜欢这样吗？你说我一表人才，前途无量，好，我报废给你看。你不爱我，我就报废，我越报废越超然，越报废越清高。我觉得挑在情人节这天升天，是吴军的主意。何大智没文化，定然想不到。”

张老说:“对,有点文化的人就这样,特重视情人节啊圣诞节啊母亲节什么的。”

我说:“我老觉得这是一场由失恋导致的恐怖主义。何大智想对傲慢的刘春枝实施恐吓,吴军想为了心中的女神自毁,两个人凑一起,互相影响,就成行了。何大智可能有点不坚决,早有死意的吴军则裹挟着他前进。”

张老说:“直觉上我感觉不对,你就可能吧,假设吧,编吧,反正这类案件破不破都一样,破了也挽回不了什么。”

我心想,您老怎么这么轻慢,我自己都差点成炮灰了,你还争辩什么,你失恋过吗?

我说:“谢谢张老。”

张老却说:“别和老头见怪了,再见。”

我说:“再见。”

张老说:“再见。”

1998年6月5日—6月10日

整理好材料后,我交给副大队长,副大队长签字“可”,又交给大队长,大队长签字“可”,大队长从局长那里回来后,叫我们去行管科领点钱,准备赴京汇报。在行管科那里办手续时,我顺便问了下周三可的悬赏金,人家却说他对着镜子把脖子割了，血溅三尺，死了。

我说："你确定是周三可吗？"

那姑娘说："是啊，怎么不是？"

我想这六万五千四百元，我们应该再给他添上四千六百元添到七万才是。可是添再多都没用了。

下午我拿着批示去行管科支另外一笔钱，会计姑娘又急忙说，没死呢，周三可中午猴急着赶来了，把悬赏金一文不少地取走了，还一张张地看，怕是有假钱。

我说："我说呢。"

六月五日，我们坐飞机赴京汇报情况，公安部表达了疑虑，但还是承认了破案结论。我订票准备从北京站回，忽然想到北京站的门，又想到张老，便和副大队长说要不要去探望探望他。副大队长当然同意，我打张老电话，却发现始终只有一个女士在说："您所拨打的电话暂时无法接通。"我又把电话拨到公安部刑侦局，负责接待我们的人说："张其翼同志死了。"

怎么可能？

但人家就是这样说的。

我忽觉被一盆水兜头浇下，竟是跌坐在椅子上，半晌不能言语。那边好似知道什么，又说："实验炸药时不小心牺牲了。"

我回头对副大队长说："张老弄炸药不小心把自己炸死了。"

副大队长一惊，忽而说："怪人啊，会划水的被水呛死了。"

次日，我们买好又大又阔的花圈，唏嘘着赶往八宝山，原以为那里哭声震天，可是一走进追悼会现场，却只发现松松散散摆了七八只花圈，稀稀落落站了十几个人。张老待在遗像里，嘴唇紧扣，眼神凌厉，将所有人拒之门外。旁边有惨白的对联一副，写：鞠躬尽瘁死而后已，功勋卓著思无可追。

横批是：烈士千古。

我们向着骨灰盒鞠躬，没有一个家属过来扶接、握手。我们便退到一旁，听一个戴眼镜的警监严肃地念悼词。他面无表情，念了诸如"舍小家顾大家""莫大的损失"等词，正要念"永垂不朽"时，话筒突然没声音了，他拨了拨，声音又刺响起来，他想也差不多说完了，便鞠上一躬，在别人的招呼下走了。然后大家呼啦啦都走了，手机此起彼伏地响个不停。我回头看了眼，张老还是那样拒人千里之外地看着，甚是凄寒。

在外边，我们问了个相熟的部里人，他叹息道："张老是鳏夫，又没朋友，可怜得很。"

那人又说："张老一直住在老宿舍，不开窗帘，深居简出，说是专门研制一种针对人体的炸弹，也研究出来了，很少分量，能在极短时间内，根据骨骼结构和肌肉分布情况，对人体实施摧毁力极强的定向爆破。张老在遗书里说，科学外表看像个美丽的女子，本质却又是邪恶的，你越知道这东西不能研制，可又越禁不住它的诱惑。东西没做出来时，张老还正常，还来上班，做出来了，就完了，就在家里走来走去，不知道怎么办，因为世上没有活人可以供他实验，拿到猪羊身上实验又没什么意义，拿死人试验又要申报，他不知道怎么想的，鬼迷心窍，把自己当实验品了。张老在遗书里公布了炸药配置方法，希望能给我们一点提前量，就是未来有人这样爆炸时，可以做到心里有数。我们看了几遍，代码太多，看不懂，又觉得邪恶，便烧了。”

我问："张老是如何把自己炸掉的呢？"

那人说："二号晚上，老宿舍发出'嘭'的一声后，邻居就报案了。出警的人赶到后，推开门，发现房间很干净，接着又推开卫生间，发现牙刷、毛巾和水管也完好无损，水龙头和莲蓬头还在'哗哗'地出水，只有天花板和角落还粘了一点肉末。按照遗书上的说法，张老应该是在天顶、脖颈、胸脯、后背、腹部、膝盖和脚面安装了七枚液弹，把自己炸粉碎了，可是又没有伤害到别的东西。你看追悼会上有骨灰盒，其实盒子是空的，他的尸骨都让水冲走，冲到下水道去了。"

我忽然悲怆起来，想到张老最后一句话是说给我的。他说："再见。"我说："再见。"他又说："再见。"我想他是在特意向这愚蠢人世的代表挥手，他说："傻孩子，我要去天堂寻找聪明的伙伴了，不陪你们玩了。"

我们回去时坐火车，走到北京站时，看到正厅还是个"门"字，门下穿赤橙黄绿青蓝紫各色衣服的人，提着大包小包，你推我撞，熙熙攘攘，各有方向，各有目的，各有事情，只是不见张老其人，我便知道张老万世孤独。

归来后，我越念及张老，越觉自己是偷走了奖赏，因为我并没找到让何大智、吴军达成死亡默契的切实证据。当日他们结拜有言"但求同死"，但也只是宣誓而已，很难相信，刘春枝给何大智造成的痛苦，会感染到吴军；反过来亦是。我和朋友聊及此事，朋友却说，即使你的结论是错误的，那也是目前最靠近真相的结论了。

我心下不安，却也只好如此了，在我的智力范围内，这已使我殚精竭虑了。

忙完一切，回到家，忽见着白发一路长进妈妈的头发，便说："妈，你老了。"

妈妈说："哪里老了？我没有变化啊。倒是你瘦了很多。你看，你瘦得腮骨都出来了。"

我说："没有吧。"

妈妈说："我老是惦记你不结婚，新谈朋友了吗？"

我说："没呢，不是忙案子吗？"

妈妈说："媛媛就莫要了，以后就是找你也莫要了。"

我说："她可能找我吗？"

妈妈说："我就是提醒下你。"

到巷口，拜见王姨，王姨露出欣喜的门牙，心疼地说："老二回来啦，瘦了不少。"然后拉我进门，小声说："老二你出气了。媛媛的事不知怎么被发现了，科长老婆跑到单位，狂抓媛媛的脸，闹得很大。起初大家以为闹一下就算了，谁知那妇女足足去闹了大半个月，一直闹到媛媛不敢上班，科长在单位也作了检讨，可是夫人还是不依不饶，竟然天天到纪委那里上班，把纪委上烦了，便把科长免了。科长回头就和夫人离婚了，一出民政局，他就找媛媛，说是总算可以结婚了，可媛媛不知道怎么回事，以前对他挺好，这下却不答应了。这科长就拿刀出来唬人，媛媛还是不答应。至今还没解决呢。"

张姨恰好进来，说："媛媛是势利小人，官免了，就不跟人家了。"

我说："我妈怎么不跟我说？"

王姨说："你妈嗤了三声，大概是要保持蔑视的姿态。"

我想到我妈，心下忽然凄凉。我爸去后十几年，都是她做饭给我吃，我今日也要做顿饭给她吃。这么想便起身去买菜了。

路过菜市场，看到公共厕所，以前那里坐着眉毛文绿的阿姨，死气沉沉，群蝇毕至，现在却仙气袅袅，芬香扑鼻，门口也换成个低头看书的男子，穿西服，打领带，头上抹了油光光的摩丝。

我望了那厕所门楣一眼，有红福字倒挂着，旁边又有一张红纸，写着“开张大吉”，我想，这是个什么世界。

1998年6月14日

“情人节爆炸案”过去整整四个月，我被副大队长、大队长、副局长先后找去谈话，被告知提了个中队教导员，享受副科待遇。我回来时，背着手在新办公室内走过来走过去，总觉得墙上少了幅画。挂《劝世歌》好似太俗，挂《泉》又太暴露，挂《清明上河图》或许贴题，想想，还是自己动手把《人民警察之歌》的宣传画挂了上去。如是，忽来了个实习警员，拿着材料要我签字，我看都没看就签了。那小孩要走，我又招手叫了回来，把签名看了一遍。

我心想，范教导啊范教导，你也该练练字了。

下班时，我小心锁好办公室，竟是有些不肯走，总算转身时，忽又见面前站了一个衣衫褴褛、浑身发臭、皱纹纵横驱驰的老头。老头看到我就松开板车，趴在地上磕头。我心想这是谁把他放进来的，转而又觉得自己站得太高了，便蹲下说："老伯请起。"

老头抬起头，喷出一嘴口臭，说："我认得你，你是好干部。"

我说："你说仔细点。"

老头又说："我认得你，你去过我们文宁县。"

我这才惊醒过来，来者却是文宁县富强乡何山小组的何文暹，死者何大智的父亲。当日我们去找他，他自顾自地采药去了，好似麻木，如今怎的又赶来了。

我说："你来干吗呢？"

何文暹说："我来拖我儿尸体。"

我骇然摊开双手，说："只有一把灰，怕是火葬场处理了。"

何文暹的眼皮忽然上下榨起来，不久榨出几颗黄豆大的泪水，接着又瘫了，好似脊椎被人打断了。我心下不忍，便进了办公室，找到火葬场电话拨过去，问了，竟然有人值班，便按了下遥控器，那边吉普车怪叫了两声。

我出来后对何文暹说："老伯，我带你去火葬场。"

何文暹就又复活了，站起来去拖板车。我说："不用拖，就放在这里。"他好像没听懂，不舍得放下，我又大声说："放在这里，没人偷的。"何文暹这才小心把板车拖到一边。

我开着车载着何文暹往郊外疾驰时，用余光瞟了下他，却是发现他也不瞅矗立的高楼大厦，也不看飞转的灯红酒绿，就是缩着身子扑簌扑簌地掉眼泪，好似我以前送过的一个走失儿童。

到了火葬场后，值班员把何大智的骨灰盒捧了出来，何文暹看了很久看不懂，我说："就是这个，你儿子就在这里。"何文暹便去找机关，找了半天找不出来，我一拨，那盒子便开了，何文暹解开小袋一看，果然是些灰和骨头，双手便哆嗦起来，好似一时得了帕金森综合征。我正要扶，他又放天哭起来，那眼泪一颗颗地滚，像石头一颗颗滚。我知道他是真悲伤，便让值班的弄些饭食来，那人端来冷饭后，何文暹用手抓了几把，塞下去，把喉咙噎住了。咽了几口，咽不下去，便呕出来。有些米饭掉到地上，他便用手抓起来，抓好了又用袖子擦地，说："麻烦了。"

转而他又说："是我害死你了啊。"

我心想这是怎么了，见值班的好似也很为难，便把何文暹扶回车上，把他拉走了。这一路，他就是把头一下下撞在骨灰盒上，说："我儿，是我害死你了啊。"

我说："老伯别难过，不能怪你。"

何文暹起初没在意，我劝了几番后，他忽然说："怎么不怪我？就是怪我啊。"

到大队后，我把车停在板车旁边，进去打电话给门卫，要他准备点饮水食物，然后把何文暹请到沙发上，任他哭泣。这样哭完了，何文暹像洗了个脸一般，竟是往我办公室四处惶恐地望。我说："老伯别难过，你有什么话可以跟我说。"

何文暹看了看我，我直视着他，点点头，他便放松下来。

何文暹说："我儿是被我逼死的。一九九五年热天，我儿在铜矿不做了，回家待着。我问怎么不做了，他说被开除了。后来我才知道不是被开除的，是自己溜回来的，溜回来是因小学有个秦老师，他就是想和秦老师鬼混。有一天，我赶牛从小学后边过，猛然看到我儿和秦老师光着身子躺在床上，互相亲嘴，摸下身，便受不了了，拿锄头冲进去，一锄头打中秦老师屁股，那里响了一下。我儿傻了，赤身跪在地上，说敲死我吧。我便找来教鞭，狠命抽我儿，抽得胸前背后条条紫痕。我说，不知羞的东西，没爹娘教的东西。"

何文暹说："第二日秦老师一瘸一拐走了，再没回来，人们只当调走了。我儿神不守舍，我便绑住他，我们家的问，我就说他偷了东西。后来看要饿死我儿了，我们家的就要自杀，我看看也不行，就放了他。后来我听说高坑刘春枝要倒插门，就找了媒人。我记得我儿为这事哭了一日，不过最后还是同意了。我就是想让他正常点，但他矫正不过来，后来竟要炸大桥，这也是我害的，我做得太绝了。”

何文暹的话很难听懂，可我却是越听越明朗，身上竟热血翻腾。至此，我才知道，何文暹正是那秘密的瓶盖。我想做个笔录，写好了时间地点，忽又觉得不必。我把笔抛下，说："老伯别伤心了，我给你安排个住的地方吧。”

何文暹忙站起来说："不麻烦了，你是好干部，不麻烦了。”

我问："那你住在哪里？”

何文暹没听懂，只是鞠了一躬，捧着骨灰盒走出去。我跟着出来，已看到他把小盒子用粗绳绑在硕大的板车上。我说："你要走吗？”

何文暹说："我从来没跟人说过，我有罪的。”

我正想着要挽留一二，忽而又闻到那口腔里的臭味，便管住了自己。门卫送水和面包过来后，我把它们塞给何文暹，想想又加了两百元钱。我说："别难过了。”

然后我看着何文暹拖着板车，念念有词地走了。他先念五个字，接着念四个字，接着又念五个字，接着又念四个字。我听不太懂这方言，便不费力猜了。我慢慢看着，看着他像团黑泥消失了，感觉不可知的世界一块块清晰起来。

刘春枝为什么偷人？

因为何大智不过夫妻生活。

何大智为什么打工？

因为想逃避与刘春枝在一起。

何大智为什么绝望？

因为何文暹拆散了他和秦老师，虽然何文暹保守秘密，但来自父亲强有力的判决令何大智自我感觉是被塞来塞去的物品。

何大智为什么告诉刘春枝要炸人？

他要找这个名义。

吴军声音为什么又高又尖又美？

这是天生的。

吴军为什么喜欢演旦角，为什么描口红，画鬓角？

他努力使自己本质如此。

吴军为什么愤恨厂长？

厂长刺伤了他对本质的自我认知，羞辱了他内心里神圣的东西。

吴军为什么和混混狂殴？

混混们调戏他，说他是龅牙妓女，定然是个同性恋，不小心揭露了他。

吴军为什么弄那么多身份证，并隐瞒出生地？

想避开人们对其准确的指认和指责。

吴军为什么写那样的诗？

他对环境绝望，对自己绝望。

吴军为什么要画一个披头散发的女子？

那女子去除长发后，不就是吴军自己吗？

他们为何结义？

实是拜堂。

他们的不自由各在何处？

何的不自由来自何文暹，何文暹发现吴军何大智的事后，将何大智赶回到刘家，刘春枝构成新的不自由；吴的不自由来自混混和街道的敏感，以及自己的敏感。吴军觉得无处可逃。

他们何以选择死亡？

在自由不自由间，只有死亡过渡。当不自由难以忍受，而自由又遥不可及时，死亡取代自由，成为美好想象。

何以又选择自杀性爆炸？

是要用整个世界来偿还他们的委屈和愤怒。

接下来，我的思维飘荡至两间旅社，我想我像上帝一样，看到了他们最后的时光。

在友丰旅社杂物房，我先是看到一张孤零零的床，何大智坐那里看星星，他是掉落的一颗；后来又多了一张床，吴军坐那里看星星，也是掉落的一颗。两颗星对视一眼，好像你终归是这个世界的，是陌生的，无话可说。

几天后，一张床躺着血流不止的伤者吴军，另一张床空着。何大智敷药，包扎，喂汤，像女人照料男人一样照顾男人。何大智眼泪哗哗地说，别和混混较劲，你就当他们是猪，不要和猪较劲；吴军说没什么的。

又几天后，一张床躺着两人，或者另一张床躺着两人。吴军对何大智耳语："我每次听孟庭苇的歌都起鸡皮疙瘩。她唱，两个人的寒冷靠在一起就是微温；是否每一位快乐过的红颜，最后都是你伤心的妹妹。"

又一日，一张床只躺着吴军一人，吴军盖着戏服酣睡，地上是擦拭过精液的卫生纸。何文暹推门进来，见到这个，悲怆而恶心。何文暹在店前等到买菜回来的何大智后，什么也没说，拎起他就走，人们骚动起来，说这个父亲很愤怒。吴军也推开窗看，看得眼泪流出来，心想再没缘分了。而何大智像那个运城县的知青，在看到县城的琉璃瓦、水泥路越来越远，而中巴车的尾气和乡下油菜花又越来越大时，被溺死的情绪包围。他对何文暹说："信不信我杀了你？"何文暹找到司机用的摇杆，递给他，说："你现在敲死我吧。"

几天后，吴军在一张床上辗转反侧，何大智忽然归来，两人喜极而泣，又哀伤不已。沉默很久后，吴军说："我们去死吧。"何大智说："好。"吴军说："去长江大桥死吧，毛主席写了诗，风景美丽。”何大智说：“好。”两人依依别过。

又一日，吴军在一张床上发呆，何大智疲惫地进来，将炸药塞入床下。

又一日，两张床都空了，只留下一个揉皱的香烟盒、一双雨鞋、一首诗和两张身份证。

吴军和何大智在凌晨五点漆黑的县城街道手拉手走，又冷又饿，后来，饿得没重量了，便飞。吴军说：“用力点，上边就是光明了。”何大智就用力扑打翅膀。吴军说：“看到阳光了吗？”何大智说：“看到了，太刺眼了。”

两人飞落到幸福旅社后，吃好的，住好的，像王子，像公主，像世界末日。只不过何大智终归要害怕一下，便跑到厕所哭，他哭世界无容人处，无立锥地。而吴军心意早决，他大声呵斥何大智：“别哭啦，哭什么哭？”何大智便像恐惧的孩子，停止抽泣。

吴军问：“听说过有人走路被车轧死了吗？”

何大智答：“听说过。”

吴军问：“听说过有人得癌症死了吗？”

何大智答：“听说过。”

吴军问：“听说过有人打仗死了吗？”

何大智答：“听说过。”

吴军问："听说过有人被杀死了吗？"

何大智答："听说过。"

吴军说："人皆有一死。不是这样死，就是那样死。总是个死。"

吴军又问："死了能带走粮食和人民币吗？"

何大智答："带不走。"

吴军问："活三十岁是活吗？"

何大智答："是活。"

吴军问："活六十岁是活吗？"

何大智答："是活。"

吴军说："是造孽。"

何大智说："嗯。"

吴军问："你爹骂你你开心吗？"

何大智说："不开心。"

吴军问："你老婆管你你开心吗？"

何大智说："不开心。"

吴军问："流氓混混取笑你你开心吗？"

何大智说："不开心。"

吴军问："老板随便开除你，你开心吗？"

何大智说："不开心。"

吴军问："像老鼠一样躲躲藏藏开心吗？"

何大智说："不开心。"

吴军问："这些是什么呢？"

何大智摇头。

吴军说："这些是活着。你还想活吗？"

何大智说："不想活。"

吴军说："你是爆破手，知道爆炸后的感受吗？"

何大智说："不知道。"

吴军说："像被打了一针，很快，快到感受不到任何痛苦。"

何大智说："嗯。"

吴军说："不要怕，我陪你死。"

何大智说："嗯。"

吴军说："别嗯了，看着我，孩子，就这样看着我。跟我说，我爱你。"

何大智说："我爱你。"

吴军说："大声点。"

何大智大声地说："我爱你。"

1998年6月14日夜

我这样激烈地想了很久，竟像是一个写完小说、作完曲的人一样，以为自己创造了什么，要急于告诉一个妙人。可是又突然发觉，自己恰恰是这个秘密的信托人。

许久，远天隐隐传来打雷声，我才想到另外一件事。

我打电话给妈妈说不回家了。

我说："妈，你给我叫次魂吧。"

妈妈说："你这孩子怎么了？"

我说："你就叫吧，我想听。"

妈妈好似有些害羞，说："老二回来啊。"

妈妈又自答："回来了啊。"

我数了下，第一句是五个字，第二句是四个字。心下忽然翻江倒海，挂了电话，关上办公室门，就去开车了。

我把车往大桥开时，时速是八十码，跑了一刻钟。忽而想，这样跑上高速，跑上省道，跑到山路，跑到河里，竟是要一个日夜。如果是走路，七百里几可算是长征了。我跑得心急了，又想人家太老，走不了这么快，便放慢速度，一边走一边看。看了一会儿，就要用雨刮器了，却是像一头扎入雾海，什么也看不清楚了。

这样鬼迷心窍地走走停停，又兜转过来寻，却是寻不着了。我就想，何文暹一定拖着板车去哪个隐蔽地躲着了，心下便叹息起来。我想自己是送不成了。明天一早，太阳出来，何文暹就会抖擞精神，念念有词，拖着孤零零的骨灰盒往故乡走。

我让警灯无声地亮着，拉开车门，坐在那里慢慢抽烟，好似看到爸爸在离家一里外的雨天骑着自行车往家赶。雨淅淅沥沥地下了一阵后，便斜着浇灌起来，夜路上有了庞大的水花，起了浓厚的水雾，人的眼皮便睁不开。我看到爸爸肩膀左一晃，右一晃，勉强骑到了一个转弯处，他想雨太他妈大了，路太他妈遥远了，怎么骑也骑不动，然后又大概听到了一种好听的声音，便仔细听起来，等他听明白了时，那轮胎在水面上劈波斩浪的声音已经奔到眼前，他头也没抬，便被撞飞起来，好似地球是老天，老天是地球，就这样转了许久，眩晕了许久，才像一袋面粉，无声地扑落于路旁的草丛。接着圆轱辘变成方轱辘的自行车又“咔”的一声撞到树上，把我爸爸吓坏了。我爸爸匆忙看看自己，整个人好好的，就是里边像拆散了一样。

那天我在家忍着瞌睡做作业，想不做又害怕，暗自偷了几个懒，将就做完了，便马上钻床上去睡了，而妈妈则把暖好的菜愤怒地倒回锅里，嘴角狠毒地骂爸爸，说范老子你有种，半小时不回，一个小时也不回，一小时不回，两个小时也不回。后来又有些担心，可是拉开窗户，雨便飘洒进来，浇了一身。妈妈宽慰自己，男人也要打打牌的，也要应酬的，家里没电话，带个信回来也好，不带是太看不起女人了。看不起就看不起。

妈妈便也把自己哄睡着了。

第二天一早，妈妈醒来，一直眼皮狂跳，看范老子还没回，很有些预感，便急急出门，刚一出去，便声嘶力竭地喊起来，那声音就好似要把天空生生撕裂。我还在床上就心脏狂跳，踉踉跄跄赶出来后，看到我爸爸身体蜡白，衣服滴水，像个皱巴巴的东西，趴在门口一动不动。我知道他辛辛苦苦爬回来，是要看我作业做好了没有，没有做好就揍我。

后来我就自由了。

1998年6月23日

我的教导员瘾还没过足，便接到通知，去龟寿山一个会议中心参加警衔晋升培训班。起初几天，都是大老爷们在一起，没甚意思，我便独自散步，走上山顶，便看到江岸区的度假旅社区了。我想幸福旅社就在其中，何大智推开窗户，又回头叫吴军："你看，那里有个人。"

吴军看了几次，看明白了，说："世界好小，那么远的人都能看到。"

最后一天，中心忽然拥来一批要到银行上岗的女青年，个个脆嫩欲滴，看得我是眼花缭乱，禁不住就想在这里培训到老。是夜，我们办毕业舞会，这些妹妹果然温文尔雅地赶来，我从一旁走过去，禁不住就要开开屏。机会直到好晚才出现，主持人说年轻有为的范教导员可是再世陈百强，我便搓着皮鞋，扭捏着上台了。正低头吹麦克风，忽见对面的门开了，一个脸打白霜、身穿红呢裙的女鬼飘进来。我立刻僵住，想管住脸上的怒火，却管不住。

我想这些人通通消失了就好，可是他们却齐齐整整地拍巴掌，用期待领袖的眼神焦渴地期待着我。我便不知道如何自处了，后来有人走过来，拿走麦克风，又拍拍我的肩膀，结果把我喉咙里的一句话忽然拍出。我说："我从来没有像现在这样不幸过。"

我闭上眼也能看见他们惊呆了，在我大踏步走向门口后，那背部也一定像磁铁，将那些惊呆的目光吸过来。然后，女鬼也跟着走出去了，大家都明白了。

出门后，我先是听到皮鞋声在楼梯间"噔噔"作响，接着便听到红色高跟鞋在后头紧紧跟着，心下竟是悚然。转到二楼，我抽钥匙打开门。想关上门时，却见那张惨白的脸畏缩地卡在那里，我便弃门坐到床上。

她进来后，磨蹭很久，才鼓起勇气，授权自己坐在椅上。

我说："孟媛媛，有话请讲。"

媛媛摇摇头。

我说:“那好，我说。我告诉你，分手后我天天在等你打电话。”

媛媛说:“我打了，打不通。”

我说:“你不会打我家啊?”

媛媛说:“我怕。”

我说:“我左等右等等不来，就发恶誓，说再不理你了，你求我，我也不理了。”

媛媛说:“对不起。”

我说:“你回去吧。”

媛媛坐着不肯动，好似那是最后的阵地。

我看了眼手表，说:“你睡床吧，我找别人睡。”

我都起身走到门口了，媛媛忽然走来，捉住我胳膊，说:“是不是一点机会都没有了?”

我没说话，媛媛的眼泪却流了我一手。

我说:“你睡吧，我看着你睡。”

媛媛说:“我不睡。”

我说:“让你睡，你就睡。”

媛媛说:“你说句话吧，说了我睡。”

我说:“说什么?”

媛媛说:“孩子，我原谅你。”

我说："孩子，我原谅你。"

媛媛凄惶地笑了一下，说："你说了我就高兴些，就满足了。"

我心间隐隐碎了，便避开她去洗澡了。总算洗完出来，忽见媛媛赤身躺在床上，嘴间又添了浓烈的口红，像个小丑，可眼泪还是晃荡在眼窝。

我说："你平日也不化妆，干吗现在化这么难看？"

媛媛说："书上说，化妆是对人尊重。"

我说："你尊重别人去吧。"

媛媛说："我只想尊重你。"

我好似要说点什么，却是压住不说，只是掀被子盖她。媛媛眼泪忽又淌出来，竟将刚化好的妆冲垮了。媛媛说："你是不是嫌弃我了？"

我没说话。

媛媛便紧紧抓着被子，哆嗦起来，许久又说："我知道是要被你嫌弃死的，你让我在这里住一夜吧。"

我说："你住吧。"

媛媛却是又哭起来，好似眼睛是个水袋，一挤就挤出很大一摊来。我没话说了，一个人走到窗前，拉开窗户对着江景发呆。许久，竟又觉得被抱住了，挣脱不开。媛媛说："对不起。我伤害你了。"

我说："你没伤害我。"

嫒嫒说："我伤害了。"

嫒嫒又说："我妈妈嫁人了，搬人家去住了，这边的房子也要卖掉。"

我说："爱卖卖去。"

刚一说完，便酸楚起来，猛想到女人一生所需，就是一间房子，房子还在装修时，她就过来规划了，这里摆个书柜，那里摆个妆台，这里粉刷成黄色，那里配个孩子睡的摇椅，南柯一梦，如今是无家可归，各自孤零了。

此时嫒嫒松开手，伤心地去穿衣服。

我滚下泪来，心里终于痛了，一时想自己也有太多不是，何德何能，竟至让人如此讨好一夜？

我便大声吼道："你干什么？"

嫒嫒说："我走。"

我说："天这么黑，你走哪里去？"

后来的一天

光阴似箭，我却是不敢和妈妈提及复合之事。忽而一日，趁着高兴，便说了，妈妈筷子掉地上了，整个人傻坐着，许久才知道抹眼泪。妈妈说："你和范老子一样心软。"

妈妈说:“我日后命苦了。”

我劝了好几番，竟是劝不返，便想着去给她做顿饭。去到菜场，阳光明媚，忽见那公厕周围多了很多小摊小贩，还有老头下棋，小学生做作业，竟是热闹非凡，细一看，瓷砖墙上又多了片红纸，上书“有史以来”，心下便乐了，心想再不去，对不起这人的想象力。

我解决完出来，那正在捧书苦读的男子正好抬头，我大叫:“周三可。”

周三可起立，虔诚地递来中华，又递来一张名片，又掏出ZIPPO点火。

我说:“不错啊，是经理了。你看什么书呢?”

周三可说:“《MBA工商管理教程》。”

我心下奇了，说:“传说你不是自杀了吗?”

周三可说:“哎呀，老弟，说起来都因为你。你看这里，疤子好长一条。送死那天，是一日四衰。我先给记者报料，说淹了车，结果记者来了后反而骂我，你为什么不打110、120？你没见淹死人吗?我哪知人没救出来，通讯员的资格就这样生生被取消了。接着，我走路又看到好多人抽奖，说是奖票越来越少，轿车还没领走，便去银行取钱来买，买了两千多，歇手抽烟，结果别人交两块，把轿车摸走了。我这个叹，就去兑足彩，谁知卖彩的说，不用来了，不开了。我想也是，赌博这东西国家能让它久办吗？心便碎了，还说把五百万均分给老婆、父母、孩子，分个鬼。后来才知道，不是不开，是意大利一个修女还是教皇死了，意甲停赛，奖开不出来了，你说气人不？走投无路了，我就想还有六万五千四百块在你手里，就打电话，谁知你劈头来句，没用，身份证没用。我就忽然被泼下一盆凉水，湿漉漉的，清醒得不得了，回去后就找刀割自己，还好我懒，平日不磨刀，刀钝了，割了几分钟，便把自己割活了。”

我说：“活下来就好。”

周三可说：“可不是，刚从医院回来，就听说你们班师，跑去问，竟问到奖金，我便喜煞。手里全部是现金，拿起来又和砖头没区别，我就叫自己冷静，冷静，再冷静，可是不能再吃不能再喝了，可是要搞百年大计了，这样就投资厕所来了。”

我说：“生意好做吗？”

周三可说：“不好做，你想，来买菜的都是中年妇女，一分钱都要还价半小时，上厕所付费，超出她们理解范围了。她们都说，周疯子，你不给我钱就算好了。”

我说：“那你还承包？”

周三可说：“头几天，我也慌，装镜子，烧檀香，请保洁工三班打扫，搞得和宾馆一样，结果成本上去了，客反而被这阵势吓跑了。那时我见人就想拦下，爹爹啊，尿一泡吧，爹爹啊，很便宜的，可是人家怎么会理你？人家思维早就定性了，人家这是肥料。后来我算是开窍了，拉尿收费是抢劫，人们不干，但如果取之于民用之于民，就有人来了。我想我买了那么多彩票，我就不信别人不买，这样便也摆了个红纸箱，搞抽奖。”

我一看，那纸箱上果然写了四个烫金大字：诚信抽奖。

周三可说：此后人们的膀胱果然憋不住了，就过来摸电饭煲、自行车，摸着摸着就以为是自己的了，就爽快地交一块钱，进去拉。拉完一摸，空白，也不恼火，不就一块钱吗？

周三可又说：“你还没见过盛况呢，有天下午，奖票越摸越少，奖品还没出现，大家竟然排队过来拉，前边找钱慢了点，后边就吵，说是断子绝孙。拉完呢？就一边系裤带一边出来摸，有的摸过了，没摸到，想想又去拉一次。我说：‘不能拉就别拉了。’你知道人家说什么？人家说：‘你管得着吗？’我当然管不着，可还是要本着对人民群众负责的态度说说的。不过说也无用，有个人后来听说有个日本产的高压锅没摸走，竟然骑车骑八里，专门跑过来了。”

我说：“怎么摸奖还有诚信摸奖啊？”

周三可小声说：“你看看旁边的，卖十元三样的、卖外贸衣服的好几家呢。我这边生意好起来，客源多起来，他们就眼红着跟过来，我是开阔之人，我发财你也发财，我的客源带动你，你的客源也就会带动我，这叫共赢。可是他们坏，后来也搞摸奖了，这就不道德了，这就是明摆着进攻我，我就打电话给城管，城管的车还没到，他们就卷起铺盖灰溜溜跑了。我打诚信牌也就是想向顾客透露这个意思，我这里抽奖是正规的，你看，这么大一厕所，这么豪华一厕所，跑得了和尚跑不了庙，可是他们呢？四处打游击战，你能对他们抱半点信心吗？结果后来，他们的奖便摸不出去，做生意便基本靠喊了。"

我说："你岂不是发大财了？"

周三可说："尚可尚可。以前一天接两百不到，往环卫所交份儿钱都不够，现在一天能接一千多。做人啊，关键是要活下来，活下来，财源滚滚来。"

* 乡村派出所 *

一件没有侦破的案子

十三年后，发生在岙城化工厂的那起案子，还像未揭开的谜挠拨我的内心。那是个光天化日，工人们捧着饭盒，围在龟裂的水泥场，此起彼伏地议论，昨天晚上还好好的，今天就没了。岙城派出所赵德忠警长带领我和小李两个实习生赶到时，看见一台人力板车正孤零零地趴着，没有了轮子，情况好像残疾人被夺走一对假肢，委屈死了。

根据厂保卫科长的讲述，偷窃这副轮子的难度不亚于偷窃银行。工厂四周是一米多高的围墙，墙上有铁丝网，合计有两米高，整个工厂只有一个大门，门口二十四小时有精干值班，厂内晚上也有巡逻队。而且，事发时，不少工人还在灯火通明的车间加班。

“这简直是挑衅。”

赵警长当过侦察兵，曾经将偷窃重要物资的战友送上军事法庭。他很快判断这是一起简单的监守自盗案件，他对我们说，流窜盗窃的前提是踩点，从目前条件来看，外人很难掌握这里的财物状况和周边环境，而有数据表明，发生在工厂的盗窃案百分之六十五至八十系监守自盗。

赵警长说："可喜的是，这些人都住在厂宿舍，并没有离开工厂一步。"

我们和保卫科长拟订了一个计划，就是由他召集车间主任，由车间主任召集组长，由组长召集工人，分期分批进行询问。问题有两个：凌晨三点到五点你在干什么？有什么证据证明你当时在睡觉或上班？

工人们回答什么并不重要，关键是他回答时会出现什么生理反应。赵警长命令我和小李当好测谎仪，死死盯住回答者的动作细节。可是工人一个个来了后，表情却是一致的，都是东张西望地看看办公室，然后不知把双手往哪里搁，也不敢看着我们。有几个仅仅因为年轻或发型不对，就有了嫌疑，可是他们提供的证据恰恰是最完备的，他们说，你们去问老王。憨厚的老王来了后，说他们确实是在加班，连尿都没撒。

赵警长说："狐狸比我们狡猾，比我们心理素质好。"

调查完后，保卫科长来喊吃饭，赵警长不放心，说要让他相信工人一个也出去不了才敢吃，科长说没问题。来到食堂小包间后，我们看到四菜一汤已摆好，是四个大脸盆，盛了鱼肉和整鸡，汤里面漂浮着几只甲鱼。科长打开一瓶酒，从瓶盖里掏出折叠好的一美元来，对属下说："今天谁喝好了，奖谁美钞。"赵警长说不会喝酒，可是架不住喝了三杯，当下醉了，只听他迷迷糊糊地说："今天到这里了，工人们要出去就放出去，晚上巡逻紧点，提防小偷转移赃物。"

次日下午，我们赶到化工厂，科长说，看得很紧，没什么动静。赵警长说，那就好，还没转移走。然后我们像是忘记钥匙放在哪里的人，带着迟早会找到的信心在厂里四处巡查。我们相信轮子就躺在某台坏旧机器的背后，或者某个粪池边上的挡雨布里。在路过杂物间时，赵警长跳了几跳，跳不高，便叫我跳，我也跳不高，便又叫小李跳，小李一跳，就看到平房的屋顶了，那里躺着破碎的石棉瓦。

我们甚至研究了小偷将轮子运上树的可行性，可是在枝繁叶茂里面，是无辜的鸟儿在筑窝。我们被失败的情绪席卷，以至于后来吃晚饭还魂不守舍，保卫科长说什么不记得了，吃什么也不记得了，只觉得相对油水充分的食物，莴笋实在是佳肴。

是时候否定侦破方向了。回派出所后，赵警长似乎觉得"优秀侦察兵"的荣誉正在迅速褪色，揪着头发和自己来气，许久才疲倦无力地说："东西不在厂里，得把'内外结合偷盗'和'外盗'这两种情况考虑进来了。"

次日一早，我们没有进厂，而是绕着围墙走。墙外长了很多蒿草，蒿草上还有露珠，赵警长要我们注意植物被压坏的情况。轮子有几十斤重，从墙内扔出来时，肯定会留下痕迹。可是我们看了一上午，看到的却只是一些卫生带和上边黑硬的经血，还有几只老鼠尸体，苍蝇正从那里一哄而散。赵警长说："也许蒿草的弹性很好，那么我们往芦苇荡去。"

我们从墙边坡道下来，分散进入芦苇丛，就好像闯入一个阴凉奇异、无边无际的世界，皮鞋很快涌入泥浆。我走着走着，把肚子走饿了，想会不会有铠甲很厚的地鼠钻出来，对着我眨眼。在岙城，我可没少吃这鲜美的野味。我确实看到几个洞，可惜被积水淹了。我对自己说，轮子轮子，你要找的是轮子，可是意识还是分散开了。在我以为就要走入虚空，就要走入黑夜时，小李的背影从最后一丝光阴里浮现出来。他正在撒尿。

天黑完时，我们从近路折返回派出所，忽然看到远处田埂上有个人影舞动着手电，射来射去。待走近了一看，却是保卫科长，他说："辛苦了，辛苦。"手电光晃到我们脚上后，他又心疼地说："看看，鞋，都是泥巴。"赵警长说："没什么，这点苦受不了，还做什么警察。"

晚饭自然又是在化工厂吃，一个副厂长来陪席，大家说了几句话忽然静默了。厂方静默是因为深感过意不去，我方静默也是因为深感过意不去。两方又几乎同时打破静默，副厂长说："感谢，太感谢了。”赵警长说：“你看，案件还没什么进展。”

保卫科长马上圆场：“吃吃。”

吃完出食堂，我看见几个头发花白的工人穿着污秽不堪的工服，拿铁勺敲打瓷缸，好像是在敲首老歌，不是我们这个年代听得懂的。我们路过时，敲打的声音弱下去，走开后，又响起来。

回派出所后，赵警长也不换鞋，也不洗澡，坐在沙发上叹气。我们正要劝，他却霍地站起，说：“快，拿手电筒，我们去山上看看。”我和小李闷了，一天下来，腿已经酸胀了。赵警长看出不情愿后，愤恨地说：“好，我自己去。”我们便只能跟着去了。

天上有些月亮，我们打着手电，穿越蒿草和芦苇荡，走上好似没有归途的土路。赵警长说：“可以想象，当时小偷就推着轮子在这条路上走，你们留心看地上有没有印子，我就不信他一直扛在肩膀上。”

我们啥也没看到，只觉得好困。如此晕晕乎乎地走，忽听赵警长大喊：“找到了。”我们顿顿神，蹲下去看，果然看到路上有两道凹下去的车辙，车辙中间有“～～”的纹路。这不正是轮胎轧过的迹象吗？

赵警长像个孩子一样笑了，说：“他终于是从肩膀上放下轮子了。”

斗志昂扬地朝前走了五六分钟后，一间黑漆漆的土屋闪现在面前。土屋的窗户边正好竖着一台板车，板车边又有一只轮子，赵警长兴奋了，上去踢门。农民醒来，拉亮电灯，打开门，我们提着轮子就进去研究了。灯光昏暗，我们又打亮手电，终于看清轮子上边有三块补过的皮革，好像三块癣，与被盗的不合。可是这种改装好似人人都会，杀人犯杀了人还知道改换发型呢。赵警长便去撕皮革，农民凄楚地说："不能撕啊。"

可是赵警长还是义无反顾地撕了，手撕不下来，就用指甲钳夹住扯，那块皮就扯下来了，赵警长摸了摸，看了看，好像真是补胎补上去的，想想不放心，又用小刀刺，力气用大了一点，"刺刺"的声音马上传出来。轮胎瘪了。

赵警长说："这么脆弱，你是清白的，这轮子是你的。明天你推到派出所，我找人帮你补了。"

回来时，我将胳膊搭在小李肩膀上，像伤员一样走，听到赵警长总是说："奇了怪了，那么大一东西说没就没了，奇了怪了，变魔术啊。"

接下来几天，我们在路口守查，到废品收购点排查，安排人去找情报，均找不出头绪，每日的午饭和晚饭却总是在化工厂定时吃了。这样吃了一个礼拜，我们便赖在派出所，谁知保卫科长找上门来，说是在云翠餐厅已经安排好了。赵警长羞赧不堪，说："无功不受禄。"

保卫科长说："什么无功不受禄，你们已经做出很大贡献了。"

赵警长说："什么贡献？一只轮胎值五十块钱，我们吃掉快两千了。"

保卫科长说："话不能这么说，今天五十块钱的口子不刹住，明天五千、五万、五十万的口子就开了，国家财产就大量流失了。"

赵警长说："可我们连五十块的事都没能给你们一个说法啊。"

保卫科长说："你们至少威慑了犯罪分子。"

赵警长说："我不去，你问别人去不去。"

保卫科长说："你不去我就不走。"

赵警长说："你就不走吧。"

保卫科长去找所长，所长像包青天一样背着手，迈八字步，一边点头一边"嗯"，"嗯"完了大声招呼："小赵，小艾，小李，一起去。"

我们四人杀到云翠餐厅后，洋洋洒洒一二十个菜已经热气腾腾上了桌，洋洋洒洒一二十个人已经嗑着瓜子起立了。保卫科长逐一介绍，这是朱厂长，这是何厂长，所长一摆手，说："谢谢，谢谢，都认识。"保卫科长又腼腆地介绍另外一桌，说:“这是我内人，我孩子，这是杨科长内人，都来了。”

所长伸出大手，说:“你好，你好。”

后来，赵警长自己掏钱买了一副旧轮子，派我和小李送到化工厂了。保卫科长说:“是，就是这副。”然后欢欣鼓舞地把它推到水泥场。远远看去，那台失去双腿的板车，像离婚没人操的女人，已经等了很久。

在流放地

如果上天有帝，他擦拭慈悲的眼往下看，一定会看到沟渠似的海洋、鲸脊似的山脉、果壳般的岙城派出所，以及蚕子大小的一张桌子。桌子的南北向坐着警校实习生我和小李，东西向坐着民警老王和司机，四个渺小的人就着温暖的阳光打双升。

扑克天天在打，当时的我只觉一夜没睡好，像是被绑架而来，并不觉得有什么，现在却觉得诡异。

有时一些俗语也是诡异的，比如“百年修得同船渡”。一个男的因为父亲忙，拿着讨账单上了船，一个女的因为感冒要去对岸看病也上了这艘船，两人素不相识，下船后却去了民政所登记结婚。而我、小李，以及一大堆同学之所以来到石山县实习，也是因为石山县公安局局长的儿子高考时少几分没上线。警校破格招收了人家公子，人家知恩图报把石山县各派出所建成实习基地。我就这样从魂牵梦萦的省城来到陌生的石山地区、石山县，然后被石山县局政工科长随笔一画，画到柏油路晒满柚子皮的岙城乡。

我在这个鸟地方遇到五十岁的民警老王。一个民警的人生轨迹按照常理判断，应该是“乡下派出所—刑侦大队—局某个有油水的科室”，可是老王却反过来了，是“局某个有油水的科室—刑侦大队—乡下派出所”，好似朝官苏轼一贬黄州，二贬惠州，再贬儋州。按照司机的说法是，老王品质出了问题，先是在局里有笔账对不上，接着在刑侦大队和女嫌疑犯的逃跑没脱开干系，由此像块抹布被塞过来了。老王在派出所待着时，日日指桑骂槐，说都不是东西，有次说自己在县城带了个女人去洗浴中心洗澡，洗到一半，门被踢开，是局纪委的来抓奸。“狗戳的，我让你们好好看看，这淫妇是我老婆。”

也许是这罕见的贬谪使老王变成一个怪物，在路过他的办公室时，我时常能听见凄楚的叫喊声，偷东西的喊一声，老王就阴阳怪气地说“何辉东我让你喊”，赌博的喊一声，老王也阴阳怪气地说“何辉东我让你喊”——何辉东就是这里的局长。而在我见不到他时，那准是他又坐吉普车下村了，回来时他一般满脸酒气，像充血的阳具。司机说：“就为了下去混包烟，汽油烧了大半缸，红梅哟，四块五一包。”

派出所的所长和一切有前途的民警根本不想惹、不想理老王，关系老早就挑明了：你我只是同事。老王似乎悻悻。他现在也许要感谢上天给他派来两个年轻的外地实习生，他可以用鹰爪掐着他们的肩窝，呵斥他们，让他们走十几里路去取个毫无意义的证，在他们回来后又让他们重新去取，如此来来去去，他便有了狱卒式的快感。在陀思妥耶夫斯基的《死屋手记》里有这样一句话："只要让囚犯不停地重复某种毫无意义的工作，比如把甲水桶里的水倒在乙水桶里，再把乙水桶里的水倒在甲水桶里，如此反复，囚犯肯定要自杀。"当时我的感觉就是这样。

现在，老王的右手捉住左手的两张牌，想出又不敢出，想了很久，去桌上废牌里一张张查，却是越查越犹豫，越查越担心。我心说，不就是梅花一对10吗？我快困死了，我一夜没睡。我就在这暖酥酥的午后阳光里，微闭着眼，慢慢走向混沌，许久才听到霹雳一声响："对10！"

我勉强睁开眼，抽出梅花两张甩出去，说："管了。"老王大怒，说："要什么赖。"我定睛一看，出去的不是对J，而是J、Q各一张，急忙抽出手中另一张J，可是老王五指伸出挡好："年轻人啊，要谁呢？"我想发作，愤怒的河流却在喉管处倒流下去，我知道自己的身份。可是我又确曾感觉到有愤怒声势浩大地来过，我这是怎么了？我的脾气很好的。

老王捡了这二十分，控制不住笑意，风吹过这脸肌颤动的笑意时，像是吹拂收到金条的太监。这局完了，我听到变态而幸灾乐祸的声音："钻！"

我涨红脸，像条狗钻到桌子底下，看到那边已经蹲下的小李很无奈地摇着头。后来的很多局都是如此，一个像老年女人的声音在一次次下判决："钻！"我慢慢麻木了，觉得命该如此，有次不该钻，竟恍惚着钻过去半个身子。

老王哈哈大笑，说："瞧你多像条狗啊，不给钻也钻。"

我起身时，本已冰冻的愤怒之河忽然返涌上来，我匆匆把牌洗好，说："抓。"老王抓一张牌，舔一下口水，恶心得要死，我心说，再不让你了。老王仍像从前一样，把每张牌当围棋下，将我拖入他漫长而无聊的长考当中。可是我决心已下，只要他一出牌，就迅速把自己的牌拍出，他出对7我就出对8，他出对K我就出对A，他想把牌抽回去，我就死死压住。小李的脚在桌子底下踢我，可我忽然就是这么坚决。

老王起先还想讨好，见我眼眶突出，被激怒了，也开始愤愤地出牌，好像要在战场上将我心服口服地整死，可是分数却在我面前不由分说地多起来，过八十分时，他的脸色不好看起来，到一百八十分时，就蜡白了。这样他还没完，钻桌子要到两百分，他的尊严看起来还牢固得很，我甚至都知道他要说："让老子钻没那么容易。"他有这个侥幸。

我手里抓着一张大王和所有人手中最后的一对，这一对将把老王埋下去的五分翻成二十分。底下埋五分的人就是这样，小肚鸡肠，患得患失，外强中干，不堪一击，可是他竟然还说："五分我让你们捡。"听到这可笑的话，我眼前辉煌的终点摇晃起来，我几乎幸福得坚持不住了。

果然，他倒数第三张没有出自己那张大王，我把大王拍出来，又把那一对拍出来。老王傻在那里，我把底翻开，找到那张方片5，说："钻吧。"然后便看见汗珠像饿鼠一样从老王的发根里蹿出。不一会儿，这个失败的老头转动一下眼睛，很快换了一张牌，说："小伙子且慢，你的一对我管得起。"

我站起来说："你哪来的一对？你偷来的老Q是我第一手出的。钻吧。"

老王好像正在作案的小偷忽见顶棚的灯全部打亮，竟无地自容起来，他恳求着说："就是你错了，就是你错了。"我清脆地回击："钻！"

我原以为他不可能妥协，可他却命令司机端起桌子，猫腰穿了过去。我本来一直在等这个场景，它来了却忽然没了快感，就好像真是一条狗在面前毫无关系地路过。我木然地坐下来，眼眶有了湿意，重新陷入麻木而随意的情绪中，重新胡乱地出牌，而老王已像条发怒的豺狗，在牌桌上左嗅右嗅。

对这样狭隘的报复，我一点兴趣也没有。他让我钻我就钻，我什么脾气也没有。可这也触怒了他，他想我应该像个被强奸的妇女，死抓床单，狂呼救命，表现出受凌辱的样子，可我却麻木地袒露着性器，像一条死鱼，连“你操你操”都懒得说。有次我钻出来还面露微笑，我不知道怎么就微笑了，我控制不住稀奇古怪的情绪。老王紧张地盯着我脸上盛开的花朵，备受嘲弄。

我合拢牌，有气无力地说：“不打了吧，我困了。”

老王斩钉截铁地说：“不行。”

我就像晾晒着的被单，风往这边刮，就往这边飘，风往那边刮，就往那边飘。我有一张没一张地出着，头慢慢往桌上凑，终于跟着睡意走向另外一个世界了，然后又迅速感到肩窝处传来刺痛。我犟直头，盯着老王，说：“放下。”老王恶狠狠地说：“好好出你的牌。”

我便秋风扫落叶，三下五除二，把手上两个拖拉机打出去，又用一个拖拉机扣底，把分数变成两百多了。我不承认自己是在戏弄这厮，只是这把牌太好了，我不想打，他偏偏让我打了，现在好了，牌局可以结束了，我可以原谅他，回到床上睡觉。可是，从嘴里飘出的声音却是“钻”。老王没有反应，我看看他，他正抚着脸上的汗，寻思挽回尊严的策略。我知道他有的是办法，这个贪恋扑克牌像贪恋女人一样的怪物很快将从冰窖嚣张地归来——无论如何，我都只是个可供欺负的实习生。

老王敲着桌子说："你不好好打。"

我无力地说："你钻不钻？"

老王敲桌子的节奏更快了，好像要告诉我他的愤怒多么急迫——你不好好打，是你不好好打。

我说："好，那就不打了。"

说完我站起来。我承认我现在还没摸清老王是什么脾气，我正要走，他又推起半边桌子气呼呼地钻了过去。到此时为止，一切还都属于一个派出所内部的正常活动。

可是，在我被一种凄苦的情绪裹挟住，并促使我做出更坚定的决定后，事情发生了可怕的变化。我知道老王肯定要通过牌局组织更疯狂的反扑，我知道这天我不钻几十趟不会结束，可是想钻忽然也难，是要让他次次打我们小光啊，我觉得这是荒谬而永无止境的任务，就好像西西弗斯把石头一次次推上山，推上去，还要回到山脚继续推。我如果不坚决点，就永远走不出这无聊的圈套，我并不是你的羔羊啊，老王。

老王兴奋地洗牌时，我把那个决定说出来了："不玩了，到此结束。"然后头也不回地走向厕所。我看到前边是一条十米长的细小水泥路，路两边是肥沃的青菜和一辆废弃摩托，吴教导老婆洗好的床单正在微微飘荡；太阳如此明亮，床单上的蜜蜂在一朵红色大花上清晰地展翅飞翔，花有六颗瓣，瓣中心有十二根嫩黄的花蕊。可是在我的脑后也有一双眼睛，我看到无数根白发瞬间从老王的头皮生出，我看到他身体筛糠起来，他努力了几次才扶住自己，然后眼睛冒出被羞辱的火。他抽出笨重的五四式手枪。

在警校练习射击时，我就知道五四式比六四式笨重，正因为笨重，瞄起来准，杀起来狠，而我宽大的背部现在就是那硕大的靶子，这块靶子在只有十米的水泥路上强制着镇定移动，随时都可能被洞穿——在这么有效的射程范围内，最笨的射手也不会失手。

我听到后边传来气急败坏的声音："你让老子钻了，你不来，你不是要老子吗？你给我站住。"

我听到后边传来焦急的声音："别啊，他还是小孩子，真是孩子。"

我听到后边枪栓拉响，一颗子弹上了膛。

我的腿微微抖了一下，像是很饿很饿，可我还是昂首继续往厕所走。厕所的边墙写着最后一个汉字：男。那荒谬的汉字近而遥远，那时间凝滞了，我的背部湿透，我在等待飞啸而出的子弹。

可是在双腿自行行走很久后，我还是走进边墙的阴影了，就像士兵走进掩体。那个怪物失败了，他不知道该怎么处理那把枪了，放回去丢面子，端在手里也丢面子，最后应该是司机不容分说帮他塞回枪套了。他连说几声“干什么”，没有阻挡住司机的好心。

厕所内有两块长木板，木板下是只大粪缸，蛆虫们拥挤着往外游，游到缸沿一半又溜了下去。我裤子也没脱，掏出口袋里一封揉皱的信，蹲在木板上一边看一边号啕大哭。那是一封致“岙城派出所艾国柱先生”的信。

我昨天接到时看到“先生”二字已承受不住了，急急打开看，种种不祥的预感一一坐实。这意味着，从一九九五年的此日起，我被正式宣判放逐了。这个女孩绞尽脑汁花半小时写了很多温暖的话，又觉得这样会给别人留下奢望的机会，就又加了些严厉的话，想想过于严厉了点，就又去写些温暖的话。她不知道最后写完时，这信已和法院判决书一样硬朗，格式如此：你的行为……导致后果……鉴于此……

她的意思如此明显。而我那么爱她。我对她持久的追求与骚扰，属于我的初恋以及我在这个世界的存在，全部被判定为不合法了。那诡异的事情发生在两年前的一个下午，一个男的因为父亲忙，拿着讨账单上了一艘船，一个女的因为感冒要去对岸看病也上了这艘船，两人素不相识，下船后，男的开始单恋。好了，这事情妈 × 的结束了。

我把信丢进粪坑，擦干眼泪走出来。太阳模糊了，远处的司机、小李正在接受老王对年轻人虚张声势的批评，我知道他的脊梁骨被我敲断了。我低下头，不去看他，以示我很害怕。我会给年纪大的人留点面子。

敌敌畏

岙城是个有历史的地方，唐宋八大家有三家距此地不远，走到村社，见牌坊不是“进士及第”就是“状元世家”，字迹遒劲，千年不坏，不由人不想起当年“文官下轿武官下马”的盛景，惜乎如今石阶上，新鲜的、不新鲜的牛粪码了好几堆。而村民人等，或荷锄或挑担，躬身不语，一截截走入黄昏，好似一截截走入坟墓。我来这里实习前，爷爷已经入土，只在墓碑上留三个字“艾政加”。送葬归来，我忽然想到一个问题。

我问我：“你的曾祖父叫什么？”

我答：“不知道。”

这个简单的问题意味着清代末年一个瑞昌农民永远地消失于地表之下，因为山洪、开荒，这几根骨头还可能被狗作为下午的游戏叼来叼去，叼到不知什么地方去了。这是四代之内的故事，今天说的故事却是两代以内的。

话说这日阳光普照，我正在岙城派出所水井边搓衣服，忽见一辆北京吉普杀到眼前，车内跳下来一个戴金丝眼镜、穿白大褂、背工具箱的斯文年轻人，所内民警老王小跑过来，两只手捉住人家一只手，抖起来。

几分钟后，老王召集我和小李两个实习生谈话，我就知道来者的背景了，原来是县公安局的法医，是县长的女婿，此行是来开棺验尸的。小李问："王老师，可怕吗？"

老王说："你们呀，你们等下记得跟着我。"

我心下忽而惶恐起来，可又控制不住"必欲见之"的兴奋。这种心理很难描述，我的爷爷当年听说有个烂醉之人朝天狂喷，急忙去看了，又急忙跟着呕了，我奶奶骂他不长记性，我爷爷说："就是管不住要看，不看过不得。"这好似只可以用"越恶心越想看"来解释了。上车后，我瞅了瞅小李，也是一般的焦急神情，我猛拍他大腿，耳语道："是不是想看那里？"

小李说："是啊是啊。"

在路上，我们弄清了开棺的因由。原来是岙源村叶老汉的女儿嫁到丰源村，喝农药死了，叶老汉的老婆觉得是婆家害的，在女儿入土七日后撺掇叶老汉到县公安局交了八十块钱，申请法医鉴定。

老王说："都喝了，无论人家灌也好，自己喝也好，都是喝下去了，怎么判别自杀他杀呢？"

法医拿纤细如女人的手给老王点着了火，说："也有可能是掐死或者是捂死了，再往里灌，伪造成自杀的样子。这个太好判断了，人死了不会吞咽，死后被灌，毒药根本进不了脏器，《洗冤录》里就有‘银针探喉’的办法，针插进去就知道详细。”

车还没到丰源村时，前头就有一男一女两个老人招手，法医说，就是叶老汉他们。叶老汉干瘦短小，皮包骨头，脸上光滑，好似闷紧的鼓皮，嘴角边有颗红豆似的痣闪闪发光，两眼好像刚从洞里小心探出的鼠眼，明亮，虔诚而又惶恐。见到我们后，叶老汉轮番敬一块二一包的烟，说："丑（抽）烟丑（抽）烟。"

法医没有接，他的手就寂寞一下，老王推了一把，他的手又尴尬一下，小李礼貌地说不抽不抽，他就客气地笑笑，我接了根夹在耳根上，他才放心地给自己点火。他说："是这样的啊，是这样的啊。"他老婆是个怒相，大声抢白："什么这样那样，你们可来了，你们要做主啊。"然后就擦眼睛，擦出好些眼泪来。

踩着一个个稻茬儿，我们走向松软稻田的中央，那里又有一男一女两个老人在你一锹我一锹地铲土，我们走到时，棺材已经露出来了，二老正在擦汗，叶老汉老婆大斥："尊敬的亲家，别停啊，别停。"

那婆婆还口道："是你女儿自己要死的，我们拦不住。"

叶老汉老婆听得身子抖了一下，咬牙切齿地说："不是你们逼，死得了吗？"

旁边人看不下去了，也狠狠地说："人家老人都来铲土了，你还要怎样？"

叶老汉老婆便扑在地上喊："政府你要做主啊，他们狗瘪的人多势众，欺负人欺惯了。"

那婆家的人一下拥过来，喊："你骂谁狗瘪呢？"

老王见状，抽枪朝天打了一枪，大家听到声响，住了。老王说："你们都给我住嘴，都给我退后，退到一百米以外，不要耽误法医工作。"大家好似不肯走，老王提着枪就赶着他们走了，我原以为他还会回来，谁料他坐在田埂上遥遥地抽起烟来。

这边法医已经打开工具箱，刀子、剪子、镊子、勺子、锯子，林林总总，银晃晃发光，往里边竟然还有一把小银斧，一下让人想到碎尸了。我和小李看着厚黑的棺材盖发呆，都觉得下边深不可测。这时，法医温柔的声音飘过来："愣着干什么呢，抬棺材板。"

我们这时知道苦楚了，磨蹭到坑里抬。那棺材板原来是凹凸吃合的，用了几次力就松动了。猛一揭开时，一股死老鼠的腐气冲出来，好似一堆无形的苍蝇飞舞出来。我尽量偏头，不去理会那具已经存在于余光的尸体。

将将上来，我们不停拍手，谁知法医又令戴上塑胶手套，下去抬尸体。

这会儿，我才算看到恐怖的死者了，却是：头发像干枯的渔网，耳根还有绿色的斑痕，好似墙角的锄头长出绿苔藓；那眼睛微微闭着，露一点眼白，那嘴唇已像腊肠，肥厚且翻卷严重；那腿上裤子还好，上身的确良衣服却是死活盖不过肚脐眼，袒露出来的肚子像是充好气的一只褐色气球。

我几乎就要吐到她身上了。

我不想看了，我想逃，却又只能偏着头探下手去，抓住布鞋时，冰冷的地气忽而传导进身体，使我筛糠起来。

费了九牛二虎之力，将这垂下双手的尸身抬到陆面备好的油纸布上后，我和小李就摇摇晃晃跑开了。我跑到一半坚持不住，蹲在地上，狂吐不止，好似体内每个脏器都拼命往喉管挤，好像要被挤死了，然后我听到前边传来更猛烈的呕吐声和老王阴阳怪气的笑声。

法医在后头喊："快回来啊。"

可是小李还是发疯地往前跑，他抢到人群当中一根点燃的烟，大口抽起来，咳嗽声和眼泪一起喷出来，没个休止。

后来，我们尽量躲避着夹杂尸气的东风，重新走到尸身旁，好似有了经验，镇定了不少，法医让我们手里提着塑料袋时，也觉得能扛下去。这个时候，法医已经剪开死者的衣服，一个褐色女人袒露在我们面前，丑陋而完整，只是不能说话而已。

可是亮得反光的尖头小刀只是从锁骨处往下笔直地一划，那皮囊带着黑血坏肉便往两边一瘫，暴露出人类的恐怖内在：暗红色的脏器像电风扇叶片倒挂着，一些黑血凝滞其中，绿色的、黄色的肠子像巨大的蛆虫，挤成一团往外游。我就像看到自己躺在那里，我明白我的构造也是如此。

这几乎是人类的最后羞耻，人类像被架在墙上的猪一样，被划开，露出可怖的内脏和肠子，露出一整套将食物变成粪便的工序。

我已经吐不出来了，只是哆嗦着手提着塑料袋，看着那非人的法医伸着带血的手套在腔体内掏来掏去。好像世界遥远了，陌生了，可是耳朵又鸣响起来，那刀子切开后，充气的腹腔曾冒出幽暗的一声——噗。我甚至想到，这个长得像贾宝玉的青年才俊夜来会梦游，趁着他那身为县长千金的娇妻睡熟了，一刀就划开了她的躯体。

待这屠夫躬身把弄出来的胃内容往我手里的塑料袋倒时，我好像感知到他身上冷峻的寒气。他垂着血淋淋的手套，轻描淡写地说："这里边有敌敌畏。"

我觉得不意外，传说中有太多类似的死亡。敌敌畏是广谱性杀虫药，农户家里柜头或墙角都有一瓶，色调像琥珀。死者最后的时光应该是在痉挛中度过的，天地房屋左右晃动起来，肌肉在跑，同时汗如雨下。等到生理盐水和洗胃的管子在翻越山水后到来时，她已顺利离开人间，她在极充实的痛苦中丧失了留恋人世的机会。

我忽然厌恶起死来，觉得没有什么比这件事更愚蠢的了，也没有什么比人类更造孽的了。诸如像一块冰、像一朵花、像一炷香的死去，不过是酒不醉人人自醉的欺骗。安静如吃安眠药、割脉，甚至是无疾而终，肉体本身还是逃脱不开细菌的大规模进军，鼓噪喧闹的它们像是终极的判官，蜂拥至肠道、血管和每一件内脏，使茶花女变成恶鬼，使壮汉变成眼洞跑出老鼠的枯尸。

法医结束对证据的提取后，取出针线，像缝麻袋一样把尸体缝了三针，又拉了拉，让被切开的皮肉外翻着凑在一起，而后弃尸而去。我和小李提着塑料袋也跟着走了。叶老汉的老婆则逆向跑过来，跌跌撞撞，呼天抢地，终于是摔倒了。我的耳朵被她“女儿啊女儿啊”的凄厉叫喊震回到现实中来。我清晰地看到叶老汉赶过来扶起她，他们勉勉强强走到尸体面前，又是一通哭泣。

我们走到田岸上时，老王呵斥着那些围观的人：“还不快去帮忙收尸，还不快去。”可那些男女老少闪开走远了，还是死者的婆家人心情沉重地走回到稻田里。

我上车时，看到叶老汉老婆正在训斥她的亲家，说："你们连八十块的钱都不出你们太过分了。"那男老人就在口袋里到处搜，搜了一些又叫老婆搜，凑了一堆钱给了对方。

老王说："没得争了，是自杀啊。"

下午的时候，死者的公公来派出所问结果，我们说："你不是知道是自杀吗？"他说："问问就安心了，就清白了……原来以为她不会死的。受不得气，受点气就喊要死。有次我们一家到街上卖粮，在餐馆吃面，她男人说她不守妇道自己先伸筷子了，她就哭着要死，我们做上辈的说不过，后来看到她又偷偷把餐巾纸塞到裤兜了，就知道她不会死，你想，都知道往家里带东西了，都知道往家里占便宜了，怎么会死呢？可还是死了。"

我们问："具体因为什么死的呢？"

来者说："不知道，她给我们说的最后一句是：'你们太欺负人了。'我们能欺负她什么呢？"

傍晚时，叶老汉也来问结果，我们说："你不是知道自杀吗？"他说："屋里人要我来问的。"此时的叶老汉还是点头哈腰，给我们虔诚地打烟，凭他的经验，好像安稳了我们后，他才能叹息几声。

我撕下纸，捉着笔问："你女儿是怎样一个人？"

叶老汉说："难说了，跟别的妇女一样，不爱说话，一说就急，从小就这样，爱哭。"

我问："具体记得她怎么受气吗？"

叶老汉说："哪里记得那么多，就是爱受气。"

我问："那别的事记得一些吧？"

叶老汉说："小时候濑尿在床上濑了一阵。在家的时候天天想嫁出去，嫁出去了又天天想回来。有一年数学考了一百分。"

我问："她叫什么呢？"

叶老汉说："叫凤英。"

小卖部大侠

是不为也，非不能也。

——《孟子·梁惠王上》

那是个阳光灿烂的上午，丰源村村长打电话到派出所来，说新杀狗一条，请光临寒舍。所长说："小艾，你实习两个月了，还没去过丰源，跟我去趟吧。"我从命。

吉普车在窄小的土坑里哼哧哼哧行走半小时，遇见一个急转弯，司机猛打方向盘，发现前头有个小卖部，小卖部里正开出一辆吉普车，而且也是警车，于是急刹车。所长探出头来，那警车里也有一个领导探出头来。所长恍然大悟，大骂："老子砸了你们的店，你们店里摆个大镜子干吗？"这时村长从店内闪出，作揖鞠躬，说店是他闺女新开的，失敬失敬。村长又说："这店理发、卖货二合一，狗肉还没炖熟，所长不如吹吹风。"

所长坐上理发椅后，说着闲话："张大侠最近还好？"

村长答："还是老样子。"

村长又说:“别人拉的屎，我揩不了屁股啊。”

所长轻蔑地笑笑，说“是”。

我接上一根烟，抽了几口，觉得这村落与我故乡的村落景致不同，有股怨气，便生了探望之心，不自觉往里走了。走着走着我就又见到一小卖部了，不过是关着的，而且窗户门上还贴了许多白纸，像大字报。

关了门的小卖部，墙边坐着一个独腿残疾人，四十多岁，瘦得和鸡一样，唯眼里有点精神。我上前问:“张大侠?”那人说“是”，欲扶墙起立，被我制止。我又问:“怎么个大侠法?”

张大侠说:“说来话长了——我少年时进河南嵩山少林寺，本欲习武，但寺里有规矩，剃头的练，不剃头的不能练。我是俗家弟子，只能偷看，看了三回被抓住，本要逐出山门，方丈念我可怜，留我，还嘱我每天用手劈木凳，说劈个十年八载就能劈出‘削铁如泥功’来。我不知是敷衍，天天劈。说来奇怪，劈了十年，凳子还是金身不破，但当我要放弃时，随便一劈，就把木凳劈成两片了。我不信，又去劈柴，发现柴也一分为二了。我知道成了。我现在割肉、裁布也用手，刺咔刺咔，比刀管用。《水浒传》里说杨志卖刀，那刀‘吹毛得过’，我现在也是这样，你把头发放在我的掌沿，吹下，定然是要断的。要不试试?”

我说："免了免了。"

张大侠接着说："我练成了，就不想浪费时间，但方丈说，要走可以，先过十八铜人阵。我心想过就过吧，但是一进黑门，却看见几具粉碎的尸身。我吃了一惊，说：'哪来的冤鬼？'这时梁上飘下十八个声音，说：'是想毕业的和尚。'说完他们分六路跳下来，人未落地，十八根棍棒齐齐打将过来，那真是水银泻地水泄不通啊。我要没这削铁手，估计成特级伤残了；所幸我有这削铁手，我的手像高速运转的电风扇，把棍棒们搅和了。他们一看，手里武器短下一截，哎呀妈呀，都溜了。但我还是少顾了一根棍，就是那棍把我左臂打脱臼了。我说'去你妈的'，一掌劈向那和尚的脖子，那里便有道布匹似的血抖出来，可怕可怕。下山后，我知能力大责任也就很大，人不能干为非作歹之事，要劈，只能劈该劈的人，要杀，只能杀该杀的人。谁知这名声也惹来麻烦，宁夏一团伙跟上我，当时是在西域，我孤身走在集镇外头，他们黑压压来了一千人。我说：'不愿死的，退两边。'他们仗着手里有刀，哈哈大笑。我礼数做到，本可毫无顾忌，但考虑到不知者不为怪，便使二分力，只让他们领个痛。谁知里头有个狡猾的领袖，不停推人来扑我，那刀光过来，竟是要凌迟我。我怒了，大吼：'休怪掌下无情。'伸手劈死两人，余人也就退了，但那领袖仗着人多，又不停往这里推人，我伸出手指头，冷冷说道：‘欧阳锋，你他妈今天是找死。’说毕，我伸掌前行，就像划船起桨，两边留下两道血花。到得欧阳锋面前，我使出降龙十八掌，他也不敢怠慢，放出七七四十九只暗器。这一战打得昏天黑地，黑地昏天，早上打完晚上打，晚上打完加班打，最后西毒直挺挺倒了，而我也中了一只有毒的暗器。后来毒性发作，一条腿废了。打完了，余人见首领倒下，便集体卧倒，从指缝里偷看我。我呢？我不解气，就去削欧阳锋的肉身。我说，欧阳锋你他妈搞偷袭，不光明，削你手臂。你他妈让弟兄丢命，不义，削你脑袋。你他妈强奸妇女，是不仁，削你鸡巴。东西南北四大天王就你他妈是坏蛋，我对你不齿，削你腰。我削削削，我削。削到最后太残忍了，我看到欧阳锋颈冒喷泉，腰大出血，四肢抽搐，脑袋还停留着九秒的意识，含含糊糊地说：‘杀得好，杀得痛快。’我一看，这不是牛二吗？这不是翟嘴吗？上去又一顿削，只削得血花满天，片骨不留，最后成堆肉末子了。削完，我伸出沾满鲜血的双手，对众人说：‘大家都活在这个世界上，无冤无仇，是他一而再再而三地逼我！他向我脸上吐口水可以，偷袭我也可以，但他不能骂我老娘，我老娘没惹他！你们知道了吗？你们知道了，好，你们回吧。’”

这时我问：“现在有很多年没这样快意恩仇了吧？”

他说："是呀，武术本是强身健体，不是争强好胜，一掌劈下去，就是一条人命，开不得玩笑。开小卖部挺好的。按江湖说法，我这是退隐。不过没料到的是庙小妖风大，池浅王八多，英雄退隐竟也要与人理论柴米油盐。最坏的就是老村长。这个龟儿子，我从来没有得罪他，他却总不放过我，总来调戏我。他说你的手掌削铁如泥、吹毛得过、隔空扑火，削来看看。我不削。他就揪我耳朵，掐我脖子，我还是不还手。我知道，只要一掌下去，这快过天下第一快刀的天下第一快掌，就断然是要让他身首两处的。我不削，我忍着。我能忍到什么程度你不会知道。有一回，我回到小卖部，发现老村长爬在我媳妇身上。这是什么？这是给我戴绿帽子啊，是强占人妇啊。我也忍了。我想过，就凭我的关系，也能搞死他。我为什么不能搞死他？我同学李凤友，拜过把子的，他哥是公安，一句话的事情；我自己的二母舅在检察院，快退了，但还是检察长；我老婆的叔是法院院长——吴院长你认识吧，和我们省里吴副书记还是堂兄弟呢。你说，有这样的关系在，一个村长，一个九品都算不上的小芝麻官，算什么？我随便动用一个，就要他好受。我说判二十年，他就老老实实坐二十年，不予减刑；我说判无期，他就无期，每天都劳动，劳动死他；我说判死刑，他就立马吃子弹；我说不能痛快死，他就立马被整得死去活来，王朝马汉会一刀一刀割他的盐碱肉。我还有一招，你可能不知道，是蛤蟆毒功。不是欧阳锋的那种，是我自己研制草药配成的，我只要嘴里含上药，往外吐唾沫，谁挨谁就麻风病，谁挨谁就艾滋病。挨上了，就是一个斑点，一个时辰内，斑点变得铜钱那么大，一天后，变得月饼那么大，三天后，整个人就黑了，就烂了，就出血流脓了。对了，麻风病你不知道吧？得了后，脸像个狮子，鼻子像蒜头，牙齿掉光，嘴角时而流粮食时而流沫，全身发恶臭，百步之内的人都能熏死。可怕，实在可怕。”

我说："那你为什么不吐呢？”

张大侠顿了半晌，号啕起来："我为什么不吐呢？我为什么就不吐呢？”

看到张大侠哭了，我就站起来。我看到小卖部门上、窗户上贴了很多的白纸，有些贴了很久，发黄了，有些新贴的，感叹号很是惊人。我简要试录如下：退一万步说，我也是有理的！欠债还钱，天经地义！无法无天，国法难容！！！霸占妇女，横行乡里，是可忍，孰不可忍！！天大冤枉，老村长罪行实录！！！

后来我回到酒席上，狗肉吃得十分滋润。席间，又听到所长和村长说张大侠了。

所长说："张大侠到底被拖欠了多少钱啊？”

村长："四万吧。老村长赊到两万时，说再不赊，就不还了，结果又赊到四万了。"

所长说："讨不回来？"

村长说："讨不回来。老村长让他直接去找公检法和县委县政府。"

所长说："看来两人都逼急了。"

村长说："是呀，都去过市里了，没用。张大侠也是可怜人，当年和我炸鱼，我丢一只手掌，他丢一条腿。背。不说了，就让他活在那个世界吧，那个世界比我这个世界快活。"

国际影响

公路到达别的县时，还会继续朝前走，去武汉去陕甘宁去罗马，到了我们县却是走到尽头，走不动了。我们县除了有一家温州发廊，没别的流动人口了，而等到全国人民都不玩呼啦圈时，我们又呼啦啦玩起来。我们县就是这样，就是世界的一段盲肠。

但我从青龙山派出所层层叠叠地混到县公安局，又混到政府办，竟是耗费了整整五年。而这五年，我的所长也只是平调到白虎镇继续当他的所长。某天，我和所长、户政科长、退休的户政科长，老中青四代，偶坐于麻将桌东南西北四位，因为科长手气不好，我们转骰子，重新定位子，却竟是按照顺时针的方向往下各轮了一位。我屁股感受着所长留下的余温，看着上手白发苍苍、咳嗽不止的老科长，竟是一下灰暗了。一生就这样葬进去了。

话说这一日，是个中午，我从政府大楼懒洋洋出来，抬头看了看天，蓝得心慌，半空中却又有些黑灰飘着，飘了一会儿，落下来。我看到前头书记副书记、县长副县长手插在裤兜，围在一起叹息，便悄悄绕道，却不料其中一位招手，说："赶快去置办点营养品来。"

我说："什么规格？"

他说："重病。"

我知道是要买足五百块钱，便匆匆越出大门，到对面签字拿了牦牛壮骨粉什么的。老板说："没听说吧，白虎镇三大员全烧坏了。"我问："哪三大员？"老板说："镇长、人武部长、派出所长。"我心一落，过马路时险些被车撞死。

往人民医院走时，我又听到县长们互相交流，一个说"这火不值得打"，一个说"都烧成那样"。我心想，"那样"是怎样？衣服化了？皮肉化了？剩一堆骨头滴着油瘫在床上？脚步不禁软起来。进医院后，福尔马林味道杀过来，护士医生大呼小叫，竟使我以为所长快死了。

心魂不定地等了半个钟头，医生才打开急诊室的门，让我们进去。县长们排好队，踮起脚透过门玻璃往里看，个个说造孽，我也跟着去看了。这一看不打紧，里边正好有两道手电筒似的寒光射过来。我平整呼吸，细细瞅了下，才看到那人已黑成了焦炭，好似有些烟没散尽呢。我想这是所长，泪水吧嗒地往下涌。

等到所长夫人抱被窝悲戚地走来，我提起营养品说："这是县里一点意思，嫂子不要太难过了。"

嫂子先是管不住眼泪，眼见着我哭起来比她还厉害，便来安慰我。这样凄惨几回，她又急急地去眺望病室内的情况，走的却是另一间的门。我心想我看错了，大火竟把人烧得认不出来了。不过这样也好，兴许所长没那么严重，否则嫂子怎么反过来劝我呢。

我便也匆匆去眺，这一眺坏了，所长竟似俄罗斯大黑熊，竟似埃及黑木乃伊，一声不吭地躺在洁白的床上，情况竟是比隔壁的还严重。

几日后，我下班后去了趟医院。进病室时，蓝幽幽的光正照着所长，说是紫外线消毒。我想也是要消消毒，脸上的皮肉黑一块，红一块，脓一块，好似有几十条肉虫恶心地爬在上边呢。不一会儿，脓流下来一点。所长龇了几下牙齿，医生便赶忙拿镊子夹卫生棉去擦拭。

我不敢深看局部，便去看胳膊，胳膊却是漆黑，又去看手，手竟也是红花花、肉浆浆，蜷曲成一团。我咬紧腮帮，咬得牙床都松了，便觉得自己要做点事。我镇定而轻松地说："所长，没有传说中的那么厉害啊，看起来并不可怕。"

所长忽然哭了，说："真没事？红霞，快拿镜子来。"

嫂子也镇定而轻松地说："医生早说了，镜子带光，你现在不能碰光。"

所长又哭了一下，说："他们一开始说，我不信，你说我就信了，你老实，你不会骗我。"

我说："那是那是。"

出门后，嫂子送我，我说所长老是哭，哭得人心里痛。嫂子说："那明明是笑啊。"

又过了些时日，我到医院，所长已经拿镜子左端详右端详了，而身上结了一层厚痂，好似帝国武士。我看到床边有本《故事会》，便拿来看，读得津津有味，所长忽问："你看封三的广告，叫'密丽疤痕灵'的东西，真有效吗？"

我便找到封三读：密丽疤痕灵，祖传秘方，临床实践，传统中医药理论，现代制药工艺，科技含量高，疗效确切，使用方便，独家生产。又看了看图片，左边的人体上有块坏肉，抹了抹，在右边变成好肉了。我说："大约有用吧。要是没用，读者还不跑去砸了编辑部？"

我打开柜头上的一本《知音》看，又不小心看到一则"疤无痕"广告，也有对比图片，用药后，疤痕处非但痕迹全无，甚至比正常人还光洁不少，神采奕奕不少。我心想所长也是看过那些烧伤病人的，哪个脸上不是起起伏伏，好似一块披萨饼的，怎么能轻信这些呢。可是又想，要是没这些，岂不是绝望了？

这么想，忽然听到所长鬼哭狼嚎："痒死了痒死了。"然后他像个巨大的多足甲虫，恐怖地翻动起来，抖起来。我们按也不是，不按也不是，就听他像柴油机一样疯狂喷字，一会儿要铲子一会儿要耙子，要耙耙这一万只蚂蚁奔跑的田地。一万只啊。

我看得魂飞魄散，竟也痒起来，想用手抓，又怕是炫耀，便痛苦地忍着，好似坐了炼狱。所长奔突奔突地喊了好几分钟，才算是咬牙挺住了。

我凄楚地问："好些了吗？"

所长的眼泪像鼻涕一样甩出来，不置可否。

又几日后，我和公安局办公室的副科长老袁一起来到医院。老袁是我写材料的老师，这次我们强强联合，准备给所长弄篇先进典型材料，往上边报功。这时的所长忽然青春了，除了手部花白外，全身红皮泛滥，好似刚煮好的虾，或者出水芙蓉。我想到底是烧得不致命，到底是长新皮了。所长兴致很好，笑了好久，要我们吃罐头，我们哪里敢吃。

所长眯着眼自己吃了一块水梨，开始给我们讲救火的事。

那是傍晚，所长正在平安地发呆，忽然镇长开车跑来，大声招呼，快去救火啊。所长想逃不过，便上了车，开到一半，又接上人武部长。这样到了一座山坡，便看到群众在抽打衣服、浇水，热火朝天地和黄亮亮的火光作战。

车辆继续前行，到了山坡另一边的安全地，三人弃车走上去，像开国元勋一样站在山岗上，平视天边滚滚红云，指指点点，竟也是好景色。叵耐天公作怪，东风忽作西风，那火头一个狮子甩头，转过身子踩着干燥的芭茅秆朝这边跑来。三人木了好久，才知要夺路而逃。而那火兽好似发现了肉食，嗷叫着追杀过来。

所长说："当时不觉得有大地，不觉得有芭茅，只觉宇宙间遍是吭哧吭哧的呼吸声和叮叮咚咚的心跳声，只觉火爪已抓到屁股上了。"时间就是生命啊。忽然，前头的镇长噗地倒在地上，所长和人武部长也管不了了，两人像奥运会百米决赛的卡尔·刘易斯与本·约翰逊，对上一眼，发疯地向前头冲去。

所长说："这时我才知道大腿是速度的阻碍了。"

所长跑啊跑，终于跑到虚空境界，已不知是跃是飞了，忽然身子一辣，好像被开水浇了一下，惨叫起来。所长咬牙继续跑，跑了很久，才知火头已在前头，已撒开腿子跑过去很远了，所长不禁眼前一黑，扑倒在地。

所长说："它都跑过了，我他妈还追着它跑呢。"

所长说："现在看来，还是镇长懂科学，当时往地上一扑，火头蹿过去，只受个轻伤。冷静啊。我和部长两个当炮灰了。”

我这时问：“芭茅秆经济价值大不大？”

老袁说：“造纸有点用，可惜我们县没造纸厂，运出去路费都补不回来。听说还能编草鞋，可是现代社会谁会编草鞋？”

我说：“百无一用啊。”

老袁说：“是啊，百无一用，我们写材料时一定要把这里写成有大片的原始森林，甚至会危及附近工厂。”

所长说：“还是关系国计民生的化工厂吧？扯吧你们。那就是一路野生出来的芭茅秆，烧完就完了，什么也损失不了。”

老袁说：“没用还去救？”

所长说：“都是镇长坑人，他说，你看看，天都黑了，天黑了烧起来就有事情了，美国的卫星就能拍到了。”

又几天后，我写好材料，送到公安局给老袁修改，老袁修改了两天，对着我抑扬顿挫地朗诵起来。读到关键处，问我：“感人不？”我说：“太感人了。”老袁说：“付出这么大代价，起码也要立个三等功。”

谁料这材料报上去很久都没有回音。我一打听才知卡在县领导那儿了，县领导说：“这不是给冬季防火工作添乱吗？”

面　子

每个从青龙山回来的人，都笑话我。起初我还有些不好意思，后来就学会和别人一起笑话我。

事情发生的那个下午，阳光特别大，照清了青龙山土街的每块石头、每颗粉尘。我坐在派出所门口，焦躁不安，害怕有事发生，又期待它快点发生。好像小孩必须打针。

这样坐了一小时，我出了身虚汗。同事小何出门时问："准备好了吗？"我没力气地点点头。小何诡异一笑，走到台阶下费劲地踩摩托车的启动杆，踩了几十下没踩着，于是推着车跑，跑了十几米，一把跨上去，又熄火了。这嘉陵是八个月前缴获的四台无牌摩托车之一，剩余三台事主都缴罚款领走了，只有这台，事主说还不值罚款的价，就光荣赠给人民警察了。

下午三点，预料中的事发生了。随着一阵轰鸣声越来越响，一个胸前有四只手的年轻人，仰着上身，歪歪斜斜地飘过来。还在老远时，我心里就一阵发酸，我知道年轻人骑的是太子摩托，电子打火，无级变速，油箱巨大，座椅奇低，谁拥有它都值得炫耀三个月。更心酸的是，我的女人坐在他后边，他前边有两只手就是她的。她不要脸地抱着他的腰，脸还贴着他的背部，眼睛还看着我。她看我，雪白的牙齿露着，眼睛幸福得眯成一条缝。

头天晚上，这双眼睛盯着赤身裸体的我时，还喷着愤怒的火苗。她哆嗦着手，一边把衣服往皮箱里塞，一边说："我要让你后悔。"当时我带着尴尬的笑容，伸手拉她，没拉住。临出门时，她又说："我受够了，我要让你后悔。"然后她像打桩一样，用高跟鞋钉着脆弱的水泥走廊，我不能光着身体去追啊。我窝在床上，把玩着软塌塌的阳具，陷入不可知的恐惧当中。我知道有事要发生了。

现在事情基本弄清楚了：她在二十四小时内找到新欢了。我很嫉妒，因为这个男子长得确实好看，也许我不做警察也可以修那样的鬓角，但即使修了，也赶不上他，我没有光洁得像利斧削过的脸庞，也没有高挺得像希腊人一样的鼻梁，我的脸长着痘。我不知道这个年轻人哪里来的，我只知道他比我的女人还漂亮。现在好了，漂亮的女人和漂亮的男人鬼混到一块儿了，漂亮的女人要在漂亮的男人身下发出淫荡的呻吟了。

我低下头，听那好听的轰鸣声渐渐消失，消失到一点声响都没有的时候，我的心跳才平复了一点。我想我已经知道了，女人，够了！

但是摩托车在街西头又重新发动，我知道这东西不是派出所那匹老铁驴，这东西来去自由、随心所欲。我悲凉地抬起头，果然看到对面的屠夫、厨师和菜贩正好奇地看着我。对我来说，这个下午太不可理喻，对他们来说，何尝不是。昨天还是我女人的女人，还去他们那里买菜、买肉、讨教厨艺，今天就抱别人的腰了。

我努力合上眼皮，想：这三个生意人一定在打量我敞开穿的警服和身边的派出所招牌，一定想把热闹看到底。

我合上眼皮，甚至有点故意：你们爱怎么玩就怎么玩吧，赶紧地开到街东头去。但是开过来的摩托车，恰恰在派出所门口停住了。穿着铮亮皮鞋的年轻人用铮亮的手套来回握油门，轰鸣声一下下加大，像饥饿的狮子在笼口呻吟。我把双手从混乱的头发中撤下来，无奈地看着对方，心里说：小子，你玩吧，不用把头尽力仰着，不用蔑视地看着我，我只要操起这把椅子，就能砸破你的小脑袋。还有你，女人，不用和他一样仰着头，不用像两只幼稚的长颈鹿，在土街上可笑地伸脖子。女人你知道吗？只要可以，我就能揪住你的头发，把你从摩托车上拖下来，告诉三个看客，你算个什么东西。

但我克制住自己了，我觉得我不能以这样莽撞的方式输掉战争，我必须冷静。我拿起屁股底下的《参考消息》，像刚睡醒一样，假装认真地看。伊拉克又有三十多人尸骨无存，这是大事啊，对这样大的事来说，我这点事算什么呢？是呀，算什么，男人总得经历这样的事情的。

有一段时间，我想走回派出所，但是又勒令自己待着。我对自己说：你已经有主张了，任何的报复都需要事先受难，事前受难越重，事后的报复才更快意。但我还是有些害怕对视他们凌厉的眼神，我渴望他们快走。我这么想，他们果然走了。摩托车像外国人一样耸了一下肩膀，气势澎湃地蹿到东头去了。这对在一天内、在二十四小时内自由恋爱的男女啊！

摩托车留下的尘烟还没散尽，屠夫擦着手小跑过来，耳语于我："那车没有牌照。"

我拍了拍他的肩膀说："我知道。"

屠夫眨了下眼皮，慌里慌张地跑回去了，我还欠他四百多块肉钱呢。也许我是得把这辆摩托车扣下来，但是小何什么时候回来呢？没有小何在，我向来不敢独自行动。是的，我是个孬种，我经常把被抓到派出所的人踢得大叫，但这些人没有一个是年轻人。对那些年轻气盛的年轻人，我只使阴的，我挑唆他们，让他们互相抽耳光。

小何答应我今天要回来，但是他一定又喝高了。他要是在就好了，他一定会一脚踹翻太子摩托，把那个年轻人提起来甩到墙上:“老实点！站好！手放直!”

我或许应该走进派出所，我不能让屠夫、厨师和菜贩看着我放过这没有牌照的摩托车，不但他们，很多人像是打听到什么秘密，也佯装晒太阳，蹲在计生办大楼墙角等着瞧热闹呢。我感到脸上皮肤有些辣，它应该红透了。

我确实进了派出所，但我拿着铐子又出来了。我坐在椅子上，用手晃动铐子，铐子折射着夕阳的光，那些蹲在墙角的看客估计都在吞口水。他们以为这是警匪大片，想想看，匪徒把警察的老婆都抢了呢，精彩程度必然加一倍。只是我知道，我在做样子。也许把这对狗男女吓跑就够了，我不想把事情弄大，弄大对我毫无益处。

想起这个女人，我的下部有些奇异的反应。我怀念她的波浪头发、粉红乳头和蛇一样扭动的身躯。我很难忍受她被另一个人这么看。但有什么办法呢？天要下雨，娘要嫁人，你说要让我后悔，我就偏不后悔。我服还不行吗？

也许天黑，我才能扬眉吐气。天黑了，买菜的卖菜的，逛街的做事的，都会回家，我也可以好好实施我的报复计划。我的报复计划如此缜密、合理，很难不让我的女人后悔。是的，后悔的是你，才不是我呢。现在，我要做的是命令自己，忘记警服和派出所的权威，不要生气，不要沉不住气。

但是屠夫鼓励的眼神又让我很难下台，我感觉一个警察，在光天化日之下被人连续挑衅，无论怎么说，都是很丢人的事。设想以后，是不是每个人都有权到派出所门口来撒泡尿呢？三皇以来，就没这样的事，今天我却让它成为现实了。这也是我的报复计划唯一不完美的地方。我计划的时间是黑夜，那时大家都睡觉了，我不能敲锣打鼓把大家叫起来，让大家做证。

也正因为如此，我更应该把黑夜的行动完成得更彻底、更坚决。我必须得到我想得到的。

好像是被屠夫提醒了一样，在这对男女重新回到派出所门口时，摩托车前头挂了个牛皮纸壳做的车牌：110。我说沿街的群众为什么笑呢，原来是笑这个。大家本来笑得很小心，但我却听得既清晰又刺耳，最后像是听到一个笑的旋涡，我感觉自己像只可怜的蟑螂，在旋涡里转，要被转死了。我真想有把枪，一枪崩了这年轻人，但当时的我连手铐也不敢晃，我怕晃到地上。即使不晃，后来它还是不小心掉到地上了。这下，人民群众和狗男女又一起笑了，连适才谄媚的屠夫也笑得前俯后仰，加入狂欢的队伍当中。

就好像派出所倒塌了，大家好开心。

我呢，我渴望有个地缝好钻进去，我也许就不该从所里出来。现在坐也不是，站也不是，说话不是，不说也不是，我把自己的怯懦全暴露了，我好孤独。在惶恐的时候，我甚至想要对方给我个判决，比如“滚”，这样我就可以滚进派出所。我滚进去时一定还把门顶上。

漂亮的男孩伸直胳膊，展示了完美的肱二头肌，他没有说“滚”，而是说“喂”。

“喂！喂！喂！”

我没有应对的勇气，彻底缴械了，只想惩罚早点结束，求求你们了。恍惚中我想去捡手铐，但是我怕引起他的怀疑，他要是上来把我反铐住怎么办？我把头埋在臂弯里，像鸵鸟把头埋在土里，大脑一片空白。

我听到漂亮的男孩又向大家说：“聋子，瞧见了没有，聋子。”

我对自己说：“事情不大，忍住，不要出任何问题。”

这样的灾难最后结束了，那年轻男人没有上来吐唾沫，更没有揪住我对我施以老拳。群众散了，这一男一女觉得也没意思，就走了，再也没有回来。我最后听到女人的声音是“他还是没有后悔”，她为什么会这么说呢？女人真是不知道餍足。

夕阳落完后，小何像张果老骑驴，骑着嘉陵摩托慢悠悠回来了。这个时候我还在门口坐着，小何把车停下来，轻声问：“准备得怎样了？”看到他，我的精气神回来了，说：“万事俱备，就等天黑。”小何说：“这就好。”

小何和我年龄相若，一起被分配到这里，再也没有比他更好的哥们儿了。

天黑后，所长开着吉普车从邻乡回来，小何把一些早已包扎好的东西塞到后备箱，我和所长握了握手，所长问：“不喝一杯吗？”我说：“不了。”然后我和小何、司机开着吉普车走了。在吉普车经过空无一人的土街时，我在想我的女人也许正和漂亮男孩上床呢。

吉普车的车灯打在出青龙山的界碑上时，我从后窗回望了下，确信没有摩托车跟上来。车子翻过长长的山头后，我的心完全放下来了。我长长地出了一口气，说：“可真是一个疯狂的女人啊。”

小何接话说：“这你得感谢我。她竟然信我的话。”

我说：“你都跟她说了什么啦？”

小何说：“男人最怕女人跟别人，男人吃醋了，才会在乎女人。”

我说：“那个男人你认识吗？”

小何说：“长什么样？”

我说：“留鬓角的。”

小何说：“不认识。”

吉普车停在县城后，一种城市的感觉终于回到身上。我再也不用害怕我的女人发疯地纠缠我了。我们的故事到此为止，我要去追求副处级的女儿，要重新开始人生。感谢我的女人在关键时刻向青龙山人民群众展现她的叛变，感谢她让自己无话可说。

第二天，我去局里上班了。我接到的第一个电话是小何打来的，他说他把漂亮男孩的摩托扣了，后来又放了，因为调查清楚，那男孩是我女人打工回来的表哥。后来小何也调回县城，跟我讲起青龙山的事情，说我女人后来走路都低着头，因为大家都知道她玩砸了。卖肉的屠夫嘴里恶毒，说这样的女人活该，一哭二闹三上吊的话，还有机会，结果偷鸡不成反蚀一把米。屠夫这么说，是因为她欠了他四百多块肉钱。她反驳说："那是畜生吃的，不是我吃的。"屠夫也不打算上县城找畜生讨，来趟县城路费六十元，来回就要一百二。

每个从青龙山调回县城的人，都笑话我，说我在那里还有这么个风流韵事。

* 男女关系 *

男女关系

谈笑间，樯橹灰飞烟灭。

——苏轼《念奴娇·赤壁怀古》

我们这一代人的死亡是从程艺鹤开始的。说是有辆车在夜雨中将他撞到树上，树都倒了。这完全是个意外，我们却第一次认真考虑死亡的必然性了。我还可以活多久？我们围着火炉，面面相觑。

后来，程艺鹤的堂叔笑着过来招呼：“同学，打麻将吗？”

程艺鹤父母早亡，只有这个堂叔算是亲戚。现在这青砖老屋定然也是要让堂叔得去的，也许能卖个好价钱，我们不关心。这屋带着可怕的阴性，如果不是同学一起来，我一定不来。我甚至认为那墙根青苔的阴性长在程艺鹤脸上了，以至于多年来我不敢和他照面，而我高中时的噩梦，也多半关于他，这个一米五几的侏儒总是穿着小丑的艳服，巴住我的腰，捏我的睾丸。我不知他是要捏个粉碎，还是故意恐吓我，总之是痛醒过来。

现在好了，他躲在遗像里，宽宏大量地笑着。

我们打了三四圈牌，不打了，因为一个上学时就敏感的大个子总是疑人换牌。我们因此无话可说，直到李梅来救了场。多年后，李梅还是大美人，还是引起了骚动。她脱下貂皮大衣，过来烤火，我们就认真看那粉嫩的指头冒出水蒸气。这个年纪的好处是敢于耍流氓，不一会儿，李梅就嗔怪道："得了吧，得了吧。"后来，大家嘴瘾过得差不多了，便知家里有妻儿，也就回家了。我不能回家，我是从外地跑回来的，李梅也不能，她也是从外地跑回来的。他们把我留着，陪她。

当年，李梅坐在教室深处，极少言语，仿佛是气定神闲的皇后。程艺鹤则像是个诡异的宦官，为她鞍前马后地跑。也许是这个关系，程艺鹤多年不娶，李梅也开车来给他守夜。

李梅说："我们随便说些什么吧。"

我说："好，说些什么呢？"

李梅说："随便说。我最近读《读者文摘》，里头有个笑话，说清代考秀才，一个考生将'昧昧我思之'，'愚昧'的'昧'，写成了'妹妹我思之'，'姐妹'的'妹'。考官一看，乐了，批了句话，你说是什么？"

我说："是什么？"

李梅说："是'哥哥你错了'。"

我假装笑，然后也讲："我最近看了一个包子与油条的笑话。某天早晨，某人只能选择吃一种食物，他权衡很久，吃了包子，结果饿了。这油条就说话了，你为什么不选择我呢？我一定会让你饱。你知道那人说了什么？"

李梅说："说了什么？"

我说："那人有两个答案。第一个是，油条，我错了，后悔死了；第二个是，老子当时没有选你，就说明你是错的，现在你竟然以包子错来证明自己对，可耻啊可耻。"

李梅说："就这样？"

我说："这故事其实只是个引子，你想听更多的吗？"

李梅说："想。"

我说："说是有个男人，泡妞，饱受打击。你知道，这种人总不死心，多年后，他穿着皮衣，镶着金牙，挥舞大把钞票，来找这个妞。这妞虽然三十岁了，仍旧纯如处女，不过钞票对她来说还是有吸引力的，因为她已下岗。这个男人就说包子和油条的故事，就说你当初为什么不选择我呢？你错了吧，该后悔吧。"

李梅说："有几个臭钱就了不起啊。"

我说："是啊，那女子就是这样说的。但是这个故事有个悲哀的地方，便是那长着酒糟鼻、满嘴口臭的男子，为了有钱，先后打劫了两家银行，银行的墙有六尺厚，他也打劫了。但是那女子却说，你满身铜臭味。这样，他存在的必要性便被剥夺了。”

李梅说：“有点儿意思。”

我说：“你知道金钱的反义词是艺术。这男子寻思这女子从小到大是爱唱歌的，便又兴冲冲地离开故乡。十年后，女子还是个小市民，生活平淡无奇，某天却猛然看到电影院贴海报，说世界著名钢琴家某某某莅临了。这在小城市是重要的事情，大家为抢票找了很多关系，女子也想办法弄来一张。但那天，她听着听着，觉得戴着假发摇头晃脑的艺术家其实没什么，便嗑瓜子，吐瓜子壳，心想电视连续剧快要大结局了呢。后来，她见有人从偏门溜出去，便也溜出去。”

李梅说：“钢琴家就是那个男子吧？”

我说：“聪明。钢琴家慷慨激昂地演奏完后，庄重地说要将这十年献给一位女士，但却并没有一个女子热泪盈眶地走上来。大家鼓掌鼓励这个女子，仍没有人出来，钢琴家只能草草鞠躬。转身后，他还听到雷鸣般的掌声，便说，我操死你，李巧凤。”

李梅说：“哈哈。那巧凤儿长得怎样？”

我说：“眼睛宽，鼻子塌，嘴巴肥，耳朵大，皮肤黑，身形肥沃得很。”

李梅说：“和我恰恰相反，哈哈。这么丑，怎么还被人暗恋啊？”

我说:“你不知道暗恋，本就是情人眼里出西施。所谓神性，也就是在人潮人海中发现了你独特的美。”

李梅说:“嗨，那男子是不幸中的不幸了。”

我说:“不然。那女子其实是有气质的，她的五官单独看，没长处，合一起，却意外的和谐。这是种危险的长相，偏差一点，就俗气了。比如说上帝要给她高挺的鼻子，她却是差池了。那男子起初也不觉得对方好看，不过自打在灯光下偶遇一次后，便被俘虏了。这就是不幸，为了一眼，葬送了一生。”

李梅说:“是啊。”

我说:“他站在宾馆楼顶上，看着空无一物的太空，想到自己原是一根错误的油条，便绝望了。但是他没死，这么大的钢琴家离开一刻，就惊动四下了，人们将他拉下来，把他灌醉了。次日，他还是要死，却不料被一个人救了。”

李梅说:“谁?”

我说:“那女子的姐姐。那女子的姐姐在小城市的储蓄所上班，钢琴家去取钱，猛然发现她姐姐和她长得一模一样，她很美很有气质，她姐姐却自始至终丑得不堪入目。他哗啦哗啦地在柜台前吐，吐得胆汁都没有了。所谓气质，原来却是上帝开的一个玩笑，是遗传事故。他以前也知道自己错了，却没那天知道得清楚。应该说，这种情况下他更应该去死，但是绝望便是这样，过去了，便习惯了。二十年不习惯，一分钟就习惯了。他习惯了，他认定两点：一个人爱，不代表被爱；之所以爱得耿耿于怀，是自己过度神化的缘故。”

李梅说：“你这么说，我有体会了。你知道当年追我的人多，多到后来我都记不清谁追我、谁没追我了。你没有追吧？”

我说：“我追了。”

李梅说：“姑且原谅你。我这样的人，一贯被人追，想来也让很多人废寝忘食、茶饭不思吧，我不知道这些。我只是痛恨，因为生活被打乱了，你说人家写一封情书来，肉麻地说，你是我的天使我的太阳，我还能看得全身震颤感激涕零？恶心都来不及。但是我又不能直接说我恶心，我能怎么办呢？话说死了，人家跳楼喝药我负责不起；不说死，人家又觍着脸跑来缠我，烦不烦啊。所以我只能写些‘平平淡淡才是真’‘君子之交淡如水’的话来打发。谁知这些话竟然也是让人浮想联翩的，有个人就说，我愿意用一生一世来等。唉，你解释不过人家，只能躲。这样有一天就造孽了。我当时在公司新年晚会上准备唱歌，话筒拿手上了，却发现一个奇丑无比的男子，举着花，颤抖地走过来。我那个公司在外地，那个男子却又是故乡的，就当着大家的面，我想死的心都有了。”

我问：“你怎么办？”

李梅说:“我拿着话筒悲愤地说，就在现在，我遭遇到人生最不幸的事情。那些同事知道缘故，便让保安把男子抬走了。”

我脸红起来。

李梅接着说:“我也不知道那男子怎样了，当时没想很多，后来却想很多了。你知道我婚姻并不幸福，我老公有钱有势，却不怎么爱我。我却是做牛做马都可的，每天煮好饭，烧好菜，等他回家，他却不回来。我不煮了，他又回来了，没吃的便骂。你看我眼泪都出来了，人就是贱。说实在的，我们这个年纪本来就如狼似虎，我却生生地没有性欲了。我的男人不是做，是交。没有肉体也可以，但是精神上更残忍……”

我说:“老来就知道夫妻是百年同船渡。”

李梅说:“这样就好了。我最伤心的一次，恰好是他们公司的新年晚会，他是老板，当时他拿话筒要表扬一个新来的女大学生。我恰好走进去了，那些员工认识我，给我开道，气氛却很不对。果然，我老公砸下话筒，大声对我说:‘谁让你来的!谁通知你来的!’也只有到这时，我才知道报应了。”

李梅的眼泪扑腾扑腾地往下跑，我的手趁机摸上她后背，起初我觉得心里有闪电，摸久了也就麻木了。

李梅抬起头说:“你看武侠小说吗?”

我说:“只看金庸的。”

李梅说："那你就知《天龙八部》了，那女大学生是阿朱，我老公是萧峰，我是阿紫，当年那些暗恋我的男子是游坦之。为了阿朱，萧峰往崖下跳，阿紫也跳，最后游坦之也跟上去，大家都喊我爱你，却是没有结果。你说这是什么，是食物链？轮盘赌？都不是，是命。"

我说："都是油条。你跳了人家还说你错。我倒可以接着说个别的，便是有个男子，一直暗恋一个女人。"

李梅说："怎么还是暗恋？"

我说："人生不就这个伤人吗？有个男子，对女人日思夜想，想到最后得绝症了，便破釜沉舟去女人生活的城市。那女人和你一样，生活优越，在男人心中，似在幸福天堂，有打着领结的丈夫，有恭敬从命的仆人，每天出门还有人亲切地打招呼，不用拉屎不用拉尿，纯洁得和天使一样。那男人想，我就是要死了，也该去闻闻她呼吸过的空气，走走她走过的街道啊。如是跑到大城市，还真见上了，女人开着敞篷车来，嘴唇不再是透明的红润，而是一种浓烈的紫色，指甲也不再是透明的红润，而是一种鲜艳的绿色。女人取下墨镜，露出抽烟过度以至于发黄的牙齿，说，咱们兜风去吧。男子颤巍巍地上了车，看着树一棵棵往后跑，感受着女神身上散发出的香水味道，慢慢又很享受，后来他想总是要说话的，便说，你这车值多少钱啊？女神拿手拢着耳朵大喊，你说什么啊？男子便也大声喊，你这车值多少钱啊？女子听清楚了，说，干爹送的，不知道！”

李梅说：“二奶吧？”

我说：“是啊。那男子回去后不死了，改写剧本了，只要是女人就写漂亮，漂亮得无可匹敌，身份却总是妓女。”

李梅说：“酸。”

我说：“是啊。酸。几点了？”

李梅看看手上的女士表，不知是劳力士，还是什么牌子的，很洋气，说：“我们得走了。”

一棵又一棵好看的树往后跑，一个又一个肮脏的水坑往后跑，我坐在熟悉而意外的车里，和她朝着远处奔跑。无论怎么说，它都应该有一个类似钟点房的终点。

我们找到了。窗帘怎么遮，也遮不住茁壮的晨光，我看着她一件件脱下衣服，露出身躯。我既兴奋又恐惧，既庄严又卑鄙，像参观别人性交一样参观自己性交。我撑在枕头上的胳膊抖起来，接着，胸腔、腹部、屁股和小腿也颤抖了。我看到我在歉疚地说：“很久没做了。”我也看到李梅哈哈大笑。那笑释放了我的负担，我越来越感觉她对这事情不抱热情——仅仅是你需要，我便给你。

我由浅入深、游刃有余地干起来，干到后来，自信心越来越强，终至像个打桩机，往土地深处疯狂复仇。

那快感迸发时，很短暂，我以为它应该还有一下的，却是彻底没了。

我看着李梅躺在床上像一具尸体，有着黑葡萄似的乳头、冒着黄油的腹部和丑陋险恶的下身。恶心极了。后来李梅站起来，无声地用粗暴的脚趾寻找一次性拖鞋。然后她像每个人的真相，松弛着皮肤和肌肉，走进卫生间。我看到死神也跟了进去。有一天她会苍老地死去。

我们的皮肤本只是个驿站，在青春的马车冲过后，衰老和死亡便像两兄弟慢慢走过来。我看到李梅皮肤内的这两兄弟。我记得她起了两次身，第一次起时，阴部发出“噗”的一声，那声音让她再次倒下。那是阴吹。

我找到卫生纸，捞着它擦拭滴在睾丸上的精液，不幸的味道升上来，我眩晕、无聊、没有意义，太阳越来越大，卫生间的水越来越响，我不知道要走要留，去生去死。我整个人就待在这卑鄙无耻、残忍可恶的结论里。

三到十秒

为了看旅馆广告，陈木花五毛钱买了份报，按图索骥找到这家，又掏了一百八十元，这样便只剩十二元。钱财这时不很重要，因为上帝把朱荑还他了。

进门后，朱荑抱住他，吻他，像坠海之人抱住一根梁木。陈木接吻时开眼偷看，发现朱荑闭着眼，烂醉的模样，确信她是爱他的，便伸手入她T恤，拨弄乳罩扣子，拨不出个所以然。朱荑拉平T恤，说："不行。"

那T恤向下扯时，勒住两团肉球，陈木有些眩晕，好似看到两头猪仔埋头往外拱，拱得T恤上一朵牡丹花起起伏伏。这样的女人是一袋注满温水的塑料袋，摊开于床时不多不少，恰到好处。

他需要的只是时间。

朱荑重整旗鼓和陈木接吻，陈木又伸手插她的牛仔裤，但是那里太他妈紧了。朱荑用自己的舌头上下左右管理着陈木的舌头，好让他回到形而上的层面，却不料陈木把自己一把拥倒于床。在床上，陈木抄袭温软的乳房，朱萸的手来拨，陈木便拿另一手锁它，朱萸又派一手来支援，陈木便用肘部压死援兵。如此，一手抵二手，陈木完全占领了那只乳房，朱萸的身子摇摆几下，老实了。

未几，那只汗津津的手借口出来休息，猛然拉下朱萸的牛仔裤拉链。刺啦一声，把朱萸劈醒了，她匆忙拉上拉链。陈木看到一条温软的内裤，包含着鼓鼓的想象，昙花一现，消失了。

陈木说："用不着这么如临大敌吧？"

朱萸说："你一心就想这事？"

陈木说："是啊。"

朱萸说："不这样就不是爱了吗？"

陈木说："性不是爱，但没有性，爱就残缺了。"

朱萸说："残缺了？"

陈木说："残缺了。"

朱萸说："可是我害怕。"

陈木说："怕什么，人都有这遭。"

朱萸说："我还是害怕。"

陈木说："慢慢就好了，我轻一点。"

朱萸低头不语，陈木像吹绒毛一样吹着她的耳朵，说："我爱你。"

朱萸抖动一下，陈木又说："孩子，我爱你。"

朱萸便软了。陈木捞她T恤，看到淡黄的乳罩，朱萸又扫兴地扯下来。

朱萸说："以后行不行？"

陈木说："以后是下辈子吧。"

朱萸说："以后不会很远。"

朱萸看对方气急败坏，又说："明日吧。"

陈木说："明日！你总是说明日，明日复明日，明日何其多！"

陈木拿遥控器换台，换得电视频道一个个跑起来，朱萸说："真的不痛吗？"

陈木不愿理她。

朱萸说："要不你给我买安眠药，我睡着了，你那个吧。"

陈木说："算了，我自己解决。"

朱萸说："对不起。"

天越发晚了，这样下去，雄鸡一唱天下白，什么也不会发生，陈木替老二愤怒，觉得分手也不是不可以，便拉好皮带，起身了。朱萸问："你去哪里？"

陈木本欲说"走了"，一时软了，支支吾吾起来，朱萸从床上跳下，抱住他，说："我不要你离开我一会儿。"

陈木果断第三次出手，这次很顺利，朱萸任T恤翻过头顶。

陈木也不懂循序渐进，三两下剥光自己，便去扯朱萸的裤子，朱萸想阻拦，手走到半空，想想没用，哀怨地退回一边。陈木把那条深蓝色的牛仔裤和那只乳黄色的内裤，像蛇皮一样，从白长长的腿上剥下，整个人像饮了一桶白酒，烧起来。

陈木俯身，肘部抖，手臂、大腿和心脏也抖，就像要破坏圣洁，他有些不忍，但那根直枪决意先斩后奏。两军交接之时，朱萸像触电般痉挛起来，后死死夹住双腿。陈木掰了许久，用膝盖压住人家腿，算是掰好了，可朱萸又摇晃着说："避孕套。"

陈木吊着一根大丝瓜，在房里蹿跳，翻抽屉，翻枕头，翻橱柜，翻盥洗用品，然后遗憾地说："没有。"

朱萸说："没有会怀孕的。"

陈木穿上裤子，说："我去买吧。你想吃点什么吗？"

朱萸说："什么也不想吃。"

陈木便吻朱萸，像吹绒毛一样吹着她的耳根，说："孩子，我很快回来。"

下楼后，月黑风高，陈木像刺客疾行，迤逦十余分钟，找到二十四小时店一间。陈木问："杜蕾斯多少钱？"

"二十四。"

"杰士邦呢？"

"十八。"

“最便宜的多少？”

“大官人，十二块五。”

“零卖吗？”

“不零卖。”

“十二块卖吗？”

“不卖。”

陈木拖着失败的羽毛往回走，想古人怎么避孕呢？用袜子？猪膀胱？到房间后，又发现朱萸穿戴整齐，面墙假寐，丧气极了。

陈木摇摇她说：“没买到。”

朱萸咕哝道：“嗯，睡吧。”

陈木在被窝里暖了后，问：“睡着了？”

朱萸说：“睡了。”

陈木便把她扳过来，压上去，朱萸挣扎起来，陈木向上扯T恤，她就向下拉，陈木向外拆裤带，她就往里收。陈木说：“娘子，可怜则个吧。”

朱萸笑着说：“怪你不准备好，不怪我。”

陈木又哀求几次，朱萸只是不许，陈木忽一把推开朱萸，自己侧着睡了。朱萸来搂，陈木闪动胳膊躲避，像孩子受了好大的委屈。

两下无话，只剩墙钟在走，那声音像铡草，一刀刀铡得朱萸心慌。她不知陈木如此冷性，可自己也没什么好说的。后来，陈木跃身起床，跺着脚进了卫生间，莲蓬头的水哗啦一下冲出来，朱萸的心也哗啦一下碎了。

陈木回来掀开被子，朱萸已经一丝不挂地躺那儿了，皮肤绷着，正以献身者的勇气与巨大的恐惧作战呢。陈木便也有了圣人的样子，轻搂朱萸，朱萸闭着眼，抖起来，陈木也抖起来。枪口对准后，朱萸又痉挛一下，不过没再顽抗，只是拿手死抓床单，好似有把草根。

陈木说："亲爱的，别咬牙齿了，我保准轻轻的。"

说完了，用力一顶，只听朱萸一声惨叫："不要了，不要了，痛，痛。"

陈木停下动作，吹她耳朵："好孩子，坚持一下，就一下下。"

朱萸噙着泪花说："嗯。"

朱萸又说："记得射的时候拔出来。"

陈木说："好。"

这样试探几次，战事勉强顺畅起来，陈木看到朱萸像面粉袋摇过来晃过去，像受伤的幼兽叫起来忍下去，突然有了怜意，可又挡不住对摧残的迷恋，动作便小小大大，大大小小，终至是大起来，狠起来，朱萸的眉毛便皱了，脸便扭曲了。

好似要鸣金收兵，朱萸却掐他腰，说："记得拔出来射。"

陈木说："记得。"

可真到了那时，腹内好似有千军万马出笼，撒性子往前边跑，陈木想拉拉不住，又不想让它们战死野外，便狠命往下一刺。这快感，便像火在线头点着，穿越浇满汽油的绳子，层层叠叠来了。

事情甫一结束，陈木即刀枪入库。

朱萸急问："射了？"

陈木说："射了。"

朱萸说："射里边了？"

陈木说："射里边了。"

朱萸啊地叫唤两声，起身进了卫生间。陈木看到床单和被窝白绒绒，暖烘烘，有些精液的味道浮上来，却不见一点红。

一个月后，陈木回忆那个盈实的夜，记得自己进了卫生间，抖完尿，发现龟头有好些血丝，桶内也揉着许多卫生纸，纸上开鲜红的花，便流下泪，便觉自己洋溢在负责的热情中。

又过去十几天，情况起变。朱萸找到陈木时，风尘仆仆，披头散发，浑身无力，虽还穿着那T恤，T恤下却不再见那一起一伏的幼兽。她像犯错的女人，站在家长面前，说："我怀孕了。"

陈木说："是我的吗？"说完便知自己口无遮拦，闯祸了，便搂朱荑，朱荑却筛糠似的哭起来。陈木听到这不幸的声音，有些不耐烦，又不好直说，便拍她肩膀，像老太太拍桌子。可那哭声是如此漫长，漫长得像雨季，陈木只觉脑海里齐刷刷写了一排字：女人真麻烦，麻烦。

陈木终于说："别怕，有我呢，我不抛弃你。"那一个月来担惊受怕，唯恐有事，却终于有事的女人方才好了点，她搂着男人，贪婪地说："你叫我孩子吧。"

"孩子。"陈木应邀说了一句。

朱荑的泪刹不住车地又溢出来，好像所有的委屈都被偿还，好像还应该笑一笑，她便笑了笑。

去医院时，朱荑有些恐惧，陈木鼓励她："没什么的，没什么。"朱荑还是一遍遍说："我害怕。"朱荑说："医生的手、探针和勺子会不会一起捅进去，会不会把五脏六腑掏烂啊。"陈木说："现在是无痛人流。"朱荑说："总之是害怕。"

登记时，一个文着绿色眉毛的白大褂妇女，拿厉眼瞟着陈木，又瞟朱荑，最后才推推眼镜，说："你们这些不负责任的男人啊。"陈木觉得血充满整个脸，乖乖应承。女医生撕好单子，粗鲁地说："去吧。"

陈木扶朱荑走到候诊室时，发现那里已然坐了好些男女，男的翘首以待，看出来的是不是自家女人，等到的嘘寒问暖，没等到的，一头栽回无聊中。女的呢？个个像着单衣走冬天的街道，寒冷得不行。

有一女子像白纸从手术室飘了出来，朱萸看得心慌，双手合十，想听她说点什么，她却倒在男人怀里。朱萸赶去问："痛吗？"那女人努力一笑，说："没事的。"但朱萸还是用指甲紧扣陈木胳膊，说："不做了吧。"

这样稀里糊涂站了一刻钟，门口闪出一护士，高叫"朱萸朱萸"，陈木方松下一口气，胜利就在前方，麻烦要到头啦。朱萸像死刑犯等到处决令，毅然决然走上去，中途腿软了一下，险些坐在地上，陈木虚张声势地喊："加油。"朱萸点点头，很乖。

朱萸进去后，陈木不知道目光往哪儿摆，就随便看，瞎看，看到墙上有红底免冠的介绍，一对照，那绿眉毛大侠，原来叫史敬德。操你妈，史敬德。但这有意义吗？陈木又往边上看，恰和另一对无聊的眼睛撞上，好似夜行人遇夜行人，两道光芒仓促躲闪起来，不多久，又欢欣地对望起来，意思是，你我一样，坏得很呢，摊上这麻烦事。

那男人取出一根烟，看看陈木，又取出一根来。此时，护士拿T恤出来，喊："谁是朱萸的家属，谁是朱萸的家属？"陈木说："我是。"护士说："都穿了病号服，还穿什么T恤？"陈木问："她怎样了？"护士说："在挖呢。"

陈木不放心，探头往手术室那边望了几次，都是白玻璃，毛玻璃。这时他感觉胳膊被有意碰了几下，回头一看，那男子给他打烟呢。陈木将T恤揉成一团塞进裤兜，点着烟，问："哥们看什么书哪？"

那男人说："地摊买的，《爱经》。"

陈木说："有什么奇招吗？"

那男人说："有是有一些，不过印象深的却是说男人的快感时间，只有三到十秒。"

陈木说："是啊，女人就爽多了。"

*

记忆与少年

*

下午出现的魔鬼

妈妈担着两箩筐油面，像个巾字，消失于阳光之下的马路。老柱和弟弟从屋内的黑洞蹦出来。弟弟因为性急，双膝着地，往日他是要哭的，现在却一吸鼻涕，紧紧抓住那长条凳。大两岁的老柱踢他屁股，说："你又骑不上去。"

弟弟往前跪行一步，抓得更紧了。老柱又说："你又骑不上去。"弟弟便把脸也贴在凳子上。老柱说："那你骑吧。"

弟弟像狗撒尿，抬起一条腿，憋红了脸，硬是没跨上去。老柱便拖他，可弟弟也拖着凳，老柱便将弟弟丢在地上，说："你骑吧。我走了。"

弟弟张望了一下，露出凄惶的眼色，确信老柱不走后，才恋恋不舍地丢下长条凳，走到矮条凳那里一屁股坐上去。弟弟犹有不甘地说："我是吉昭，你是吉松。"老柱这时两脚已经点地，双手将跨坐的长条凳扳了起来，他说："没这个理，吉昭是开拖拉机的，吉松是开手扶拖拉机的。现在我开的是拖拉机，我就是吉昭。一个开手扶拖拉机的人是不能叫吉昭的。"

弟弟哼起来，老柱也哼起来，两人发动“柴油机”，一跳一跳，驾驶着两条板凳在水泥地上相向而行。两军相遇时，弟弟大叫：“啷啷啷。”

老柱正色道：“手扶拖拉机没有喇叭，你应该说‘嘟嘟嘟’。”

弟弟继续大叫：“啷啷啷。”

老柱抬腿踢弟弟，弟弟连让两下，索性站起来。老柱说：“坐上去，吉松徒弟。”弟弟坐上矮条凳，丧气地喊了几声“嘟嘟嘟”，总算喊习惯了，兴致才高起来。老柱“啷”许久，过足瘾，又把板凳头果断扳向台阶，说：“现在轮到我们下坡了。”

奶奶在远处扔掉猪潲桶，喊：“老柱，你想摔破脑壳啊？”

老柱没有理她，老柱在思考下台阶时是该让自己的腿先着地，还是该让板凳的腿先着地。老柱本来也考虑过摔破脑壳的问题，可是奶奶这么一说，他就非得给弟弟做点样子。老柱说：“走开。”奶奶说：“好，那我回头就告诉你妈。”老柱说：“告去吧，告密夫人。”

奶奶“啧啧”几声，擦擦围裙，重新把桶子提起来，走向猪舍，弟弟在后边嘿嘿笑，说：“走开，告密夫人。”奶奶便消失在屋角那边了。可是老柱正“哼哼”地要把板凳往台阶下移时，她又闪出来大叫：“汉友来了。”老柱差点滚下来，好不容易从凳子上退下来，看看奶奶，发现脸面是那样严肃，不像是在说假话，不禁冒出汗来。可是老柱又觉得奶奶这样骗人不是一次两次了。

奶奶说:“我告诉你们啊，汉友真来了。”老柱便摆出一副爱理不理的样子，跨坐于板凳上，弟弟也跟着跨上去。两人等奶奶再次消失时，看了看枣子树和枣子树下幽静的石子路，迟迟不敢行动。大约这静默的时间太久了，久得让老柱自己都不好意思，他又重整旗鼓，嘶叫起来。可此时石子路偏蹿来一股风，接着又蹿来光脚丫子的爱民。爱民在潜逃过程中，偏过头来焦急地喊：“汉友来了。”

那么是真的了。

老柱和弟弟立刻跳回屋内，一左一右推好门扇。老柱缩在窗棂下时，心脏狂跳，想抬头看，又怕被汉友逮个正着，可要是不看，汉友直接走过来推门，自己不是连跑也跑不脱吗？老柱便探出头，看到的却是被雨刷得囫囵的土墙，和靠在墙上的一捆柴。知了虽然越叫越响，可时间却一顿一顿地静止了，终至凝滞不动。老柱像不知道死期的死刑犯，被等待的痛楚弄得心烦意乱。

弟弟若有其事地问:“真来了吗？真来了？”

老柱想：你怎么能这样不懂事呢？真来了，你老鹏就死了。

关于汉友，传说最广的是他喝血吃肉，喝的是小孩的血，吃的是小孩的肉，吃完了还咂吧咂吧嘴，说:“真香啊，比猪肉香多了。”要是碰到汉友饿了，村庄就惨了，他会扇动蝙蝠一样的黑色翅膀，飞到夜晚的一间间屋顶，细听屋内是不是有小孩哭，有的话就一个猛子扎进来，大人想拦拦不住，想赶赶不跑，只能让他把小孩给吃了。据说吃不完的，还要拿回家去腌。腌成腊肉。

老柱这样想，喉咙发干，头晕眼花，总觉得对面的土屋在晃，一捆柴变成两捆。然后他又像被浇了一盆冷水，目瞪口呆看着汉友从阳光中悄无声息地冒出来。老柱贪婪而畏惧地看着，这个不是农民的中年男人，白发夹生于黑发，眼神直勾勾盯着，任禾草沾在酱黄色的脸上。他一动不动地朝前走，连背上挎的黑色箱子也是静止的。

老柱想他是不是该吐下带血的舌头，可他却像从来没出现过一样，消失了。

老柱过了很久才大口呼吸起来。呼吸完了，他拉着弟弟的手走到床边，像劳作一天疲惫归来的农民一屁股坐在蚊帐上。弟弟问:“走了吗?”老柱说:“没有。”老柱觉得这样说话比开拖拉机还要有意思点，便用手梳着弟弟稀疏的头发，说:“要听话，不听话就让汉友吃了你。”

弟弟瑟瑟发抖，老柱越发慈爱了。不久，他们在房间里开始了另一场游戏，老柱让弟弟出房门，数十下后进来找自己。弟弟瞪着无知的眼睛进来时，老柱窃笑着从他后边溜出去。老柱听到里边喊“哥哥，哥哥，哥哥你在哪里呀”，一声声焦急起来，总想大笑着暴露自己，可还是克制住了。

光阴慢慢柔和下来，老柱玩得很愉快，忘了汉友。可他命定要在这个下午重新看见汉友。

当时也没有征兆，老柱站在粪桶边正准备重新潜入内屋，忽然窗外传来一阵小牛撒蹄奔跑的声音。转身一望，汉友正沿着石子路一跃一跃地往回奔呢，大概是奔得急了，乒乓球大的汗珠飞出来，晃落到地上，而黑色箱子上下左右乱跳，以至于都能听到箱内杀人凶器激烈地碰撞。

待看不见汉友时，老柱又听到“噗”的一声，应该是人摔倒了，出门一看，石子路上什么也没有。不一会儿，成群结队的人沿着汉友逃跑的方向追上来，老柱撒开腿跟上去。跑过枣子树，跑过石子路，跑到坎上时，老柱看到前头尘烟滚滚。人们的速度实在太快了，可是汉友的速度更快。

汉友像苍蝇一样飞进自己在村外孤零零的家。

老柱从田里抄近路，鞋跟沾上巨大的泥团。待他费力走上马路，发现沟沿躺着那只黑色箱子。是汉友丢盔弃甲了。老柱踢了踢，发现它不过是只干枯、发裂、扭曲的皮匣子，上边原本有个鲜明的红十字，现在也被一团黄泥糟蹋了。老柱打开它，找到那只黄黑的针筒，取出来对着沟泥吸水，吸了一罐后往外推压，浑水便从针尖冒出来，像是一颗颗黄豆。

老柱玩了几趟，才把针筒细心藏进附近的泥里，然后走向通往汉友家的那条小路，在路边他看到水缸那么大的一口水泉，喝了喝，洗了洗，又把鞋伸到里边荡了荡，把这一米深的清泉彻底弄浊了。

老柱走到小路尽头时，喧哗的人群已将汉友家围得水泄不通，老柱想进进不了，咬牙切齿掐着一条条高耸的大腿，才算是挤到人群中央。在那里，老柱看到两扇木门孤寂地开着，汉友像个木偶跪在厅堂的黑洞内磕头，磕一下屋内就回响一声。外边人喊："不要磕了。"老柱也理直气壮地喊："不要磕了。"

汉友起身时，额头渗出血，被他遮挡住的东西也显现出来，是个小孩，头发湿漉漉的，正面无表情、一动不动地躺在阴凉的地上。汉友望了他很久，又扑上去，像是在打他，老柱这时注意到汉友的头发全白了。头发全白，像戴着一团棉花的汉友，流了一挂又一挂花花绿绿的鼻涕，好像蜘蛛在尸体上拼命结网。老柱有些恶心。然后又听到汉友拉锯般地喊："崽呀，我的崽呀，我的好崽呀。"

有几人进去扶汉友，却像是扶一条泥鳅，怎么扶也扶不起来。吃人的魔鬼原来如此没用，如此窝囊，老杜鼻子“哼”了一下，转头走了。走了有那么几十步，他听到人们指着水泉说：“就是淹死在这里的，就是这里。”又走了有那么十几步，他看到像老头一样往这边赶的弟弟，便把他扯住。

老杜严肃地说：“老鹏啊，以后不要划水了，晓得不？”

弟弟点了三下头。

老杜说：“记得不？”

弟弟又点了三下头。

老杜说：“回家吧。”

黑　夜

一九八三年六月一日，太阳出了许久没出来，爷爷、奶奶和妈妈给六岁半的我整理书包，爷爷塞进去一把雪里松糖，妈妈把它取出来，说："带那么多东西不累啊。"可妈妈又让我带上一把雨伞。村头读五年级的火荣来了后，爷爷、奶奶和妈妈一起说："火荣啊，好生带着老柱。"这样我就跟着火荣宽大的背影离开了村庄。

在这天之前，爷爷、奶奶和妈妈分别掌握我一件轶事。爷爷说他到下沉小学门口站着，一个个地看，还是我们家老柱好看；妈妈说我读预备班时，老师把我拎回来，说是公然在板凳上拉屎，搞臭了全班；奶奶则说亲戚来做客，我总是乖乖跑到外边，不上桌抢肉。我想说，即使那些亲戚走了，你们把剩余的肉拨到我碗里，我也不吃。我不要。

火荣在路上郑重其事地说："记得跟着我。"

我说："嗯。"

火荣又说："不要走开一步，你必须像影子一样跟着我，影子，懂吗？”

我说：“懂。”

可到了河边，几个同伴一招手，他就抛下我，跳下水了。我看到他们像鱼一样，摆动黑瘦的背部、屁股和双腿，在水下说话，他们说：“带着个不懂事的老柱，真是麻烦。”

在小学操场，做校长的表叔一声令下，我们焦躁不安地演习广播体操；做数学老师的堂叔双手一舞，我们又快快地喊《少先队员之歌》，喊到后来乱了，像是搭好的柴火一下散了。校长和老师知道我们想出发了，恶狠狠地整队，指挥我们从田埂走上宽阔的土路。

我们起先怨恨这不自由的阵形，但在队伍经过村部时，又自觉站回队，胸抬得很高，手抬得很高，膝盖抬得很高，鲜血一样的红领巾也抬得很高。我们告诉自己忍住，莫看两边，但心里又个个看着。我们看到小卖部前老汉的眼屎和烟灰一起掉了，几个肥沃的妇女搓着手欣喜地观望，我们看到他们交口说：“要得啊。”

这样走了一会儿，忽有个老头小跑跟上，对校长说：“要是丢了，责任在你。”

我一看，是爷爷，羞得无地自容。爷爷找到我，拍我粉嫩嫩、肉嘟嘟的脸，说：“我帮你把雪里松带来了。你吃，同学也吃。”

队伍穿越河流，走到废庙下，有个山样高的壮汉跟上。我们都知他叫新南，脚步错乱起来。新南眉毛粗厚，眼睛大得像手电筒，我们害怕里面直通通射出的光，那光像铁杵像利剑，捣烂我们的五脏六腑。堂叔捡起蚕豆大的石子，作势要打，说："疯子，快回宝庙。"新南不理。堂叔的石子便准确飞到新南脖子上，新南跟没事似的。堂叔又将鸡蛋大的石头砸向他胸脯，我们听到"噗"的一声，可新南仍旧没反应。校长说"让我来"，扔了一颗巴掌大的石头，新南才从梦中惊醒，捂着受伤的脸，"啊呀呀"跳进河里去了。

又走了一刻钟，我们看到一个妇女赶狗，这老狗背上脱毛，长满红彤彤的烂疮，竹棍敲得好狠，它还是拿鼻子嗅着青硬的石块，不肯走动。我听着接近死亡的"咻咻"声，害怕起来，尽量离它远点。

堂叔对表叔说："养没有必要，杀着吃不卫生。"

表叔说："所以她赶啊，想赶到山里去。"

表叔又对那妇女说："杀了吧，这样天天都回来不是个办法，杀了一了百了。"

那妇女说："杀又不忍心，总好像是死在自家手里一样。"

这样往前走，又看到姑妈守在路边卖茶叶蛋，姑妈也捏我粉嫩嫩、肉嘟嘟的脸，给我六只茶叶蛋。我说："姑，帮我留着伞，带着累。”

那天，我们在九沅中心小学唱完歌、做完操，像麻雀一样闹开了，闹得筋疲力尽。我搂着肚子去上厕所，火荣跟到门口。我听到屁股下发出机枪扫射的声音，也听到火荣在外边喊："臭死了，臭死了。"我想他一定是边吃茶叶蛋边掩鼻子，可等我出来，那里只剩我的书包。

天快黑了，山那边有乌云越聚越大，我听到哨子声此起彼伏，一支队伍已然上路，殿后的正是火荣宽大的背影，便紧张地跑过去，老老实实地在后边踩步。一二一,一二一，走了。

路边花儿、草儿、稻田和土坷垃，和来时一样，只是乌云张牙舞爪伸到头顶，我有些后悔把伞留给姑妈，我想她一定在路边等我，走了很久却没见着姑妈，倒是天上猛生生刺下一根巨针，擦亮天地，接着天像锅盖一样炸裂了。队伍瞬即尖叫着散开，老师管不住，喊了一句"各回各家"也溜了。我看见火荣钻到一个矮屋里，跟上去。但在我踏上石阶时，木门吱呀关上了，我便忽然记起火荣家原来是两层楼的。这个不是火荣，我跟错队伍跟错人，走失了，我的眼泪像雨一般大颗大颗地掉下来，可是没有声音，声音被大雨的"滴答"声盖了。风飘来时，那些雨像长了巨脚，一下下扫过来，扫湿我的鞋、裤子和上衣，我退无可退，战战兢兢。

木屋曾亮起煤油灯，接着熄了。我想敲门，却矜持起来。我在预备班往凳上拉屎也是矜持，我不想举手说“老师我要拉屎”，偏要等下课铃响，我咬牙切齿，双拳紧握，身体扭来扭去，试图守住尊严，最终臭名远扬。

我现在还是这样，想自己走回去，我想雨停了，就可以这么办了。

雨小后，我走上路，泥水涌入鞋内，十分造孽，但还是走了。走着走着，回头看那村庄，又不见了，便惶恐起来，自怜起来，觉得这昏天黑地，风雨交加，只剩下我一人，便大哭起来。哭了很久，又知旁边没有爷爷、奶奶、妈妈，白哭了，又不哭了。

后来，前头有只黑影慢慢大起来，大到我都能看到雨伞了，却转到路那边，慢慢变小。我加紧步伐追赶，终只是捕到远方一个小点，那点很快和黑夜融成一体了。就像偶然来访的飞机，一度有房子那么大，后来变成虚空。

这个行人留给我一条开岔路，这开岔路撕裂了我的自信。我不知哪条通向我家，像日后很多人要做的一样，那夜我必须做出选择：走靠山那条，如何如何；走靠河那条，如何如何。

我是在那时忽然懂得生命脆弱并受尽偶然折磨的。

我选了靠山那条路。

走，走了几步，好似被希望燃着，加快几步，又疲了下来。我踢掉鞋下厚泥，还是走不动。

这时，后背凉凉的，我怕有鬼，猛然回头，竟真看到一条长板凳缓缓游过来——是那条该死的长着烂疮的老狗。它正无耻地舔着泥水，在马路上嗅来嗅去，它的视力大概不好，否则早蹿过来咬我了。我起先不敢动，忽然想到跑，跑了几十步，却发现不过是双脚来回蹬踏。

死期不远的老狗惊动了，它抬起头来，将淡绿色的光芒对准我，我像一顿晚饭跑进它晚年了。此时，我才算被吓得彻底跑起来。我听到自己像老头一样“吼吼”地叫起来，听到狗爪踏进泥水迫使泥水飞溅出去的声音。路面“哧溜”一下，忽然站直在我眼前。是我摔倒了。我痛得无法起身，想自己是要死了——我的脑壳刚好塞住它巨大的牙床，它咬两口没咬动后，发下力，就可以在我的头皮上留下十几个洞，就可以弄碎我的头盖骨，就可以用发白的舌苔舔我温热的脑浆——它好似不舍得一口吃下这到手的美食，却又挡不住气味巨大的勾引，狼吞虎咽地动起嘴来。它吃完头，又撕开胸膛，掏那狂跳的心脏，吃完心脏，又撕开皮，找那肥嫩可口的肉——这样吃吃停停，它终于打着饱嗝，骄傲地抬高腿，撒一泡好尿，连骨头都不要，返老还童地走了。

但是灾难没有马上发生。也许是它入山不久，仍残留着对人类的敬畏，它只敢在后边兜着圈，想用喉咙发出的声音将我吓死。我听到这“嗡嗡”的声音，也“嗡嗡”地回击，我们就像两条狗，互相探寻着对方的恐惧程度。中途我喊了两句：“狗，狗。”也许是这声音让它怕起来，它想转身走掉，左思右想，又挡不住饥饿的折磨，淌着大把口水转过身来，继续“嗡嗡”哼着。我知道它是在等我死，好扑上来。我的身躯越发抖将起来。眼见着它越探越近，我慌忙抛出一只茶叶蛋，老狗循着黑色的抛物线，趴到草丛里嗅，嗅了好一阵子，找到，无耻地吃起来。我爬起来，走了两步，回头看了下它，发现它低着头继续在草丛嗅，便跑起来，一跑我就知道小腿肿胀，像提了两袋水泥。

我原以为这样的速度老狗会很快追上来。我毛骨悚然地跑，却什么也没等到，回头一看，原来它也是筋疲力尽地拖着身躯往前赶。我犯了巨大错误，将代表力气的茶叶蛋抛给它，以至于即将饿毙的它坚持了这么久。接着我犯下更大的错误，将最后那只茶叶蛋塞自己嘴里了。

老狗看到这一幕，突然积蓄起平生最后一点力量，飞起来。如果我多走一步，它会把自己重重摔死，但我恰好惶恐地站在原地，便被这团可怕的黑影扑倒在地。我的血液和力气在倒下时，本能地聚于两手，我的手推到老狗的下颚，刮到它的眼睛。我竟然没有被吓死，但接着，一望见那鬼火一样的光芒，便被收走魂魄，猝然晕倒。

天幕盖上时，我从老狗热烘烘的鼻息下想到暖烘烘的被窝，天下孩子挤在一起，抓乳房去了，而我的天灵盖发出的一声闷响，宣告我横尸野外。

停下的雨重新飘洒起来后，我从草丛的清新气味中醒过来，紧张地翻动身躯。我闻到浓烈的腥味，看到黑色笼罩天地，便号啕起来。等我哭完了，便看清狗躺在一边抽搐，山一样高的新南正操着木棍抽打它。这时我不敢怕新南了，我试图从他粗重的呼吸声和如炬的眼光中找到人间的信息。我找到了，他皱着人类浓黑的眉头，抿着人类冷漠的嘴唇，死力敲打着老狗的天灵盖，敲得稀巴烂后，还用脚去踩它的肚腹。他没有张开狗一样的牙齿去咬，也没有伸出狗一样的爪子去扒，他就那样以人类惯有的手段对待恶畜。

狗嗷叫了两声，生命像是炊烟被吹没了，我想爬起来蹭他的腰部，拉他的手，讨好他，却一点气力也没有了。我喊道："新南，新南。"

新南回头看看我，脸上平静如石佛，喉咙间冒出“哄哄”的声音。我想他是失去人类的字句，不会说话了。我想从书包里找出些吃的来，可惜什么也没找到。这时新南像是树一样移过来，拿牛一般的红眼望我，张开嘴，“啊啊啊”连叫三声。

我对着他散发着牛屎味道的口腔，“啊啊啊”三声回应。

他的脸色仍可怕地没有变化，我摸到一颗泥块砸向那里，他摸了摸黏糊糊的脸，没有发作；我总算摸到一块石头，砸向他裆部，他仍然没有反应。他只是躬起身体，将我温柔地扛起来，我看到天地旋转起来，黑色旋转起来，世界像造墨厂，涌出一层又一层的黑。我终于什么也看不见了，只听见巨大的脚掌踩在泥浆里的声音，那声音穿越马路、沟壑和山林，如此单调。一九八三年六月一日，我和新南向森林跋涉，中间穿过了一条柏油路，又进入到新的森林。我们再也没回来，就像白天再也没回来。

一九八八年和一辆雄狮摩托

每当我走回十二岁那年时，阳光总是照耀着我。我曾经以为那是一种内敛的乳白色的光，但在我确信自己踏入那条街道时，我看清了，它像密雨或者针一样侵略着大地。

十二岁的我屁股夹得紧紧的，故作吃力地走在一九八八年那条贯穿莫家镇、被太阳晒得变形的柏油路上。每天我这样走着去上学，都要经过社员饭店，那是一个范姓三级厨师开的，我姐夫追我姐时专门去他的厨房学艺，出师后就到我家做饭，一盘青椒肉片炒得黏黏糊糊，现在想起来还会流口水。我姐就是这样出嫁的。

如果老师允许我自由地写理想，我会把三级厨师写进去，而不是科学家——但我也只是把三级厨师作为一个备用项写上去，我真正想写的是知青厨师。我继续走，约五十米，知青餐馆就到了。它没有社员饭店大，但门口停着三四辆摩托车。基本上是重庆嘉陵，车身黄白相间，在它们中间是一辆暗红色的雄狮，看起来像一匹受伤的巨兽。但在行驶时，它却是一匹骄傲的战马，总是气势汹汹地冲在最前头，声音淹没那些嘉陵的哼叫，尾气充满街道。

那些知青的后代早上骑着摩托车往街北冲，北面不远处有一个高坡，减速。下坡后走大约四五里左右，他们就会看见一片小树林，那里总会有麻雀。他们下车，丢下编织袋，用气枪打麻雀。他们打完鸟后继续往北走，去一个叫人民厂的地方，那是他们的家。快中午时，我在学校能听到他们返程的声音，柏油路在车轮下仿佛波浪展开。我告诉同桌，大哥回来了。

知青餐馆飘荡着鸟肉的香味，他们对每一个顾客说："炒鸟肉、炖鸟汤，别的？没有。"有时餐馆里边的录音机会飘出"铁门啊铁窗铁锁链"的歌声。夏天时，知青餐馆还会飘出蛇肉的香味，有时也有青蛙可怜的叫声——虽然莫家镇的人自己也常弄点鸟或蛇吃，但是要去知青餐馆吃，就有点大逆不道。我姐夫有些百无禁忌，兴冲冲去过两回，每次回来都"呸呸"个不停，他说这餐馆的鸟有火药味，循着火药味吃下去，能吃出弹壳来。

我姐夫其实是被吓出来的，因为他亲眼看见大哥拿了把油晃晃的菜刀在腹肌上比画，开始是拿刀背比画，后来是拿刀刃比画，画着画着，肚子上就有一条红线，红线上面冒出东倒西歪的血泡，慢慢淌下来。

大哥

雄狮摩托时常在我的梦里肆无忌惮地冲撞。我双手提着龙头，头发呼呼作响。我天上地下到处飞驰，还会穿越河流，或者在两个悬崖间做一次后续动作为急刹车的飞跃。每次从梦中醒来，都是因为我发觉双手捉着的是空气，而胯间什么都没有。我急得出汗。

在我向南走、他们向北走的路上，我时常莫名其妙地兴奋。我想总有一天，大哥在我身边急刹车，对着我灿烂地一笑，说："你跟我们是一路的，来，坐我后边。"就这样坐着坐着，他把车轻轻刹住，然后把我抱到油箱盖上，再用两只大手握住我两只小手，一起捏紧龙头。

但每次只有嚣张的尾气将我淹没，大哥连看都不看一下。大哥每次经过时，我都会好好看他，他的眼睛长得像葡萄一样圆，头发比我姐还长，飞在穿小背心的宽肩上。当速度到达极限时，头发会和摩托车平行，再减点速，它又向前倒去。

前边有车时，大哥会把龙头提起来，明明白白告诉对面：是你让还是我让，我是不太可能了。当然也有不吃素的司机，这时大哥的高超技术就显现出来，在快要撞到时，他一扭龙头，雄狮几乎像是倒下一般向一边滑去，然后又像蛇一样绕过车厢。最后是大哥急刹车，他拿起后座的气枪，“砰”的一枪，坚决地打在汽车身上。当然也有例外，就是在莫家镇北面那个高坡，大哥一般会踩刹车，选择靠右走——那个坡实在陡得可怕，挂空挡的话速度如风。

有一夜，我跟家人说去散步，到知青餐馆附近溜达，我看到很多人，不由自主地兴奋起来。当里头人越来越多时，我知道机会来了。我借着众人掩护第一次走进向往已久的餐馆。我粗暴地拨开那些站立得像电线杆一样的腿，一直朝前挤，挤到事件的中央。我被兰警察的臀部碰了一下，那里有一个硬物，我大吃一惊。我歪着头看，发现兰警察的上衣遮着一把枪。我退出人群，站在门外能及时逃到柴堆后面又能听见里边说话的地方。我害怕兰警察抽出枪把大哥灭了，我仿佛听见“轰”的一声枪响，房子震塌了。

兰警察说：“你别以为你是厂里的，我就管不了你。”

大哥说：“你别以为你是警察，老子就怕了你。”

兰警察说：“就凭你这句话，走，去派出所。你妨碍了我执行公务。”

大哥说：“老子不去。”

人群骚动起来，一伙人抱住大哥，一伙人抱住兰警察。这时，我妈正好路过，我赶忙躲在柴堆后。看到妈妈目不斜视地往家里走去后，我绕到后边小路，抢在妈妈之前，回了家。

美丽

那晚，我睡不着。我很想知道后果，但是窗外什么响动也没有。半夜时，一只老鼠从窗户下边的洞里钻进来，它以为我睡着了。我耐心等它走向我吃完丢在一边的饭碗，然后迅速翻身，拿起砖头塞向洞口。我刚塞好，老鼠拍马赶到，我看到它可怜的眼神。

我受不了这走投无路的哀伤眼神，又抽开那砖头，老鼠蹿进去，我猛地把砖头往窗台一拍，它仰头"吱吱"连叫，留下一截滴着血珠的灰秃尾巴。我想它一辈子都不敢来了。

第二天早上，我三两口扒下饭后，去路上磨蹭，想看到大哥路过。半小时后，从知青餐馆处传出"轰隆隆"的响声，我也是在这时，第一次感受到心脏不可遏制地蹦跳，它仿佛不属于我，它就在我胸前，胳膊外，在我身体外狂跳。这次大哥冲过去的速度比平时还快，我没看清他脸上是否有打架的痕迹。摩托车后座坐着一个长发女人，她紧抱着大哥的腰。

这女人打击了我的自尊心。我在那一刻感受到深刻的遗憾，我想自己再无可能坐在后座上了。后座被她占有了。我踢着石子，懊恼地走进学校，在课桌上睡了一上午。老师很狡猾，他跟大家说："谁也不要弄醒他。如果他醒了，你们还要说，老师回家有事了，劝他继续睡。"

因为不放心，我确实醒过一次，班长过来说："老师叫我们自习呢。"我心想自习就好，就毫无阻拦地再度走入梦乡，连大家窃窃的笑声都没听到。后来我爸用手提着我的耳朵，将我拎起来。我嗷嗷大叫，委屈地哭了几个小时。

第二天我上学有点晚。恰好大哥出来的时间也有点晚。我看见他和她骑着雄狮在街道上绕着没有水的坑，像一条蛇扭动。我想：他们的鸟怎么这么早就打好了？

雄狮靠近我时，我开始叶公好龙。是的，我趁着无人时摸过它，渴望能驾驶它，但在它滚动着来到我面前时，我感到害怕。车轮在我胯间停住，我承认自己吓坏了。大哥双腿踩在地上，歪歪斜斜的摩托车稳当了。他回头对女人说："美丽，你先下来。"

我看着地面，想到可能的调戏或者惩罚，我觉得自己是编织袋里的一只小鸟。这时我根本没有心情思念貌美如花的美丽。大哥紧抿嘴唇，看了我很久，然后说话——我已经习惯听他的普通话，我很希望自己也成为一个和所有人说普通话的人，但在充满方言和黄色笑话的莫家镇，这只能是大哥和他一班兄弟的权利。

大哥这次专门对我说的话，我因为紧张过度，一时没听懂。他说的其实和我预料中的一样：“你跟我们是一路的，来，坐我后边。”说完双方沉默下来，我又惶恐又兴奋，将信将疑。最终我在他温柔的眼光里找到爱，是的，这爱可以让我为他办任何事。我踩着一边脚踏，往上爬。他加大油门。我还没爬上去，就摔了下来。一股呛人的油味冲入我的鼻孔，我想我的脊椎摔断了。

他哈哈大笑而去。

我起初以为是我的错，但当笑声转回来，当大哥骑着摩托绕着我转圈时，我感到自己被耍了。奇耻大辱。

两天后，当我在镇后边的田野散步时，见到美丽。美丽一个人，在和我相距遥遥的对面，没有发现我。我看着这样一个无法言述的美人从夕阳中走来，慢慢清晰。我看清楚了，她全身都在膨胀，但是你却不觉得肥满。我对她的黄色毛衣很满意，我还看到了她的双腿，她的双腿踏在草上发出轻微愉悦的声音。在她走过来时，我走到一边。但是她却伸手拍了我的脑袋，虽然我早已被她的漂亮征服，已经陷入万劫不复的色欲之中，想晚上搂着她亲嘴，搂着她不停地亲嘴，就那样一直亲到天亮，但我还是守住自己作为男人的自尊。我咬牙切齿地说："谁让你拍的？"

她笑起来。她笑够了，连续拍我的头，说："那天没事吧？不要生气。"我无言以对，我觉得自己组织不起语言，软得像一摊泥。然后我听到整个人为之一振的一句话："我爱你。"

我很吃惊自己怎么会这样说。美丽的双眼瞪圆，我等着挨一记耳光，但是没有。之后我听到的比什么"心灵鸡汤"都"鸡汤"的话："你年纪还小呢，你长大一点吧。"然后她走了。

当夜，我茶饭不思，只想早些走向一个人的床铺。我找到《大众电影》，找到有穿黄色毛线衣的女明星的那一页，唏嘘整晚。

死亡

一连几天，大哥像是忘了我，骑车路过时看都不看。倒是车后的美丽总是回头看我一下。这样过了半个月，大哥死了。

那天早晨，我照例上学，一排摩托车冲过，我看见大哥，没看见美丽。后来，我在学校等了很久，也没等到他们回程的声音。我对同桌说："那小树林的鸟儿可能被打完了，这回他们去了一个更远的地方。"但在放学后，我却听到他遭遇不幸的消息。

我姐夫是那天街道上最忙碌的人，他不厌其烦地向每个人讲那个上海人死了。“哪个?”“就是骑雄狮的。”“怎么死的?”“撞死的。你现在去那高坡下边看，还能看到血迹。”“怎么撞的?”“说来话长。”我姐夫那天很累，他反反复复讲。很多人听到一半，跑步去了高坡。

说来话长。这天，知青的后代们又去打鸟，车子骑到高坡下，带头的竟然松下油门，不踩刹车。高坡你知道的，你在还没到时，根本不知道坡下有没有车，只有到了才看得清楚，但是等你看清楚了，你也就完了。什么?可以听到来车的声音?听是听得到，那是走路，人家骑的是雄狮，那声音早盖过汽车的声音了。说到哪儿了?说到看清楚汽车了，对，看清楚就来不及了，那上海人想踩刹车，但摩托已以不可阻挡之势冲下去，根本刹不住。刹不住怎么办?他就扭转龙头，废条腿什么的虽然不值，保命还是关键吧，但汽车这时也往那个方向猛打方向盘，这就该他命绝了。

他飞起来，头着地。

我看见地上的血凝固着，血泊中有着白色的肉泥。我心跳加速。当同桌像大人一样告诉我“看那白花花的东西，可能是脑浆”时，我马上蹲下吐了。我一次次吐，无休止地吐。我吐之后，周围人也吐。起先妇女吐，后来男人吐，老人吐完，年轻人也吐起来。我们吐得此起彼伏，不得安生。

范师傅有些得意地研究了公家人兰警察的呕吐物，说："同志，我说你今天是在哪个饭店吃的，一点油水都没有。"兰警察厌烦地挥挥手，转头就走。

我怀着莫大的恐惧，边走边哭，然后回到家。妈妈没有打我，她看起来知道所有的事情，她对我说："别怕。"我还是止不住地怕。那夜，我几次被噩梦闹醒，只有一次，我仿佛看到美丽，她的脸不是哭丧着的，她灿烂得像朵向日葵。

第二天早上，我想看到美丽。我很想与大人一样，拍拍她的肩膀，告诉她："人死不能复生，你还有很美好的人生，还有很多很多的希望。"但是此后很长一段日子我都没再见到美丽，直到我升学离开莫家镇。不单美丽，那个知青餐馆也消失了，好像它根本不曾存在过。

重访

一别十二年。当我二十四岁回到莫家镇时，只是想唤回某种记忆。但是莫家镇显出前所未有的苍老来。就像一个男人，你看到他三十岁是生龙活虎的，等到他六十岁时，就会觉得他越活越缩，越活越矮。小时候我以为宽阔得像北京马路一样的莫家街，其实狭窄不堪。那曾经高大的供销社大楼也不过是低矮的两层破屋。那些过去像树木一样高大的叔叔，其实只有一米六高。

我少年时的宽阔消失了。

二〇〇〇年，莫家镇张灯结彩。当年知青餐馆所在的位置，建起了舞厅。这一天镇政府、镇各级单位和广大居民将参加一个喜迎新千年的晚会。我和过去的同桌一起走进去，占到座位。

我看到派出所兰所长。他腰下的枪还在。他的舞跳得好，和他大腹便便的形象相去甚远。他把在场的每一个女子都抱着跳了一次，连副镇长从县城弄来的情人也不放过。副镇长脸色难看，但不敢吭声。兰所长回座后说："还行，皮肤不是听说的那样粗糙。"

"什么？镇长生气了？不到三十岁的人，敢生老子的气？我在莫家镇待十六年了，谁最大？我最大。"

副镇长装没听见。不过，这句话被一个不该听的人听到了。这后生刚从外地打工回来，以为见了世面，想都没想，推了兰所长一把。"你逞什么？"他并不知道这一身便服的矮个中年人就是赫赫有名的派出所所长。不过很快他就知道了。但他不能露怯，他说了当年大哥说的话："你别以为你是警察，老子就怕了你。"

十二年以来，从来没人跟兰所长这样说过话。兰所长看看周围，周围人都期待地看着他。而这时，后生的腿在打抖。兰所长先从夹克衫里掏出手铐，想想塞回去，接着他伸手去掏枪。我十二年前蹲下身子看兰警察的腰部，研究过这把枪，只觉那里黑黑的，没想到十二年后再次看到时，却是油光锃亮的，像打了发油。十二年前，我想，枪响，房屋都会倒塌；十二年后，我听到非常清脆的拉扳机声，但是子弹飞出后声音却远离我的期待。就像一颗豆子悄悄爆了。子弹射穿楼板，后生抬腿跑向楼下。有人说，他看见后生屎尿俱下。

我很遗憾。

第二天一早，我骑着雄狮奔走在莫家街。我朝北走，经过高坡时会减速。下坡后走了大约四五里，到达小树林。没有麻雀在歌唱。我在那里待了一会儿继续往北走，到达人民厂。那里已然是废墟。我没事情干了。我借的是同桌修理铺里的这辆老摩托，他特意交代，下高坡时当心，那上海人死了以后，还死了有三四个，都是骑摩托车的年轻人。

我骑回来时，在小树林又徘徊了很久。今日是大哥忌日，不知道穿黄毛衣的美丽是不是会来。她至少已三十五岁，也许皱纹已经爬上她的额头和眼角，双眼变成肥腻的三角眼，也许她将迈着鸭子一样的步伐走在买菜卖菜的路上，而因为熬夜打牌，她的牙齿也逐渐松黄。我泪流满面。美丽，我终于回来啦，大哥，我也终于回来啦。而你们不在。

后来我将摩托骑得没油了，是推着回修理铺的。同桌拿块脏污的抹布，要我擦汗，被我拒绝了。我还过摩托，准备拦路上的中巴车回城。这时，我很奇怪同桌没有问我为什么要走，而只是和我探讨摩托车的一个技术问题。

——你知道当年老牌子摩托车的刹车片耐用吗？

我停顿了一下，其实是白停顿了。我没反应过来我将要泄露一个秘密，我只是奇怪同桌为什么会问这个问题，他不比我懂吗？我装作很权威地说：“如果耐用的话，大哥就不会死，那东西只要用老虎钳扭一下就失灵了。”

兰所长挺着大肚子，正从阳光中走过来，一边走一边剔牙，还打嗝。同桌戴着高度近视眼镜，抬头看我，若有所思地说：“你说的大哥我好像记得一点点，又记不清，是谁？”

毕生之始

A

奶奶从厕所颤颤巍巍地走出来，上水泥台阶时两手扶膝，用了很大劲。快晃到家时，开始“嗯——嗯——嗯”地呻吟起来。我搬开凳子，背对着她，继续做作业，听到她说：“又屙了好多血。”然后她走进里屋的黑洞，徒劳地哼叫一阵，闭了嘴，睡着了。

B

对面是粮食局宿舍的背墙，黄砖头，二层楼，玻璃窗上贴满报纸。只有一间悬挂着粉红色的窗帘，在我第一次看到它拉上后，就永远拉上了。那是双男人的手，一抖，一扯，夜空里发出“哗哗”的声音，一个新娘脱上衣的景象倏忽不见。我什么都没看见，又好像什么都看见了，好像有一只手躲在房间里颤颤巍巍地剥刚煮好的鸡蛋，热乎乎的气息冒出来。

此后我在门前做作业时会看上一眼，从家里出来时会看上一眼，但是窗帘永远拉严了。

C

隔壁小女孩匆匆跑出来，跑到门前脱下裤子，对着菜地“哗哗”地撒尿。她的奶奶走出来，指着她又黑又瘦的屁股说：“杀千刀的。”

她的奶奶走过来侧头望了望我家，从我家深处传出一句话来：“又屙了好多血。”她的奶奶就故作吃惊地“咳呀”一声，走进去。

小女孩提起裤子后，擦了下鼻子，从菜地里找出若干小石子，一个人就着水泥台阶玩起来。这是个仅用右手完成的游戏，先抛起一颗石子，接着迅速把地上的一颗石子抹进掌里，再接住空中掉下的那颗石子。这个程序完成后，地上就放两颗石子，此后是三颗、四颗。风吹在她稀疏的头发上，她的脸色变紫，她吸了下鼻子，没吸好，就用手背去擦。

D

风把我的尿意吹出来了。我走到厕所，一进入，就被暖烘烘的腐臭包围了，接着我看见何伯伯。一米八的何伯伯像个石佛蹲在那儿，展开一张《参考消息》一动不动地看着，底下吊着一个鸡巴，龟头灰白，阴毛灰白。

我解开裤扣，掏出山楂大的东西，对着坑内撒。因为包皮还没翻开，尿像雨伞一样打开，弄湿了裤子和鞋。我偏头看了眼何伯伯，何伯伯正好把报纸翻过来，读另一面。

E

回到屋里时，奶奶已经坐在破旧的沙发上吃橘子。奶奶递过来一个，说："好甜哟。"我说："不吃。"我把布鞋脱了，换回力鞋。奶奶说："你要出门吗？这么冷。"

鞋有些小，我穿起来时，后脚跟着力踩了几踩。奶奶说："你要出门吗？天这么冷。"

我直接走出门，走过平房的转角，快走上坡路时，听到奶奶的呼唤声。我站住，看到奶奶费力地晃过来，给我披一件西服。我说不要，可奶奶说："怎么不要呢，天这么冷。"

我穿着这件宽大滑稽的西服走上了坡路。这是我爸爸的，淡绿色，厚厚的，衣领和袖口皱巴巴，飘荡出一股肥皂的气息。

F

昨天我已经去过癞油家了。昨天到达时，他家门上挂着一把永固锁。今天我重燃希望，他去襄樊那么久了，应该回来了。我走进小巷时，石棉瓦和鸡笼还是昨日的模样，鸡笼里发出一两声懒散的叫唤。门上还是挂着那把锁。

可是在我疲乏而绝望地走出巷子时，癞油出现了。他的眼睛在肥肉窝中射出光芒来，他亲热地喊："崽呀。"他这么一说，我的眼泪都快出来了。

我说："有没有给老子带礼物啊？"

癞油说："你以为你当官啊。"

我说："襄樊好玩吗？"

癞油说："不就那样。"

我说："咱们去玩吧。"

癞油说："天这么冷，玩什么呢？"

我说："你想啊。"

癞油说："我想不出来。"

G

我和癞油去了血防站，在那里，他姐夫留下一间宿舍。我进去后左翻翻右翻翻，翻出很多文件，翻出一手灰尘。癞油躺在暗蓝色的被褥上发呆。我说："什么东西也没有。"癞油说："是什么都没有，你又不信。"

风开始吹得玻璃响，我走到窗口看了看，说："要不叫机头一起来玩吧。"

癞油说："玩什么呢？"

我说："不知道。"

癞油说："又不知道玩什么，要叫你去叫。"

我就走回到床边，傻坐着。这个时候癞油从枕头下取出一本《今古传奇》，丢过来。我摩挲了下，十六开，页面泛黄，好像草纸印刷的。我翻翻，找了篇读下去。说的是一个得天花的国民党军官，唤作麻脸官，没有老婆，一日被老道点化，走进桃花坞，看见一个寡母带着四个艳丽女子，分别唤作春桃、夏荷、秋菊、冬梅。麻脸官流下口水来。

我说："这么好的东西你不早给我读。"

癞油已睡着了，眼皮下露出一道白缝。我吸口痰，继续往下读。麻脸官入坞后，先被春桃勾引，接着夏荷、秋菊、冬梅也跟将上来。干完了，女子们就问一声："还想不想？"麻脸官连忙点头："想。"可是逐渐有心无力了，起先的愉悦也变成苦行般的任务。麻脸官的鸡巴青疼起来，好似每天要被公鸡啄上四趟。

麻脸官本是胖人，很快身板佝偻，面无血色，四美并不怜悯，只是每日催债似的来催。麻脸官便精血大亏，奄奄一息，濒死时恍惚见老道，老道说："色字头上一把刀，当初点拨给你，你不听。"

麻脸官被抛入荒坟丛中，冷死了。

H

机头是自己找上门来的，他和我一样翻了一遍，什么也没翻出来。机头骂："妈个瘪，癞油，你跟我说你家有本《赤脚医生读本》的。"癞油又无奈又愤恨地说："跟你说了，早借走了，有东西我还不给你看？"机头便过来掐癞油，两人作势在床上翻过来滚过去，癞油冒出一句话来："没什么好看的，就是那么回事。"

他这么一说，我和机头都明白了，便去床底下、橱柜上翻。翻了很久，一无所获。机头说："癞油你记得，你这个崽，你对兄弟不仁义。”

“不能怪我，我也没办法。”癞油说。

“那你借谁了吗？”机头说。

“不告诉你。”癞油这样说时好像个得便宜的胖妞。我和机头就双双软将下来，“我的好癞油我的亲癞油”地哄，哄到后来，癞油说：“你们千万别告诉我爸妈。”我们说“嗯”。癞油就把抽屉一格格卸下，从桌柜里头的阴暗处掏出一本水泥色的厚书来。

机头撑大眼睛翻，翻过来翻过去净是些心肺，就说：“癞油，在哪里啊？”

癞油只一翻，就翻到某页，在那里，赫然画着一个女性生殖器图，却是有很多箭头指点着：1是大阴唇，2是小阴唇，3是阴蒂，4是会阴。像是扎满针灸的山涧。

“真丑。”机头说。

I

学校后边的操场，半边长满蒿草，另外半边是黄土，三根梁木钉成的球门早已腐烂。我们赶到时，飓风队已在那里踢了。飓风队的人比我们大两三岁，在县城有些名气，而我们什么队也没有。癞油将球丢在脚下时，歉疚之情就从我们身上生发出来，就好似一个人扬扬自得地画了很久，忽见齐白石站在眼前。

我们无聊地把球传过来传过去，终于把球传丢了。

“你去捡。”机头对癞油说。

“你去。”癞油对我说。

我捡了球，一个人对着围墙踢起来，他们就坐下来看飓风队。飓风队每个人都流下大汗，机头和癞油的头发却在风里竖起来，两人抱着上身，哆嗦个不停。“妈个瘪，太冷了。”机头说。

“又不是我要来踢的。”癞油说。他们这么说，我就有些扫兴，我将足球踢到癞油背上，癞油没有反应，足球滚向一边，后来不滚了。我也坐下来，将手插进西服的袖内，嫉恨地看着那些高年级同学，看了很久。机头说：“数学老师没有怪你吧？”

“没有。她还在作业本上给我留言，叫我好好学习。”我说。

数学老师据说有妇科病，没有眉毛，脸上因为水肿光滑而透明，不见一丝血色，好像随时要死掉。上周我放学时将球踢向学校外的围墙，恰好她慢跑赶到，一脚绊了，“噗”的一声摔倒。我当时就跑，跑了一会儿回头看，看到她还扑在那里，就走回去了。

“没事吧，张老师？”我说。

张老师先是跪好，接着站起来，喘了好几口气，像诗朗诵一样朗声说："没事的，没事。"

"走吧。"机头此时站起来说。癞油也站起来，我只有跟着站起来。我们走了。

J

午饭吃的是泡饭，有些饭团还没化，汤水上有些碎葱、油腥。我看着爸爸"哗"地喝一口，然后去夹花生米，夹一颗"刺咔刺咔"地吃，又夹一颗，一连夹了一二十颗，好似没有尽止。奶奶这时说："我又屙了好多血。"

"莫吃橘子咯，你总是吃橘子。"爸爸皱起眉头。

我吃得拘谨，要等爸爸放下筷子，才敢放下，这中间会有些简短的对话。

爸爸说："作业做了吗？"

我说："做了。"

然后无话。爸爸吃完饭拿了竹竿，捅开门前屋檐的天花板，看了眼那里藏着的成箱鞭炮，然后又小心地放下竹竿，让天花板合上。奶奶走过来扯他衣袖，说："我一天到黑都在这里看着的，有什么事。"爸爸"嗯"一声就走了。然后奶奶又过来扯我衣袖，小声说："我真造孽啊，你妈真不是个东西。"

K

我睡醒后，已经是半下午了，晕晕沉沉，想继续躺着，又躺乏了，想起来，又觉得哪里都不能去。挂钟像斩草一样，慢慢斩过去，光阴像巨大的爬虫爬进屋。我痴呆发愣。

许久，我才翻下沙发，到厨房水龙头那里洗漱，洗得满嘴是泡沫了，就含一口水，对着生锈的水管一喷。没别的事情了。走到门前时，我看见有副板车轮，想到何灼强，吸口气，提起轮子的铁杠杆，举到脖颈处，再挺举上去。四周也没个人出来说:“好个李元霸。”我轻轻放下，坐在凳子上继续发呆。

我想，相对这样孤苦无聊地生活的我，机头是何等活泼。他认识一些街道上的流氓，会抽烟，也能和女生说上几句话。这个时候他应该在家甩扑克吧，或者拿着掌上机玩积木，也许还会召集女生在家里吃瓜子，丑是丑了点。

我这就应该去找他。

L

我没别人可找的了。

机头住在煤炭公司宿舍。煤炭公司里，水泥道、电线杆、工房和板车都是黑色的，风簌簌吹过，煤渣堆上卷起一阵黑尘。我沿着坡走上去，看到坡上有个木靠椅，被人坐得光溜。我走上楼梯时，好像听到上边飘来淫荡的笑声，机头正像纣王，和众妃嫔玩酒池肉林的游戏。机头说："大不大？"众女子答："大。"机头说："饿不饿？"众女子答："饿。"机头说："饿就吃些果子吧。"

我走到走廊时，风把纱窗门吹过来，"啪"地响了一声。我走过去，里门虚掩着，我推开门，光阴跟着一起闯进去，落在光滑的水泥地上，像是铺了层鼠皮。除开机头和他弟弟蜷缩在皱巴巴的被窝里，什么人也没有。我闻到一股不好闻的气息。

"机头，机头。"我叫道。

机头擦了很久的眼屎，才算开了点眼。"做什么？睡觉呢。"机头恼恨地说。我却是接不上话来，因为我没有项目，我不能说去跳舞吧，不能说去泡马子。我没有项目。

机头咕哝了几句，叉开腿又睡去了。此时风从门口灌进来，机头把被子一抖，说："崽啊，你就连门也不关。"此时我看到的却是光滑的水泥地，水泥地上有张报纸，盖着一团东西，报纸本来要被风吹走的，却被下边的屎粘着了。

M

我在煤炭公司的木靠椅上坐了很久，我让风从西服宽大的袖口和领口钻进去。后来我还在这艰难的环境里，蜷缩着睡了很久。我十三岁，或者十四岁，还要活六十七年或者六十六年。这是比较乐观的估计。

* 小镇上 *

一九八三年

一个傍晚，当江火生提着人字拖，绕过街道的水洼，来到李婶的馄饨摊时，发现那里已没位子，而且李婶也不在。江火生是个二十四岁的待业青年，父亲江洪明还有两年退休，江洪明退休，就意味着江火生顶职到铸造厂上班。这几年，江火生越发像收了聘礼但还没嫁走的姑娘，懒得起床。

下午，只上半天班的鳏夫江洪明总会留些剩饭冷菜，去下棋。江火生起床见到这些，没有食欲，总要骂娘。江火生认为，一个人无论起得多晚，第一顿都应该是早餐，都应该吃稀饭、面条或馄饨。但江洪明说："我不是你儿子，爱吃不吃，不吃滚鸡巴蛋。"

江火生不能上馆子。一则太贵，二则馆子只卖油水水的炒肉片、炒肉块和大段大段的肘子（啊，对江火生来说，肘子浸在黄豆里，就像浮起的一截猪屎）。江火生只能去李婶的摊子，只有李婶理解待业青年昏睡一天后想吃什么，她在馄饨里撒下的生姜末和干虾米，让人的生活走向清爽。

江火生觉得，只有吃过这碗馄饨，一天生活才算开始。下一步，他会精神振奋地去工人文化宫，去那里的三楼舞厅看姑娘。一般看一刻钟到半小时后，他才找准对象下手。他跳舞跳得好，也有风度，却一直不敢说：姑娘我能送你回家吗？姑娘我能接你下班吗？姑娘我过两年就到铸造厂上班了，姑娘你喜欢玫瑰花吗？姑娘我爱你，姑娘我真想操你。

他差这把火。

偶尔，江火生和哥们儿也去搞马路求爱。他们吹口哨，那些姑娘像贞操被偷了，脸“唰”地红了，骑着自行车飞快溜走。也有不怕的，穿着军裤，走过来就扇耳光，骂道：“想吃子弹啊，军婚都想破坏？”江火生屡战屡败，颇为想不通，为什么别人马路求爱能成，他就成不了。他怀疑这是骗人的，世界上本来就没有马路求爱这回事。多年后，江火生也这样怀疑：世界上本来就没有艳遇这回事——有的话，自己怎么一回也碰不上？

这天傍晚，江火生照例来到李婶的馄饨摊，将人字拖往地上一丢，发现那里已没位子，李婶也不在。做馄饨的是一位没见过的中年妇女。江火生觉得弯下腰去把拖板提起来很丢面子，而且就是走，能走到哪里去？现在的红乌镇，还有谁卖馄饨？干站着也难受，站着吃更丢面子。江火生想不来办法，对着妇女喊：“去，去找个凳子来。”那妇女搓搓围裙，说：“再等下，别人就吃好了。”

“操。”江火生骂着，找到一张大桌子，拍拍一个人的肩膀，说：“兄弟，往边上坐坐。”那个人扭过头来，蛤蟆镜遮住大半张脸。那人也不取下眼镜，打量了一番江火生，又望望桌上众人，笑了，然后一桌子的人也阴阳怪气地笑了。这笑让江火生很紧张。但是他不能跑啊，跑算什么？也不能走。站也不是个事。

他勉勉强强往下挤。人家根本没有让的意思。江火生大脑一片空白，知道后果可怕，但还是被一股力量驱使着往下挤，试图挤出一个位子。是中年妇女解了围。她把一只腿脚不平的凳子搬过来，拉江火生过去坐，江火生才没有挨揍（甚至有可能是被杀）。江火生额头冒汗，咕哝着：“操，早不说有凳子。”

那一桌人继续说着他们的话，有的说：“我看到她了。”有的说：“屁股不翘，一看就不是处女。”有的说：“操，就你会开苞。”有的说：“不开白不开。”有的说：“开了也白开。”只有蛤蟆镜没说话，他躲在蛤蟆镜后边，有一只没一只地吃着。

江火生觉得有事情要发生，但馄饨既已上来，便不能不吃，不能不吃，那就快点吃。江火生终归是害怕这些有文身的人，他不记得出门前是不是撒了尿。现在膀胱胀得很。

尿最后还是不合时宜地出来了。江火生想憋，却没憋住，憋憋放放，终于是畅快地放了。这一放，他就感觉热流像源源不断的自来水，从大腿冲到小腿，又借地势流到街道上，再和街道上的水流合二为一，一路畅奔到小溪小河、大江大海，成为全世界的笑话。

江火生又羞又惧，脑袋往桌子上一伏。

在江火生失禁前一秒，发生了这样的事：蛤蟆镜把筷子一拍，伸手取出水果刀，霍地一站，喊道，抢劫。

江火生感觉身上被蹭了好几下，到处是“乒乒乓乓”的响声。他没敢吱声，也没敢抬头。等他感觉没有声响时，才抬起头，这时，他发现整个馄饨摊只有他和中年妇女两人。中年妇女躺在地上，眼睛瞪着，嘴角流着血丝，脸被揍肿了。过了一会儿，她闭上眼，像将要被绑赴刑场的猪，撕心裂肺地号叫起来：“快来人，快来人啊。”

但是，刚才还热闹的街道已经空空如也。路上连只老鼠都没有。

江火生离开桌子，弯下腰，这时他的动机很难考证。很难说他是替中年妇女捡角票，还是替自己捡。这需要时间来完成，如果他把角票放到纸盒子里，他就是好人，如果把角票放进自己口袋，他就是坏人。但他还没来得及做出这个选择，中年妇女已经抱紧他双腿。她几乎喊哑了嗓子：“快来人啊，抓到一个了。”

街道复活过来。愤怒的群众操着拳头、铁钎和木棍赶来，要紧的是，公安也一下来了四五个。公安们像是抬棺一样，将江火生抬到派出所。紧紧抓在江火生手上的角票被其中一位小心翼翼地拿镊子夹进笔记本，说是要拿回去化验。上面有指纹。

江火生被扔进开往看守所的警车时，大喊大叫。但是他叫不过警报器。警车发现看守所人满为患后，转身朝公安局跑。到达公安局礼堂，一个公安开锁，把江火生和别的地方抓住的人一个个拉了下来。

两天后，江火生被提审。一位眼球布满血丝的老公安负责审讯他。老公安自我介绍说："我叫杜虎，从现在起你记得我，我对你不会客气的。"江火生点点头，往地上一跪，磕起头来。杜虎挥挥衣袖，说："少来这套，我见得多了。你要说你冤枉是不是？你要说你什么都没干是不是？没干，怎么钱上有你的指纹？我跟你说，这钱老板娘做了记号。那上边用圆珠笔写着'李'字。这是李家的钱，也是人民的钱，人民的钱你能偷吗？能抢吗？你是不是活腻了？"

江火生说："我是想帮她捡钱呀。"

杜虎走过来，一脚就蹬到江火生的肩膀。他说："你怎么不帮我捡钱呢？捡钱就不算抢钱？窃书还不算偷书呢。"

江火生吓坏了，哭起来，说："真的啊，是真的啊。"

杜虎对旁边负责记录的年轻公安说："要让狐狸把戏演完。

我看他还有什么可演的？”

又两天后，江火生被塞进警车，警车呼啸着开到一块阔地。后来这个阔地被改建成广场，江火生也会来广场坐坐，有次他还趁着没人，自由自在地手淫。

江火生和其余八人被五花大绑推到临时搭起的台上，台上有红色横幅，江火生如今只记得四个字：公审大会。横幅下有位戴眼镜的法官大声宣布一个文件，江火生如今也只记得四个字：从重从快。

江火生记得比较清楚的是号叫，这些号叫和那日中年妇女的号叫是一样的。号叫着的人被押下去后，吃了子弹。子弹发出的声音就像豆子爆裂了，江火生没觉得什么，但是号叫的突然停止让他后怕。他本来一直发抖，猛然不敢抖了。强奸犯、杀人犯、抢劫犯都他妈消失了，要轮到自己了。他又尿了一裤子。

轮到宣判自己时，江火生注意力高度集中。他至今记得那法官念的每一个字。那法官念到一句时，台下大笑。江火生记得那笑声有豁了牙的笑，有抿着嘴的笑，有前仰后合的笑，有前赴后继的笑。那法官实际上不是念，而是开了个玩笑，但这个玩笑在次日的报纸上，是作为事实报的。法官说：“记得民警抓到他时，他就尿了一裤子。今天，各位请看，他又尿了一次。”

江火生脸色煞白，心律不齐，大汗淋漓，两股战战，他渴望最后的判决，他觉得这个宣判的旅程太长，自己太累了。法官临时又把中年妇女叫上来，她啐了江火生一口，指着他说："我还以为你不是一伙的，原来就是。"

江火生瘫倒了。

法官见状，大喝："架起来。"江火生就被架起来了。法官继续念："江火生犯团伙抢劫罪，本应从重处理，姑念没有前科，同时是从犯，判刑八年。"听到这里，江火生又尿了一趟。群众又大笑了一次，江火生自己跟着也笑了。

直到被带到看守所，江火生才从没被枪毙的盲目胜利中清醒过来。他意识到自己和那些人不是一伙的，而且在审讯过程中，他也没承认和他们是一伙的。他不知道他们叫什么，也不知道他们住在哪里。于是他不停地捶铁窗，要纸要笔，写申诉书。

但是他刚敲出声响，所有的人就都跟着敲起来。值班员发现情况后，吹响口哨，只见来了五个荷枪实弹的武警。江火生死死咬住舌头，生怕自己再发出声响。如果他们知道是他第一个敲门的，说不定会来个当场击毙。说不定的。

两天后，江火生被带到会见室。他想，来者定是江洪明，但是很遗憾，他看到的是戴大盖帽的杜虎。杜虎这回很慈祥。他说："我以前是做老师的，我总相信，一个人是好是坏，全靠改造。在红乌这么多年，我改造了不少，政府改造了不少，劳改的地方也改造了不少。不能说去劳改就是坐牢，劳改也是锻炼人嘛。”

江火生被这样的话温暖了，等到杜虎伸手过来时，他觉得牙齿关不住了，有两个字猛然喷出来。这两个字像唾沫一样砸在杜虎脸上，使它笑开了花。

“谢谢。”

“不用谢，好孩子。”

直到杜虎心满意足地上完课并离开，江火生才醒悟过来，他大喊起来：“杜老师，我怎么会是团伙呢？”杜虎的背影本已消失，突然折回来。杜虎说：“你说也没有用了，那五个人因为拒捕被当场击毙了。”

江火生又问：“那你们调查过没有，我和他们没关系啊。”

杜虎恼了，掷地有声地说：“你如何和他们没有关系？人证物证俱在。我就奇怪了，像你这样冥顽不灵的人怎么就没被枪毙呢？”

事情过去两年，江洪明还没去看儿子。缘由是他抬不起头来。人们说话很讲艺术，总是装作说得很小心，恰恰又让他听到了。江洪明听到有人这么说：“他儿子犯了那么大的事情，他是怎么教育的啊。”还听到有人这么说：“他教育？他自己老是偷人，是个老流氓，他怎么教育？”

江洪明听一句背驼一寸，后来棋也下不了，没人陪他下。

直到退休了有一阵子，孤独的江洪明才意识到自己活不久了，而自己总归还是有根血脉的，他决定去北武劳改农场。在去的路上，他想政府应该把江火生教化过来了，说不定身体还棒了些呢。但在等待很久后，他看到的却是一个光头男子。那男子双手戴铐子，脸上的青春痘化成瘢痕，背也有些驼了，唯有一双布满血丝的眼睛放射着光芒。这光芒像利剑一样，捣烂了江洪明的心脏。江火生应该会说：“爹啊，我想你啊，你怎么不来看我啊。”

但江火生说的却是：“你怎么才来啊，我冤枉啊，天大的冤枉啊。”

江洪明火速看了两边，发现没人，才放下心来。他压抑着怒火，装作深情款款地看着儿子，说：“你安心在这里改造吧，这里挺好，我看了，教官也好，改造好了，就能减刑，八年能减六年，六年就能减四年。顶多四年，你就会回家了。回家了，你想吃馄饨我给你做馄饨，你想吃稀饭我就给你煮稀饭。”

但江火生一个劲地摇头：“不是啊，爹，我是冤枉的，我是你儿子啊，你还信不过我啊，我给你写了好多信，我是冤枉的呀，我真冤枉。我是你儿子啊。”

江洪明叹了一口气，心想：骗谁呢，就你那文化程度，还写信，你写了我怎么一封都没收到？还有，你和那些不三不四的人混我不是不知道，你去那些不三不四的地方玩我也不是不知道。正因为知道，我才懒得管你，我管不下你。你娘黄泉有知，也一定和我一样鼓掌。政府关得好啊，教育得好啊。不教育早晚也是枪毙。

江洪明心已死，盘算着时间说了些“好好改造”的话后，回家去了，没几年死了。

这个故事写到这里，当止，但我还是想往下啰唆。也许你觉得公审大会现场枪毙人不符合常理，我也是这么觉得的；也许你觉得一个卖馄饨的人不会在每张钱上留记号，特别是角票，我也是这么觉得的；也许你觉得待在现场的江火生不应该被误会，因为那些人都跑了，而他没跑，我也是这么觉得的；也许你还认为江洪明应该相信自己的儿子，我也是这么觉得的。

我一直是这么觉得的。我一度觉得历史上并不存在一九八三年。但是在我见到江火生后，我存下了这样的记忆。

我认识比我年长十七岁的江火生，是因为我于一九八五年去了白虎镇，我在白虎镇一直生活到一九九一年。在我即将离开那里时，江火生出狱了，并且恰恰被上边分配到白虎镇供销社上班。他来到白虎镇的时候，闪耀着城里人和坐牢人的双重光芒，而大家看到他时，也带着本能的尊敬和畏惧。他割肉，别人多给他斤两；他喝酒，可以不给钱；他打牌，说欠债就欠债；他打架，只说一句话，“你等着”，然后大家都不打了，回去准备家伙了，但是都没了下文。

我注意到江火生这个有黑社会气质的人有两个细节。一是他碰到什么不耐烦的事，都要说：“别耽误老子上厕所。”二是他随身戴一副墨镜，他的眼珠在镜片后边转动，没人知道他看到什么，在想什么。这两个细节就像大侦探手上的烟斗，是个性鲜明的标志。很多白虎镇的学生都学着。我也学着，我对我不耐烦的事情总是说：“老子要上厕所。”而且这样的话我特别喜欢对女生说，我因此不得女人缘。

在我来到城里亦即红乌镇后不到一年，江火生也回城了。他说他的青春已经葬送在北武八年，不能再在白虎镇葬送下去。他开始给文化宫舞厅做看场子的，但是人家说：“我们这里已经有一个杀了人的在看着。”他又去文化宫舞厅找，那个舞厅没说他们有杀人的看场子，他们说：“我们是公检法重点保护单位。”江火生后来想来想去，便变卖一切家产，去河边开了小卖部。江火生请了个想“农转非”的姑娘给他看店，自己则去艳遇或者赌博。有天，他败兴而归，顺路看到自己的店面，就敲门进去，把姑娘办了。一个礼拜后，他们发请帖，把婚礼办了，新娘喜气洋洋。

后来，江火生老婆的肚子大起来，等到瘪了时，母子都不平安，都没活下来。江火生那天晚上不知道怎么，有些感怀，就烧钱，从一捆捆烧起，烧到一张张，从百元烧起，烧到角票。最后一张，他觉得好生眼熟，但是上边并没有一个“李”字。他哭哭啼啼地说：“天哪，地哪，就是我自己也不知道当时是想占便宜还是想帮人啊。”江火生这个人至今还活着。

黄昏我们吃红薯

兔子在吃着菜叶，猪在吃着糠食，里屋一口大锅慢慢煮着红薯，香味飘出来。光阴一层一层往下灰暗，三爷荷着锄头就要从地里回来了。

建成用巴掌托着额头，一动不动坐在门槛上。建成本应该在县城红乌给人砌灶的，砌完抽人家的烟，吃人家的饭，然后回到棚窝看非法出版物，看《原配怒泼硫酸，一段孽情三条人命》，看得唏嘘感叹、津津有味，不知不觉就睡着了。可是燕子三天来托每个上街的乡亲发金牌，一共发了十二道金牌，终于将他召回。

建成回来时，问出了什么事，燕子只是笑。建成感觉被侮辱了，早知道就不回来了，你看她怎么像是要自杀的人。县城的工友说："女人就是这样，巴不得把男人的头纳在裤裆里，你今天被纳进去了，以后永远都纳进去了。她说死你就让她去死，我看她敢不敢死。"

建成对燕子说："你妈瘪。"

燕子跪在地上给他试新鞋，又去买肉，可建成的脸却越来越黑。燕子说："我知道你的心回不来了。"建成看着泪水像扑打岸边的潮水，扑打着燕子的眼窝，心软起来，想说“没事”。可是这语言是贞操，一说就没了。建成咬咬牙，挺了过去。

建成用巴掌托着额头，一动不动坐在门槛上，思考着女人的阴险。

> 如果男人不听话，那就哭；
> 如果哭不奏效，那就摔碗；
> 如果摔碗不奏效，那就离家出走；
> 如果离家出走不奏效，那就嚷着要自杀；
> 如果嚷着要自杀不奏效，那就真自杀。

总之她们是要赢的，为了赢，她们什么赌注都敢下。建成眼神呆滞起来，好像幼小的兽从湿土慢慢滑到陷阱深处，光线暗了，没希望了，被绑架了。可是这幼兽也有脾气，你不是想死吗？我先死还不成吗？

建成便想自己还在县城，却是具尸体了，乡亲们把他抬回家。一回到家，身为尸体的建成就坐起来对燕子说：“你现在满意了吧？”

建成觉得死是唯一还击的手段。

这时，燕子从里屋走出来，将一只红薯从左手丢到右手，又从右手丢到左手，烫着呢。穿越门槛时，建成让了让，燕子便走出去了。

起先建成以为她是找隔壁那些妯娌去了，却不料她笔笔直直走上通往小河的马路。天已经暗得差不多，几乎都能看到那些黑色的颗粒，黑颗粒像暴雨杂乱无章地飘涌起来，燕子甩动着肥沃的屁股，像是走进一个巨大的洞口。

燕子回头看了一眼建成，建成用手掌撑着下巴，一动不动地坐在门槛上。燕子便消失了。

建成抬起头看不到燕子，心脏“扑通扑通”跳起来，好像一种叫“事实”的东西就要降临了，可是另外一个声音又说：等你气急败坏跑过去时，燕子准又幸福地笑了。建成觉得自己的腿在奔跑，可它们不是软绵无力地耷在水泥台阶上吗？

有一会儿工夫，建成读起秒来，嘀嗒是一，嘀嗒是二，一、二、三、四……建成存在某种侥幸，便是读到一个时间节点时，燕子会丢盔弃甲地走回来。可是燕子终归没回来，建成便慌了，读到三百下时，他惊了一下，又读一遍，三百。

建成跳着跑起来。

跑到河边只花了半分钟，建成喘着气看向河面，河面像块平整的黑布，一动不动地盖着“哗哗”的流水。建成朝对岸、马路、桥上，甚至山脚下匆忙张望一遍，没见着人影。

建成一头扎进水里。

硬币的正面

[1元]：YI YUAN；

一朵有十六片花瓣的牡丹。

靠岸的水不深，建成扎进去，像扎向一块钉板，埋在泥里的石块撞散那原本牢固的肋骨，建成呛了一口水，几乎死了。可他还是站起来，拖着被水阻拦的双腿，向河心凄惶走去。

建成喊："燕子。"

四下空空如也。水渐渐漫过膝盖、腹部、胸部，建成捏着鼻子坐到水里，调整好姿势打开眼，却是看到掺着沙的黑一遭遭冲过来。建成不信眼睛了，张开十根手指，四处抓捞，有那么一会儿抓到什么，一扯扯起来了，是根带泥的水草。建成呛了几口水，就像有几只拳头打通到肠腹；建成冒出水面，黑夜将山、路、青草和河面融为一体。

建成倒垂着身体又入了水，好像是勘查水底下每一寸土地，重新冒出水面，估算着勘查到哪里，却发现只不过是将搜过的地方又搜了一遍，不禁悲凉起来，想号叫。这样随着水漂流了一会儿，建成踩到软东西，一阵心悸，却发现是水，想想不对，扎猛子进去，果然摸到一条巨鱼。

建成没拖动，出来透气，看见岸上很多黑影，说话的声音塞满宇宙。建成又溜回水里，试着提巨鱼的衣领，提动了，往下游划水，竟是轻巧。出水后，岸上的后生奔下来扶起建成，抬着燕子往草坪上放。

建成站在水里觉得冷，到处是风，刮着自己。

草坪上很快围着一个圈，几盏手电筒晃来晃去，里边冒出愤怒的声音："对准点，对准点。"手电筒像手术灯，对准撑得像皮鼓的腹部。有人压住那里，大约嘴角溢出一点水，旁边又大喊："不能这样不能这样。"众人便将燕子翻转提起来，也没倒出什么水，复又将她平放在地上，做胸压和人工呼吸。

建成傻傻看着，好像那是个遥远的场面，不值得害怕，可是战栗转眼杀到，他打了个激灵，极度饥饿地走上岸，走到燕子尸体旁边，跪下来，揉她，推她，打她，好似演戏，可是她只是在鼻子那儿冒了一个难看的泡。

时间漫长起来，建成的膝盖磕着一块石头，慢慢传来痛，却是也不移动。建成不清楚为什么跪在这里，跪在这时，为什么要存在。

好像没有别的出路了。

许久，人群形成的圈才散开，三爷匆匆走过来，扔掉锄头便蹲下来叫唤："燕子，燕子，我是你三爷，听得到我说话吗？"

三爷像母牛唤牛犊，唤得那么轻柔，可是只不过是再一次论证燕子死掉了。慢慢地，泪水像愤怒的汽油，被点燃起来，三爷凶狠地盯着建成，建成早就哆嗦起来。建成还是觉得冷，无边无际，无穷无尽。

三爷踢了建成尾椎一下，又踩了他大腿一下，说："你说话啊。"

建成低着头，不说话。

三爷用拳头的关节试探了下建成的颅顶，建成觉得像是石头在敲，可是此时需要的不正是这样的惩罚吗？再没有比这样的惩罚更宽容大量的了。建成知道三爷手狠，狠点好。

三爷说："你害死了燕子，你害死了她。"

建成低着头，不说话。很久过去了，建成在等待，却什么也没等到，倒是听到遥远的劝解声，算了算了。

建成一心听着三爷的举动，那巨大的脚掌踩在草上，窸窸窣窣，建成竟有些欢喜。那声音忽而消失时，时间凝滞，一动不动，建成又有些失落。夜虫在这寂静中，咕咕地叫起来，锅里的红薯大约凉掉了。

然后建成听到一声闷响，天忽然大亮。

锄头打在他的颅顶了。

硬币的反面

［国徽］：ZHONGHUA RENMIN GONGHEGUO；

中华人民共和国；1997。

燕子喝第一口水时是故意的，那时水还没漫过胸脯，她甚至是啄着头去喝的，水的味道浑浊而充满腥气，像是血吸虫全部跟进去了。燕子把它们呕出来。燕子回头看了下岸，岸和空气有一道分割线，岸更黑点。

岸上什么都没有。

燕子哭了，往前走，走不动，往后退，退不得，只有水流绕过战栗的腿柱往前“哗哗”地通过。建成要是匆匆赶来就好了，自己就敢往前走，就敢扑打着水花了，可是他这么久还没来。他应该在我过门槛时问一声，他没问；他应该在我走到马路上时问一声，他没问；他应该在我走到河边时追上来，他没追。他是存了心，铁了心。跟他还不如跟条狗。

燕子这样悲戚地想，抽搐起来，脚下一滑，冷不防到了深处，好像一下踩到云里。燕子喊“救命”，却是一连吃下十几口水。好不容易挣扎出来，眼睛又看到不该看到的虚空，燕子沉下去，看到死神抓着她的头颅，往下按。

燕子张开手拼命抓，抓到一缕缕没有重量的水波，她开始沉重起来。水面好像还有点光，后来却渐渐没了，世界漆黑一片，连声音都消失了。可她还是挣扎着出了一次水面，她听到巨大的扑打声，好像鸭子全部飞起来，然后又有两只有力的手箍死她的脚，往下蛮拖，要把她拖到无底洞里去。

燕子扑腾几下，开始死，除却两只手还在不受控制地四处乱捞外，全身似乎都已安静了。光亮越来越大，水底出现一条白晃晃耀眼的隧道，她脚轻点一下地，身子就飘好远。她隐隐听到一点点声音，像是鲨鱼自远处游过来，大约自己可吃吧。

隧道的尽头种满花，遍地是绿色，燕子好像靠近了，却始终靠近不了。后来，隧道圆周形的边沿裂开了一些，像是有石头砸向那里，接着，石头、房子、大山全部砸过来，隧道便破了，塌了，一股黑水朝外边一喷。

燕子的眼睛睁开，看到模糊的人脸大叫着探来探去。燕子觉得这是个好梦，自己被吵醒了，眼睛一闭，想回到梦里面去，却是怎么也续不起来，这时巨大的山峰重又重重坐到肚腹上，把她一下坐回到黑夜中。

她偏过头不停呕吐，水和食物呕出来了，胆汁也呕出来了。然后她泪眼婆娑地看着四周，看清了一张张脸，这个是小兵，这个是爱民，这个是老安，村里的人都在。燕子坐起来，说："我饿。"

这些人却是不理她。

燕子说："我饿。"

这些人却是走到另外的人丛里了。在那里，几支手电筒一动不动照射着。一个人躺着，头发湿漉，脸色惨白，鼻孔挂着血。燕子记不起来是谁，扶着地慢慢站起来，摇摇晃晃往家里走，一边走一边说"饿死了"。走了有十几步，妯娌上来打她一巴掌，她才呼啦呼啦地醒了。是建成呀，那躺着的是建成啊。

燕子跌跌撞撞跑过去，拨开人群，拍打着死者的胸脯："建成啊，建成啊。"

这个时候，一旁的三爷扯起她的耳朵，几乎要扯下来。燕子头偏向一边，看到建成的衣袖被扯破了。三爷说："知道怎么抓破的吗？"

燕子犟着头说："不知道。"

三爷说："是你老人家抓破的，人家为了救你死的你知道吗？你把人家害死了你知道吗？你这个狗瘪，你怎么有那么多死要寻？"

这话像预制板一块块落下来，燕子眼睛瞪得很大，痴呆起来。那只手松开后，燕子感觉所有的钳制都消失了，自己空前地自由起来，竟是想发出银铃般的笑声，跳着飞舞起来。

燕子确实笑了，笑完了就对妇女说："我好看吗？"

妇女面带嫌恶，转过身去，燕子又找到男人们问："我好看吗？"

三爷实在受不了这骚劲，照着她的屁股踹过去，这一踹积累了所有的仇恨。已经神经错乱的燕子"嗖"地飞起来，身躯快速划过空气、蒿草，向着岸边的低地俯冲。在这急促的过程中，她尖叫了一声。

然后人们听到一声闷响。

人们说，她的头把一块大石头都撞到水里去了。

阿迪达斯

一、匪夷所思的抢夺案

我不知道这个故事怎么开始，就从省会秋山路派出所开始吧。民警手握着李小勇的后脑，循循善诱，话里藏刀："知道父母供你容易吗？知道这样会被开除的吗？"李小勇瑟瑟发抖，眼泪"噗噗"地往外涌，痛苦地点头。

根据专卖店老板的说法，这厮老早就起了邪念，在店里捏衣服捏了一下午，后来见没机会下手，便硬扯了一件逃跑。大家都长了心眼，三两下把他逮住了。而根据李小勇的交代，他起先只是想摸下衣服，结果越摸越上瘾，就想占有它，就丧失理智了。

在李小勇被送来时，民警正在看《欧·亨利短篇小说集》，心里盘算这是不是《警察与赞美诗》的翻版。二十一世纪了，派出所就是公共厕所，总会有饿得要死的人和被黑社会追得走投无路的人，跑到派出所度日，手续就是抢件东西，或者抽陌生人耳光。

现在看来情况不是这样，李小勇被所要面临的处罚吓坏了，他甚至奢望把头磕出血，好让民警放他回学校。民警说："早知如此，何必当初?"

李小勇一时语塞，不知如何回答。

二、嫌疑人李小勇自述身世

我们家很穷，到现在还有一根梁木撑在土屋后边。我不知道它什么时候倒，每次下雨时我都担心，我怕父母被压死在里边……你说得对，我很自私，我考上大学，把他们的血喝干了，他们盖不起房子了。

我父亲春天的时候插秧，秋天的时候割谷，夏天的时候剃头，冬天的时候烧炭。他的炭卖得很辛苦，要翻三座山，走三十里，走到集镇上卖。有时远地方的人说他炭烧得好，他就又回来加劲砍树烧炭，把炭背到更远的地方。我开始的时候还盼望他能带点东西回来，但他总是说外边比这里好不了多少，穿得比我们破，吃得比我们少，就是有点盐和糖。我母亲是山外嫁进来的，说情况就是这样，山外还饿死人呢。

我那时小，不知天外有天，我觉得天就四面山那么大，山上冒炭烟，算是很遥远了……我当然知道天安门，天安门上还放光芒，还有毛主席的像。但我读书不用功，到最后看到毛主席的画像和天仙配的图画，就觉得他们都是神话，是不存在的事物。读完五年级，我父亲找老人给我写了五个字，我认全了，父亲说“够了”，我也觉得够了。如果现在我还在家里务农的话，这几个字应该忘光了，就像锄头不用，生锈了。

有时我也在想，我现在是一个做农活的，我的手肯定出老茧，脸肯定黑了，肯定会在夕阳下担一桶水回家，担一桶漏一半。我就是这么想的，叔叔，我知道一切得来并不容易。

我要是农夫的话，天一黑就上床睡觉，就会老死在那里。我后来看了一本张爱玲的书，她说她不寻短见，也不吵闹，就那样自行枯萎掉。我也一定是那样的，我一定就在那个夜晚只听得到狗叫的乡村自行枯萎了，像我默默无闻的祖先一样，葬在山上。叔叔啊，你不要让我再回到那个地方去。

三、李小勇人生中的魔障

我接着讲。我没书读时，还很高兴。因为村里同龄人和我一样，都毕业了，都光荣回到河里洗澡，想洗到什么时候就洗到什么时候，直到洗得皮肤都起褶皱了。晚上我们拿手电筒去照青蛙，青蛙见到光，傻瞪着眼，一动不动，我们捏起它的腿，晃一晃，它就“咕咕”叫了。乡村的青蛙捡不完，因为我们又把它们放回去了。直到读大学后，我才知道青蛙可以吃，但是我一只也没吃，吃不起。

那时，我们玩得很开心，可以穿裤子也可以不穿裤子，可以起床也可以不起床，碰到倒霉的狗，还要烧它尾巴，碰到牛屎，总想用鞭炮炸掉。我根本就不知道世界上还有什么更好玩的事，我们不知魏晋。直到后来，我撞见一个女人。就是她改变了我。也可以说，是她毁了我。叔叔，你不要让我被毁掉啊。

我见到她是一次去五里外的邻村拜年，我本来不想去的，因为路上下雪，而且那个舅公家也没什么好玩的，但我父亲要拿棍子敲我，我只好嘟囔着去了。那一路上我就盘算着怎么草草吃完米粑，早早回到家来。我还想和自村的人玩牌呢。

舅公的家那时已经塌了一小半，漏风的地方是用油布蒙起来的，我一边吃东西一边看雪从空处飘进来，心里不舒坦。他们这个村就是这样，不是这里漏点就是那里漏点，没个完屋。顶好的算是村头那家，据说有些钱，但也就装了几块玻璃，不过他们家娶回来的媳妇洋气。

我那时不知洋气的概念，能想到的也就是脸上擦霜，头上戴帽，皮肤白点。但当我在回家路上看到她时，被击溃了。是，我就是被击溃了。当时她坐在门前极其浪费地吃花生，吃半颗扔半颗。这不重要，重要的也不是她的脸和身材，而是她身上穿的衣服。我从来没见过世界上有这样的衣服。

我从来没见过胳膊边带白条的衣服（我只见过边上带补丁的衣服）；我从来没见过衣领圆圆的衣服（我只见过没衣领和衣领方方的衣服）；我从来没见过红得像旗帜的衣服（我只见过蓝得和揉皱的天空一样的中山装）；我从来没见过带拉链的衣服（我只见过东少一只扣子西少一只扣子的衣服）；我从来没见过带着白色字母的衣服（我只见过绣着牡丹花的棉袄）。

是一件乡村里从未出现过的运动衫。我傻傻站着，雪飘下来，盖住我的头发。我模模糊糊看到那个妇女像观音菩萨一样朝我招手。我走过去，事情就这样发生了。她精神很差，头上缠着布巾，但还是笑嘻嘻的。她指着衣服说："知道这是什么吗？"我摇摇头。她又说："告诉你，这是阿迪达斯。你看这行字母，adidas——你知道adidas是什么吗？"我摇头。她叹息一声，说："你以后就会知道的。"

接着她又说："你以后也不会知道的，你要读书才知道。"

当时我什么也没说，只是被一种冥冥中的力量驱使，伸手去摸那衣服。她有些吃惊，然后坦然接受了。我到现在都忘不了这种触摸的感受，就像摸到年轻母亲的乳房，摸到春天的草从，摸到无声的水流和水流里的鱼。我的皮肤开始震颤，确信有电流一次次通过身躯，我哭起来。

在专卖店里，我差点也要哭了。我太熟悉这种柔滑的感觉，每个夜晚，我都能感觉到自己的手指像女人的手指、乐师的手指、菩萨的手指，在轻轻抚摸那顺流而下的布料。我久久停留在衣服渗出的阵阵凉意里，就好像在夏天正午喝下一大碗井水，我的肺扩张了，眼睛明亮了，毛孔像小小风口接连打开。是的，我在专卖店就是这样沉浸其中的。你可能不知道这种感觉，这种感觉甚至成为梦魇，因为我老是幻觉有把凶恶的剪刀要毫不留情地将它剪开，我总能听到“咔咔”的撕裂声。有时我在梦里就孤零零地站着，眼前没有村庄，没有女人，也没有衣服，我对着散落一地的布条号啕。

我被折磨了，就好像失恋了。

我开始自卑，惶恐，羞愧，开始生不如死。这就是后来我挨一天一夜打的原因，我父亲想用打来阻止我上学，但是如果他不打我我就打他，打不过也要打。我心怀仇恨，咬牙切齿，我真的打了他，我恨不能和他以及他的蓝色的确良，以及这村庄同归于尽。

我喊叫道：“为什么我不是生在欧洲，不是生在香港啊。”我父亲恼羞成怒地还击：“你妈 × 的你就生在这里，就长在这里，你也要死在这里。”

我父亲差不多要把我打死时，我母亲拿头往墙上一撞。我母亲没死，倒是把我父亲撞醒了。他软下来。他后来再也没有挺直腰来，再也没有从疲劳中恢复过来。我自私得不得了。我现在每天都听天气预报，我害怕雨压垮了房子，压死了父母。我十分有罪。

四、李小勇于连式奋斗生活的突然崩塌

我父母后来找邻村那个妇女去了，还没到门口就开骂。但是人家婆婆说:“你们别骂了，她是疯子。”我母亲没有示弱，说:“有疯子还不管好，还放出来勾引小孩。”据说那一村的人都笑了，那位婆婆后来揪着她的耳朵，让她向我父母鞠躬致歉。

我后来逐渐知道她一些事情了，她确实是疯子，如果不是疯子，也不会屈尊到我们那里。但我总觉得自己见到她那天，她是正常的，因为她拍了我的肩膀，说:“别摸了，读书吧，读书了就能出这个村子，出这个镇子，出这个县城，就能去市里，去省里，去北京，去纽约。这衣服就是纽约产的。你知道纽约怎么去吗？要坐飞机。你知道要飞多少天吗？要飞三天。你知道一天要飞多远吗？要飞十万八千里。”

这就是她给我下的“毒草”，她下“毒草”时，脸不红，心不跳，不像是个疯子。而当时的我空着无比遗憾的两只手，好像必须走了，又走不了；好像可以不走，又必须走了。发呆。慢慢地，我又感觉自己突然看到一个庞大的世界，我被这庞大世界的壮观吸引住，又吓坏了。我像看到洪水涌到我面前来。

后来她伸手来掸我，我才知道走。我走在路上，像被押去劳改的人，对情人和故乡充满了思念。天下着雪，我慢慢看到空中飘着的是红色的衣服，那些衣服慢慢飘下来，挂在树枝上，漫山遍野。我看到衣服里冒出很多不认识的人头，他们说着疯子妇女一样的普通话，用手练习一行行的拼音，adidas，adidas，adi，das……

他们不和我打招呼，他们互相亲切地喊着：“adidas, adidas, adi, das……”

叔叔，我读书的事情就是这样，很用功，很不容易，把吃奶的力气都用出来，把母亲的奶吸光，把父亲的血榨干。

好，我接着说，我记得第一次到中学时，看到墙上有一面世界地图，我神情振奋。事情果如疯子所说，我不过是地球里很渺小，很渺小，渺小到忽略不计的一个坐标，在我面前有着乡村、城镇、城市、首都、香港和欧洲，还有宽阔无比的海洋，以及可能的船只。它们就像圆规画出的圆圈，让我如此自卑。

我感觉不到自己有多少能量，我很痛苦。后来我终于把手放上去，告诉自己，省会只有半根中指那么远，北京只有两根中指那么远，香港只有一边手腕那么远，欧洲远点，也远不过一只胳膊。我们老师后来喝我的升学喜酒，说："这是个奇迹，这家伙要成刘邦成朱元璋了"。

但他们怎么知道我追逐的只是一件衣服呢。

我想我总会有一天大学毕业，总会有越做越大的事业，那时我就可以天天穿阿迪达斯，不但我穿，我老婆也穿，我儿子也穿，我们世世代代都穿。我们老师说我是朱元璋是刘邦，我觉得有一点是一样的，就是占有欲。他们对江山有占有欲，而我对这件衣服有占有欲，这件衣服就是我的江山，就是我生命的象征——如果它是月球产的，那么我要去月球；如果它是火星产的，那么我要去火星。

我可以为它上刀山下火海。

但是叔叔我错了，我忘了"取之有道"的古训，我悔青了肠子。

一到省会大学报到，我就开始四处打听阿迪达斯。他们笑我穷孩子想穿龙袍，没有告诉我答案。也许他们自己也不知道。我足足找了三个月，以为省会是没有了，只能等考到北京读研究生后才能继续寻找，但就在今天下午，就在这里，秋山路，我看到了熟悉的字母：

adidas。

我被一种恐惧情绪震慑住，迟迟不敢进店。我发觉自己龌龊、肮脏、贫穷，而里边一尘不染，洁净如天堂。那些衣服看来也很陌生，和我多年前见过的完全不一样。但只站了一会儿，我便又熟悉起来。我听到衣服本身对我的呼喊。

我深呼吸，进到店里，胆战心惊地去摸，一个店员斜视着我，压抑着她的怒火。我命令自己坚持住，把手停在衣服上。是的，很快我就感觉到当年感觉到的——我的毛孔一扇扇打开，风从外边刮入，沁人心脾。我时而幸福，时而酸楚，我只是想哭。我幻想自己有很多很多钱，可以把这里全买下来，包括这些每人穿一件运动衫的员工。但我看到的只是自己的解放鞋和打了补丁的裤根，我被自己寒酸的现实和店员们浓烈的敌意弄得十分委屈。

这时我想离开，但我战胜不掉那占有欲——人类发明这三个字真是太厉害了。就像饿狼不管不顾要占有猎物，强盗不管不顾要占有金子，我感觉有种力量推着我去做这件事。我最后下定决心时，想到我的父母就在土屋下无辜地睡着，就要被倒塌的屋顶压死，鼻子酸了起来……我现在很难形容那一刻的心理，既委屈又贪婪，既无耻又愤怒。

我将拳头慢慢伸进一件衣服里，来回擦着，像擦拭婴儿的皮肤，然后我听到内心果决的声音：动手。我张开五指，猛然抓牢衣服，像抓一只丝巾一样将它抓走了。我在跑的时候，感觉速度很快，风在耳边呼呼地响，树在街道上快速倒退，但实际上我跑得很慢，就像是在噩梦里跑，怎么跑也跑不动。我轻而易举地被抓了。其实在我意识到自己已完全占有那件衣服时，人就虚脱了。

五、李小勇的补充交代

叔叔，你不放过我，我就要回到那乡村去了；我利令智昏，不懂事，对不起父母，对不起你。我不能这样回去，这样回去他们就要气死，肯定气死；叔叔，我并没有抢到手，希望你能原谅我；叔叔，如果我举报别人，可不可以减免罪过？我说的那个穿阿迪达斯的妇女，用英语哼儿歌的妇女，听我母亲说，是被拐卖过来的，跑了几次，被打成疯子了，叔叔。

自杀之旅

暗绿色的窗帘角，像将灭的烛火跳跃着。夏天和秋天已经区分开，从厅堂那把老式靠椅上传来老婆的鼾声。张家民为几个字的组织陷入苦恼。

要怎么写呢？对不起，慧霞，对不起。但是这个糟糕的中年妇女，在她醒过来后的第一句话必定是咒怨。没完没了的咒怨。房间里满是午睡后没有刷牙的口腔味。他已经受够了，他想在晚上掐死这只面目狰狞、疯狂呼吸、对世界没有用处的狮子，他想拿铁丝勒住她颈下的肉团，想用锤子砸碎她的鼻子和牙齿，想捂死她。

他烦透了这朝夕相伴的母兽。

二十五年前，他在等待一辆公交车时，不小心踩到一位壮实姑娘的鞋。这就是美好记忆的一切，她露出一口白牙，对着惶恐老实的他笑了。然后这仅有的爱情之苗被迅速施肥，成长为一颗废弃的家庭炸弹。有一次她给他戴避孕套，他就把精子射到那套里去了，然后她帮他拔下了套，把那万千子孙丢到厕所。后来，这个叫慧霞的女人怀孕了，他像一头驴被牵到民政所，让政府盖了章子。

那天去民政所，是毁灭的第一步。身为中学老师的张家民感觉自己是被押送到西山行刑的死刑犯，他很想民政所发生命案，或者集体腹泻，很想自己突然被路边的车撞翻，很想世界停止运转。但是他感觉自己的身体像是被架着，而双脚在腾空，他已经不受自己控制。他感觉路人的眼神都闪着微小的好奇，并不理解他将要面临的可怕处境。有那么一刻，他在脑子里狠毒地说："好，我和你结婚，但你会看到，和你睡的只是一具尸体。"

他也曾尝试把自己伪装成一具床上的尸体，但是他发现，这具尸体往往因为宇宙中间遍存的鼾声与磨牙声而焦躁不安，尸体也会面临求生不能、求死不得的困境。有一次他丧失理智，跃下床去，不停以头击墙。他想自己应该是血流满面，但是后边伸来一只大手，把他扳回床上去。她半睡半醒，咕哝着："你把木板墙撞个洞有什么用?"

他感觉睡眠是亲娘，但是娘被剐死了，被强奸了。他被砍断四肢，丢弃在恐怖而无休止的夜中，任何细小的虫子都过来蹂躏他一下，啃他的皮肤，吃他的脑浆，拿刺毛扎他的心脏。他有时也看到一只血糊糊的婴儿爬到这床上来，在看清他是张家民后，睁着眼睛啼哭。

婴儿哭完了，就用没有骨头的手揉擦硕大的白眼球，嘴角挂着鼻涕，无声地笑。张家民每当此时，就会手脚哆嗦，他向婴儿露出愤怒的眼神，冷汗直冒，挥手一遍遍掸不存在的他。

这个婴儿让张家民体会到慧霞是一个生命，他不能把怨恨建立在另一个可怜的生命之上。不幸的高潮发生在她生产时，婴儿出生即辞世。虽然慧霞在逼仄的屋内制造出太多让人无法忍受的气味和声响，但她抱着死婴痛哭的场景还是让张家民既忧伤又怜悯。

鼾声像柴油机在工作，从厅堂的靠椅处一遍遍传过来。如果世界存在怜悯，那这就是应该怜悯的一部分。虽然他自始至终感觉婴儿只是一个算计，只是一颗从被扎了几个洞的避孕套下逃出来的精子，但他还是从生育者慧霞那里感觉到生命的最后一丝阳光。也许，婴儿活下来，生活就不会这么懈怠和难挨。

窗帘角又扑腾几下，张家民闻到厅堂里佛香的味道，想到那上边有一尊观世音菩萨。张家民以知识分子最后的庄严，把这几个字写了："对不起，慧霞，对不起。"

厅堂的钟声也响了，下午一点。

这娘们要到下午四点才醒过来，懒洋洋地把剩饭剩菜暖热后，愤怒地朝楼下大喊他的名字，这时大约是六点半，也是她警觉到他不会再回来的时间。而这时，他已在苍翠的西山安静而永远地躺下了。初秋的夕阳将一遍遍安抚这具尸体。

张家民还有一些时间，可以从容地去整理一些字句。对这个世界他还想说什么呢？慧霞是第一个读者，但绝不是最后一个。那么这个世界，我要告诉你什么呢？

卫生间里的洗衣板从倚靠的墙上滑倒下来，“哐当”一声打断了慧霞的鼾声，张家民像入室的小偷惊醒了主人，心脏狂跳。他把遗书揉成一团，一时不知往哪里扔。但一切很快恢复宁静，鼾声由浅入深，再度驶向波澜壮阔的海洋。

张家民撕下笔记本另一页，把那几个字先写了。然后他想到厕所桶里积压的卫生纸，那些无人收拾、皱成一团的东西，记载着一个中年男人和一个中年女人难堪的生活痕迹。这些生活痕迹像日历一样慢慢叠加，慢慢变软，慢慢飘荡出一股粪气。中午洗澡前，他用塑料袋把它们包好，他将在出门时把它们带离。

张家民感觉自己要告诉世界一件糟糕的事情，这事情并不具体。但是当莲蓬头下的水冲向他荒坡一样的颅顶、鱼吻一样的眼袋、尖石一样的喉结、渔网一样的胸膛、瘪球一样的肚腹、灰草一样的下身时，他感觉结论清晰起来了。像这曲曲折折的水流，从上至下，绕过瘦腿上扭曲崩突的静脉血管，流向阴暗而永生的下水道；或者像一个没有刹车皮的轱辘，在一个不可逆转的坡上一路悲哀地咳嗽、散架——谁也拯救不了身体的衰败——像这房子。

张家民写："生活下去需要勇气。我没有。"

张家民写："对不起。"

他把遗书放进抽屉，离开了他生活了二十年的老房子。他转开牛头锁，走到破旧的走廊。午后的尘灰在光柱下狂舞。无聊至极的舞蹈。他在下楼梯时，望了一眼城那边的西山。

西山一面是削壁，一面是苍翠的树林。枯萎和凋零应该是冬天的事，植物在这时正走向繁华。那里，会有一些刚刚落下的叶子，展露着尚有水分的青春。而山下，是汪洋一般的油菜花。它们听说来了一个心仪已久的投奔者后，一传十，十传百，齐齐在这个午后盛开了。那就是一床黄色、温暖、晒好的被子，就是长眠的好地方。我张家民就躺在你们边上，闻着你们和煦的香味，你们的香味沁入我的内脏，使我成为一具洁净的肉身。

张家民把那记载着一个人拉了又吃，吃了又拉，新陈代谢系统缓慢工作的垃圾袋，丢到楼下花坛里。那真是糟糕的花坛，塑料杆一样的枝条结着白痰一样的叶苗，它们永远不会长大，永远承受着这所学校大扫除带来的尘垢。要去扒开看看吗？枝丛里一定会藏着卫生带和避孕套，还有原本花绿，但现在已经失去颜色、变得坚硬的呕吐物。

张家民加快脚步，没什么可等待的。梧桐树下的水泥道、堆着残荷的池塘、冷面朝天吐痰的门卫、独眼的怪学生、疯狂按喇叭的出租车、推着一堆水菜的贩妇、几个拉二胡的瞎子、服装店里吵人的广播声、大中午还在卖的飘出臭味的包子……你他妈，都给我闪开。

张家民觉得自己真的很老，他这时才想到走到西山去是个悠长的活儿。他还能坚持到那里吗？我就要这么气喘吁吁地服下四十片安眠药吗？我会不会因为体力不支，连吞咽都完不成？张家民就在这红乌宾馆门口，摸索口袋。他摸到自己竟然还有三百元。他感觉有钱是好事，就连看世界的目光好像也温柔了一点。他以知识分子的气势去拦那些出租车。

其中一辆停下来。但在张家民拉开车门时，一个小孩抱紧他一条腿。张家民就像要从水里上岸时，一只脚被鲨鱼咬住。他恼怒地回头看，发现这脏兮兮的孩子正仰望着他。这孩子的眼球大而白，你看不清楚是愤怒还是欢欣。这孩子嘴角挂着鼻涕，麻木地说："行个好吧。"张家民突然想到死婴。这个穿着一件大衬衫的小孩是不是就是那个长大的婴儿？他为什么在这时闯出来？他的手脚开始哆嗦。

司机暴怒地问："还走不走？"

然后司机拉上车门，先走了。张家民不停挣扎，甚至是去踩，终归是不能摆脱这蚂蟥一样紧紧黏着的小孩。小孩还他妈疯狂地哭。老子被劫持了。张家民意识到自己就在这阳光灿烂的午后被劫持了。

围观的人越来越多，张家民感觉很丢面子。不就是一毛钱两毛钱吗？他们的眼神是这样问的。张家民真想喊："你们知道吗？我这里只有三张整一百的。你们被抱下试试！"那些群众好像知道他要说什么，个个笑了。他们看到这位人民教师陷入死局。后来，人们看见张家民拖着那条被小孩抱住的腿，气喘吁吁走到水果摊，买了一斤橘子，将一百元找开。他给了小孩一元。

小孩迅速松开手。但在人群正准备散去时，一共有六个小孩又扑上来。而那个得钱的小孩正露着诡异的笑容，他在逃走时向他的同伴发出了信号。

三杯酒下肚后，张家民逐渐忘记了可恶的小孩，又想到西山。西山，我就要去找你了。你不用着急，我被他们折腾饿了。我中午吃的哪叫吃的，我现在在吃宫保鸡丁、鱼香肉丝，在喝西红柿鸡蛋汤。我真他妈吃得爽，喝得爽。不是他们折腾下，我还真成了个饿死鬼。

饭店的钟这时响了，下午三点。那就走吧。那婆娘还在睡呢。她是在惩罚谁呢？她也不怕吵死她自己？张家民又拦下一辆出租车。司机的眼睛眯成一条缝，看起来永远不会愤怒，张家民觉得踏实了一点。但是司机嘴锋极快，张家民还没坐稳，他就连问了两句——

“去哪里？”

“去干什么？”

张家民发现这是没法回答的问题。他红着脸，竟然没编造出一个答案来。最后他说：“随便去哪里吧。随你的便。”

这满脸堆笑的司机看了一眼这穿西服、打领带的中年男人，意识到什么，欢快地挂起挡。车像鱼雷一样蹿出去。张家民悲哀地想，我要是说去西山，他就会问，西山无村无店，只有油菜花地，去那里干什么，去找死吗？我要是不说去西山，那我还坐个屁车啊。

那司机一路都在讲红乌镇的笑话，有些黄。他是把张家民当外地人或乡下人了。张家民只想找个合适的地方下车。他靠在温柔的座椅上，被酒精催眠，陷入困倦，恍恍惚惚的。有那么一阵，他感觉到，自己是不是已经吃过了安眠药？否则现在怎么这么困？

等他醒来时，已经三点半了。司机对他说：“眼屎，眼屎。”张家民就把眼屎擦掉了。然后他茫然失措起来——这里是哪里？我怎么到这里的？

“你自己看下，跑了六十三块，你给六十吧。我看老板你也是爽快人。”

张家民感觉体内涌出一股怒火，但就在此时，右边的玻璃窗突然阴暗下来。车外，一位女子撩起上衣，拿着一对青筋暴突的奶子来回揉擦车窗。他愣住了，整个世界都是奶子啊，上下左右，左右上下，奶子啊奶子。他猛然想起一个被遗忘的问题。这问题在他二十来岁的时候就出现过。那时他并不想自杀，却迷恋于一个问题：怎样死才是好死？那时他和一帮刚分配下来的老师看黄色录像，都说答案是“人在花下死，做鬼也风流”。

司机抓了一下他的命根子，他就感觉那里硬如铁杵。司机哈哈大笑，张家民像是被下了迷药，匆匆付他六十元。然后，下了车的张家民看清小姐的脸，那是双水汪汪含情脉脉的眼，是只高挺的鼻子，是张娇艳欲滴情窦初开的嘴。她拉着张家民，含糊地说：“保健。全身保健。什么都可以。特殊服务。”

张家民只问了一句：“最顶级的，多少钱？”

小姐凑到他耳边软软地说：“一百，便宜吧？”

张家民在脑海里估测小姐没穿衣服的模样，也许是鱼，也许是蛇。他陷入眩晕中，开始出现想象力的贫乏。他描摹不出来这美好的躯体，浇铸在他脑里的全部是“与之相反”四个字。慧霞的奶子是垮塌松软的，与之相反；慧霞的腹部是梯田一样愈积愈厚的，与之相反；慧霞的口腔是臭的牙齿是黄的，与之相反；慧霞的下身是空洞庞大的，与之相反；与之相反。

张家民开始觉得这是一场死亡的盛宴。

要是这样很好，死不死又怎样呢？

小姐带着张家民闪进一间小屋，说：“老板，先把钱交了吧。”

张家民掏钱时，她吻了他的耳根。这使张家民对阴暗的小屋不至于那么反感。他本来有些失望的。棉被看起来经过太多男人的踩踏，暗蓝的花纹已经枯黑；电风扇里充满油污的扇页正在自然风的推动下无辜地转动；还有就是气味，这比慧霞和他几十年造孽造出来的气味还难闻，这里简直是沼气室。但是，知识分子和人民群众的想象力是发达的。他们都和张家民一起想，待会儿，那个“等下就回来”的小妞一身雪白地躺在这里时，一切就都得到拯救。出淤泥而不染。这世界主要还是靠人而不是靠环境。

但进来的却是个丑陋的中年妇女。她的眼睛和猪眼一样翻着，硕大如圆球的黑脸上安装着被踩瘪的鼻子和肥肠似的嘴唇。好像还是兔唇，要不就是被火烙伤了。这个粗暴的女子三下五除二褪掉裤子，背对着张家民叉开两腿。

张家民当时软了。

那女子见半晌没有凑上来，扭头大声说："脱！"

张家民说："怎么会是你呢？"

那女子吐了一口唾沫，说："我值一百块，她值一千块，懂吗？你不干，我们照样收钱。你干是不干？"

张家民悲哀地脱掉裤子，凑上去。在这极短的过程中，发生了两件事。

第一件是张家民看见她屁股一扭，竟然掉下一小团泥块。第二件是他还在陷入极度震撼的过程中，三名警察冲了进来。

张家民赤身裸体，往后一倒，像只羊被提走了。他看到天是蓝的，云是白的，深邃的天堂永恒地关上大门。

以后的故事比较简单：慧霞一脸恼怒又极尽无奈地准备好两千元，到派出所领回了张家民。人们看到慧霞一滴眼泪也没有出，她只是提着张家民的耳朵，不停地教育他，家里又不是没有。

葬礼照常举行

1

春生媳妇晾衣服时，冬生媳妇懒洋洋地扑在栏杆上望着远处。远处有座山，山上有座庙，庙里有个和尚。和尚小得和蚂蚁一样，在弓着身子做运动。

冬生媳妇嘲讽地说："想必是做第六套广播体操吧。"

春生媳妇看了眼山上，从凳子上走下来。

冬生媳妇说："嫂，帮忙端下盆子。"

两个妇女搓了搓僵硬的手，吃力地将沉重的洗衣盆抬起，往楼下倒水。

赵十六爷趁着好太阳出门已有一会儿。这个早晨，他要围着村前一条"口"字形的路转圈。这条路包住了几十亩田，其中有一块是赵十六爷耕过的。那里原本又黑又肥，什么庄稼都出，但现在长满杂草。赵十六爷伤心地看了一会儿，朝前走。

前方是条曾经波澜壮阔的河，与弯过去的马路平行。

赵十六爷在河边也只停留了一会儿，又继续朝前走。前方马路转了一个弯，转向村子的另一边。赵永德老头坐在村口晒太阳，看到赵十六爷，僵硬地挥出一只手。

赵十六爷说："河里没水了，四年没吃鱼了。"

赵永德瘪着嘴回应："我有七八年了。您老仙年，还有牙齿。"

赵十六爷说："是啊，有牙齿，还吃得动蚕豆。"

赵十六爷想说自己那块田被作践了，话到嘴头，又吞回去了。

赵永德从口袋里掏出一把花生，说："你吃得动，归你了。"

赵十六爷从口袋里掏出一块糖，说："你就含着，慢慢含就化了。"

此时，春生、冬生兄弟待在窗棂边走棋。春生捏着车，要去堵冬生的炮，冰冷的棋子从手中掉下来，跌下桌面，跑到黑亮的土面上蹦几蹦，蹦到饭桌下。

春生的手悬在空中，半晌没回过神来。

冬生也有些吃惊，笑着说："哥，你慌了？"

春生放下那只手，说："不存在。"

春生把车捡回来，拍在那个位置，说："你看，将不死了吧？"

冬生大笑，笑到后来不像笑，像得了可怕的病。这"哈哈哈哈"的声音猛然停止时，世界一片寂静，有若接生婆用力一拔，拔出只死婴。

冬生看见春生额头的汗慢慢密起来，便把棋子握在手里，静等对方悔棋。

春生看了一会儿棋局，忽然忧伤地说："爹年岁大了，要给他置办一身暖和的衣服。"

冬生想了想，点头。

冬生说："平摊吧。"

春生的儿子赵小涛在村长赵勋生的屋前，等赵勋生的儿子赵勇时，看到赵勇嘴里咀嚼着肉丝。

赵小涛说："我早上也吃了这个。"

赵勇没理赵小涛，继续小心翼翼地咀嚼。

赵小涛吞了吞口水，说："我吃的比你大，有这么大，比砖头还大。"

赵勇吃完了，一抹嘴巴，说："咱们跑吧。"

赵小涛拉好书包，摆好姿势，说："你喊还是我喊？"

这时，身后有个慈爱的声音在说："我喊，一、二、三。"

赵小涛回头一看，是爷爷，怒了："谁要你喊的？滚。"

赵小涛像头小牛，在赵十六爷刚刚走过的路上一跳一跳地变小。

失魂落魄的赵十六爷摸索着坐向村长门前，感觉稀饭积下的力气慢慢没了。一坐好，他又后悔了，因为肉的香味正慢慢飘出来。他感到口水几下就涌满自己的口腔。

赵十六爷咽了咽，拿手擦眼泪。眼泪这东西，越擦越多。正好出门的赵勋生见状大吃一惊，回身从屋内端了碗肉骨头出来。

赵十六爷看了眼，摆摆手，说："不要了。"

赵勋生说："十六爷，没事的，吃吧，家里还有。"

赵十六爷憋红了脸，扭过头去，说："说了不要了。"

赵勋生有些尴尬，把肉骨头放在一边，唏嘘着离开了。

赵十六爷回过头来一看，肉骨头在旁边。乡人看见，成什么体统？

赵十六爷扶着墙起身。

他老了，一起来就头晕眼花。地面来回地晃，自家的木楼也在晃。楼上，春生媳妇和冬生媳妇两个妇女，眼看都要被甩出去，却是不尖叫也不哭喊，仍旧在晾她们的衣服。春生媳妇身子都晃到天上去了，还恶狠狠地说："有肉我不给你吃？有鱼我不给你吃？"

约莫站了一分钟，赵十六爷打了个哆嗦，才算克服缺氧反应。他擦擦眼，看到木楼笔直立着，前所未有地坚固，春生媳妇正从凳子上傲慢地走下来。他转过身，看见前头有座山，山上有座庙，庙里有个和尚，和尚小得和蚂蚁一样，静观此地。

赵十六爷向家里走去。低着头，以免与两个儿媳妇对视。

这么走了十几步，一盆冰水从天空扑下。赵十六爷全身一抖，瘫倒在地。

2

河岸那边，聂医生坐在门口捣一种叶子，看到赵小涛和赵勇像两个老头，扶着膝盖，气喘吁吁地消失在山前的坡路。不远处的村小传来朗诵声："一个泱泱大国名誉主席的墓，竟是这样的简单、朴素。"

聂医生抽动鼻子，闻了几下。这些抑扬顿挫的声音，有着新娘乳头的香味。

闻了半晌，聂医生才记起罐里的叶子，他仔细看了眼，应该还没捣烂。这些叶子是夏天从后院六棵嫁接树上摘下的，枯得不行，早上聂医生给它们和了些水和粥泥。

捣烂后，聂医生坐着不动，支耳朵听世界。

世界寂静。

春生和冬生从屋内冲出来时，赵十六爷已躺在冻硬的泥地上，像陷阱里受伤的老羊，腿脚抽搐着。春生凄凉地看了眼冬生，冬生咬着腮帮，死死地盯着地。不一会儿，冬生的眼泪"啪嗒"掉下来，春生手中的棋子也跟着掉下来。

春生媳妇和冬生媳妇缩手缩脚地围过来，看到赵十六爷的鼻孔像摩托车一样冒烟。后来又像要熄火，越喷越少。春生媳妇支持不住，跪倒在地，喊道："爹呀，你可不能吓我啊。"

冬生媳妇跟着跪下去，喊："爹呀，你要坐起来啊。"

冬生踢了一脚不像样的媳妇，低骂道："滚。"

冬生又说："哥，你先背。"春生便像蹲坑一样蹲在赵十六爷两腿间。

冬生小心搂住赵十六爷的腰，将赵十六爷扶起来，搭在春生背上。赵十六爷眼皮死死闭住，身上软得像没有骨头。

村长赵勋生神色不安地走过来，问："不要紧吧？"

冬生沉吟了一下，说："人坏了。"

村长对后头的春生媳妇、冬生媳妇说："别去了，在家准备吧。"

村长看到春生健步如飞，冬生不时伸手托一下赵十六爷东倒西歪的脑袋，长叹一声。

聂医生先是看到村对面有一堆男女，往这边望，接着便看到冬生背着赵十六爷从河床里跑过来，后边跟着春生。

聂医生将捣好的叶子倒进纸袋，扎好，进了屋。

不一会儿，冬生就将赵十六爷扔到聂医生的病床上。

聂医生抚了抚胡子，关切地问："怎么啦？"

冬生声势浩大地说:“我抱他起来，就像抱条泥鳅，老往下溜，没气了。”

春生在一边说:“是呀，我爹没气了。”

聂医生挥挥手，镇定地走到床前，翻了翻赵十六爷的眼皮，说:“放大了。”又把了把赵十六爷的脉，说:“微弱了。”

然后他看了看两兄弟，从医疗箱里找出听诊器，塞到赵十六爷的胸口。嗐，这东西这么冰凉，竟然让大家以为要死了的赵十六爷一下坐起来。聂医生瞠目结舌。春生本站着，坐下了，冬生本坐着，站起来了。他们都被吓坏了。

赵十六爷眼睛谁也不看，瞪着。有那么一阵子，他才闭上眼，说:“好大的一场雨哇。”然后他又软绵绵地瘫倒在床。聂医生回过神来后极不耐烦，说:“感冒感冒，赶紧背回家。”莫名的羞辱使冬生粗暴起来，他像扔一堆柴，将赵十六爷扔到春生背上。

走出门没几步，聂医生小声喊:“回来。”

兄弟俩乖乖地折回来。聂医生将那袋叶子交给了他们。

3

聂医生看着父子仨歪歪斜斜下了河床，转过身来。这时，他惊异地看到和尚提着裤子，从屋边草丛里钻出来。

和尚讨好地说："聂医生，讨副治感冒的药。"

聂医生大"嗤"一声，说："问你家如来佛讨去吧。"

然后关门谢客。

和尚摇摇头，走到河床里。

冬生背着赵十六爷走到村口时，赵永德老头还在晒太阳。

赵永德叉出四根手指，说："春生、冬生啊，你爹说他四年没吃鱼了。"

赵永德的儿媳妇马上从门里走出来，骂赵永德："关你什么事。"

冬生抖了抖背上的爹，继续走。路上有几个男女，或打毛线，或吃烟，眼睛痴痴望着。

冬生号叫着解释："爹没享多少清福啊。"

春生难过地点头。

在经过村长赵勋生家时，赵勋生又问了一句："要紧吧？"

冬生咬着牙点头，说："要紧。"

到家后，赵十六爷从悠长的睡眠中醒来，听到冬生低声咆哮："你怎么还没熬好？"

冬生媳妇争辩道："为什么不是大嫂熬？"

赵十六爷又听到春生媳妇小心翼翼地走过来，春生媳妇说："我的一份早熬好了。"

赵十六爷有些犯晕，想不起自己怎么病了。

这时，春生媳妇满面春风地来到床前。她左手端着浓黑的药汤，右手拿小勺挖了一勺，吹了几遍，说："爹，喝了吧，喝了就好了。"

赵十六爷觉得病真是个好东西，病让母老虎变母牛了。

赵十六爷凑出嘴，喝了一口药汤。虽然有些烫，但还是一饮而尽。

这样饮了几勺，赵十六爷忽觉喉咙发痒。一个嗝打出后，有个东西从咽喉永远滑下去了。他从此成哑巴不能说话了。

中午，赵小涛领命在赵十六爷床边吃腊鱼。

赵小涛看见爷爷的眼珠在紧闭的眼皮下面突着，一动不动，便翻了翻鱼块，于是赵十六爷的嘴角豁开了个口子。赵小涛轻吹一口气，那口子便流出大把口水。

赵小涛端着菜碗跑回中堂，神秘地说："爷爷醒了，爷爷醒了。"

冬生媳妇闻言，端盆冷水过来。她拉开被窝，解开赵十六爷的衣服，用蘸好水的抹布擦他的上身。赵十六爷抖了几抖，眼睛张得很大，双手张得很大，嘴巴也张得很大。

但就是说不出话来。

冬生媳妇擦完，春生媳妇端着另一盆冷水过来了。她解开赵十六爷的裤子，看到小如山楂的鸟儿，蜷缩在灰白的草丛中，有些扫兴。

春生媳妇蘸了蘸抹布，也不揉，就把抹布搭在鸟儿上。水流过颤抖的阴茎，浸湿大片垫被。春生媳妇本来还想捧些水浇过去，却见那下边冒出一小摊热气腾腾的屎来。

她低呼道："真是麻烦。"

赵十六爷一次又一次昏迷。恍惚记得很多人来过，一睁开眼，又发现什么人也没有。倒是柜子上垒了几瓶罐头。那些泡在水里的橘子、梨子、菠头，像泡在水里的裸女，勾引着九世鳏夫。但在两者之间，隔着厚厚的玻璃。

赵十六爷腾出手想抓，发现手已被输液管捆死。

他试试脚，脚踝也被捆死。

只有指甲在疯长。

是要死了，也该死了。他仰天长叹。

后来，赵永德老头拄着拐杖潜进来，赵十六爷兴奋得不停张嘴合嘴。赵永德看了一会儿，凄凉地说："十六哥，你像要死的牛啊，出这么多眼泪。"

赵十六爷闭闭眼。

赵永德没再说什么，俯下身来，哆哆嗦嗦地吻赵十六爷，吻进去一颗糖。

和尚和冬生的讨价还价是在厅堂进行的。

冬生说："五十。"

和尚不说话。

冬生说："六十。"

和尚不说话。

冬生说："一段破经文，值六十吗？"

和尚转头就走。

春生赶忙去拉，冬生压着脾气说："你要多少？"

和尚说："三百。"

冬生恼恨地说："凭什么？"

和尚说："凭你们媳妇从楼上倒下的水。"

4

夜晚，村庄灯火通明，热闹如集市，平时肃穆的后山，也有几支火把燃着。

赵勇眼睛盯着赵小涛手中的鞭炮说："五十封的，比一百封的猛。"

赵小涛抚了抚光鲜的包装纸，说："放屁，一百封的才猛。"

赵勇说："我不信，要不你放一个试下。"

赵小涛想了想，说："不行。"

赵勇又说："你是和尚打炮念经文——㞞×。"

赵小涛红了红脸，没吱声。不过赵勇一走，他马上摘下一颗，拿火钳夹炭火点爆了。

冬生正好出门，敲了赵小涛一下，说："放你妈的×。"

赵小涛缩着脑袋，灰溜溜蹿回屋。

厅堂内，村长赵勋生正拿笔记本逐一问：

"各路亲戚来了吗？"

下边有声音答道："清盆村报信的已经回来了，娘舅家的亲戚跟过来了；远景村的估计在路上，南义镇那边的派了福生，得力得很。"

"鞭炮和黄裱纸妥了吗？"

"龟儿子在外边偷偷放呢。"

"和尚呢？"

"在门外散步。"

"也不怕冷。乐队呢？"

"乐队不是在排练吗？"

"我知道，问还是要问一遍的。晚上十二点封棺有没有问题？"

"就看聂医生怎么说了，十六爷是不行了。"

"聂医生呢？"

“冬生去接了。”

聂医生正神色凝重地捏赵永德老头的肉，冬生进门来了。看到他张口要说，聂医生摆摆手。过了半晌，聂医生对赵永德儿媳说：“想来是瘫了。没办法了，就瘫着吧。”

那妇女像是没听见，说：“冬生弟，喝茶吗？”

冬生拒绝了。

路上，冬生说：“永德老头几个小时前还好好的。”

聂医生说：“老了，好和不好就没区别了。”

冬生又说：“我们也老了怎么办？”

聂医生说：“我们老了，该爬的灰爬了，死了就死了，不浪费下一代粮食。”

冬生尴尬地笑了笑。

聂医生走到赵十六爷家前时，围观的人让出一条道。聂医生清清喉咙，挂好医疗箱，像名法官，或者死神，威严地走进屋内。

守在床前抹眼泪的春生媳妇和冬生媳妇看到他，缓缓起身离开。

此时，赵十六爷眼睛睁着，毛孔张着，耳朵竖着，听聂医生宣判。但聂医生一看到他，便拔腿走掉。门口的冬生捉住聂医生，恳求他撂下一句话再走。

聂医生的声音压得很低，赵十六爷还是听清楚了。

“一个小时，或者，半个小时。”

这十个字像十把刀，捅烂赵十六爷的肚子、肠子和心。赵十六爷眼泪往外一鼓，看到灯光越来越亮，世界越来越亮，自己正走进一个光的隧道。有个黑影隐隐约约地站在光明尽头，那是死去的还年轻的妻子。她在一下一下细柔地招手。来吧，来死吧，我等你呢。

赵小涛捏着火钳，在外边等着，看到疯子旺生提着没有裤带的裤子走过来。

旺生张望很久，才挤出一句话：“死了吗？”大家伸手轰旺生，赵小涛也一边笑一边伸出火种吓旺生，旺生跳到黑夜里去了。

等了一会儿，赵小涛实在忍不住，先拆下三颗鞭炮，偷偷放了。这下他妈妈出来了，她揪着他的耳朵，把他提到鼓乐队旁边。

乐手们已经调试好器材，正用嘴对着簧管。队长小声问村长，是奏《千年等一回》还是《好人一生平安》。村长摆摆手，意思是这种事随你便。

赵小涛也对赵勇摆摆手：“等我进去看看。”

赵小涛弯到内屋时，看到挂钟在墙上孤零零地走动，他爸爸的耳朵支着，而二叔则死死盯着床铺。什么也没发生。赵小涛正准备撤，发现墙壁上投出巨大的手影。二叔猛然扑打在床铺上，狂呼："爹，你就安心地去吧。"他的爸爸跟着扑向另一边："爹，你就安心地闭眼吧。"

赵十六爷本已平安走到光明尽头，本来已经拉住妻子的手，却不防白炽里蹿出两条黑狗，它们凶猛地咬住他的肋骨，使他骇然。他睁开眼，看到两个亲生儿子在一下下扑打他。他无声哀号，坐以待毙。但不久他又勉力瞪起眼，并试图瞪得更大。他搞明白这两个畜生的意思了，他只要眼一闭，就会被浇上石灰，扔进棺材。就是神仙也给你埋了。

他愤怒地看着他们，直到春生的眼光羞愧地缩回去。但是冬生不怕，冬生就是跟他爹死命对视。赵十六爷竟然败下阵来，逐渐又有了睡意。他就要闭上眼了，冬生嘴角鄙夷。赵十六爷咬牙切齿，试图尽最后力量，阻止那深刻的睡意。后来他看见眼前来了只温柔的手掌，他闻到佛的味道。他心平气和地顺从了。

和尚离开床边，双手合十，念了句"阿弥陀佛"。鞭炮迅即在干牛粪上炸起，随后像暴雨不停砸向墙面；乐手们的腮帮不停鼓起，簧管里的声音升到空中。和尚喊"一叩首"，从床前跪到屋外的亲朋好友，高高端起脑袋，往地上轻磕。

这么莺歌燕舞地闹腾了一阵子，赵小涛听到最后一颗鞭炮炸响在空中。他颇为遗憾地回过头，说："完了。"后边的赵勇努努嘴。赵小涛发现和尚在抖袖子，准备念催眠的经文。在和尚的周围，是仍然跪伏的人群。

就在这短促而寂静的空隙，冒出一种奇异的声音。人们互相对视，耳朵传染似的支起来。赵小涛发现了这个秘密，他大声喊："有人打呼噜。"接着他又喊："是爷爷。"

5

鼓乐队队长伸直右臂，鼓乐队奏起《真是乐死人》。冬生一个跨步上去，要打架，被旁人架住。春生捏着一张人民币走过去，鼓乐队队长再度伸直右臂，《真是乐死人》稀稀拉拉停下来。

队长说："早给钱不就行了？"

春生点头说："是。"

冬生脚一边踢着，一边说："人都没死，你收什么钱？"

村长赵勋生闻言，一个巴掌抽过来，冬生傻了。

赵勋生大吼："你他妈的是不是想你爹死！"

队长此时倒过来解劝："别搓火。"

冬生朝队长喊道："那你们乖乖在这里等着。"

队长点头说："好，好，我们等。"

来自清盆村的上辈亲，看了眼酣睡的赵十六爷，连说"造孽"，拂袖欲去。门口等着的一帮亲戚见状，稀稀拉拉地声援，也要走。

赵勋生伸手拦，拦不住，便跪在地上，磕头，"咚咚"响。

后边春生、春生媳妇、冬生、冬生媳妇也跟着跪下，"咚咚"响。

上辈亲叹了一口气，坐在摆好的椅子上，一声不吭。

春生、冬生不敢抬头，赵勋生又磕下一头，说："舅亲在上，舅亲请恕罪。"

上辈亲下椅来扶，勋生不起，说："不恕不起。"

上辈亲说："恕。"

勋生就起来了。剩余的由上辈亲抬手招呼，也就起了。

起来也就好说了，有人弄几副牌过来，打麻将的打麻将，打牌的打牌，倒也快活。

只有和尚不吃肉，不赌博，不偷人，自己一个人背着包走到黑里去了。

赵十六爷醒来时，看到又黑又高的棺材板。他想自己是死了，阴间和自己家一样，凄寒，破败，棺材壁还挂着两挂玉米芯子。

妻子啊，我现在年轻了，你却老了。

妻子啊，我再娶你吧，我们不生畜生了，就生猪肉和米饭。

妻子啊，我有四年没吃鱼了。

等等，赵勋生在堂屋讲话。赵勋生说："无论如何，今夜一定一定要处理，务必务必要解决。"

冬生、春生一旁在答："好。"

赵勋生又说："不要流血。"

冬生、春生复答："没问题。"

赵勋生最后说："葬礼照常举行。"

月亮起初是没有的，后来渐渐亮起来，亮得像探照灯，照在赵十六爷脸上。赵十六爷惊恐如鼠，在床上东翻翻西翻翻。翻了几翻，他就躺着不动，拼命蠕动。月光比先前更亮一层时，被窝被蹬开，赵十六爷长长的手指甲和脚指甲掉落于床，是它们割断了输液管。

赵十六爷喘了口长气，活动好手脚，赤足下床，自墙上摘下两颗玉米芯子，几口咬完。然后他来到窗前，卸下六根木窗棂，从屋内爬出来。月光像水，洒在银色的地上。赵十六爷看了几眼，试探性往外蹿。恰好看见冬生在屋前对着草根撒尿，便又溜回进阴影中。冬生回屋后，赵十六爷才像捡到命的老鼠，疯狂蹿跳，几脚就蹿到村前路上。

在路上，他挺直了身子走了几步，又不想走了。他站了一会儿，想转身回去。他就这样奇怪地待在月光下，好像等着别人来抓。但他最终还是向前走了，他来到赵永德家，敲打窗棂，等待应声。没人应他。

他凄惶地转过身来，循着月光往对面看，对面黑魆魆一片，有座山，山上有座庙，庙里有个和尚，和尚小得和蚂蚁一样，手里捏着三百元。

6

第二天的阳光比第一天的好。

赵村后山，有块新挖好的坟坑，露着新鲜的红土。坑前有块石碑，上边写有工整的楷书：赵公十六大人之墓。

赵十六爷坐在冰冷的石碑上，俯视山底，一定会看到：人们一窝蜂钻到屋里，一窝蜂跑到屋外；一窝蜂抢椅子，一窝蜂耍酒疯；一窝蜂放鞭炮，一窝蜂捂耳朵；一窝蜂跪下去，一窝蜂站起来；一窝蜂抽烟，一窝蜂喊号子。

一定会看到：春生端着遗像，是马前张保；冬生端着灵牌，是马后王横。春生媳妇边哭边拍打棺材，是左青龙；冬生媳妇间或干号几声，是右白虎；孙子赵小涛端坐在棺材上方，以骄傲的眼光寻找赵勇，是中神通。

如果他没看到，他就不会大笑起来。那笑像无声的狂风，席卷山林和天际。笑到一半，赵十六爷滚下山来。人们看见一个肉球滚落下来，略有骚动，但很快恢复平静。在棺材前边抬毛毯的赵勇，用脚踢了踢那战战兢兢的肉球，惊诧地说："十六爷。"

他妈妈本来在扶春生媳妇，马上过来揪他的耳朵，一字一句地说："那不是十六爷。"

"不是十六爷是什么？"

骑在棺材上的赵小涛俯下身来说："是讨饭的。"

"他是讨饭的，那十六爷又在哪里？"

他妈妈说："当然是在棺材里。"

赵勇恍然大悟，说："哦。"然后他跟着一帮抬棺的八仙唱歌，无非是"嘿儿咳哟"。这些唱的人眼睛有眼屎，耳朵夹着烟，嘴里喷着猪食一样的酒气，很有派头。中午时，赵勇拉着没有棺材坐的赵小涛下山，说："我的眼睛有眼屎，你没有；我的耳朵夹着烟，你没有；我嘴里有酒气，你没有。"

和尚守在孤寂的庙中对雕像说："佛啊，他们在打麻将，吵着你了；昨天晚上，赵十六爷去找赵永德老人，没找到，就上山来找你；赵十六爷是光脚走上来的，石头尖子割破脚，现在你面前还有一串血印；佛啊，赵十六爷一看到你，就跪，就哭，就张牙舞爪讲，但你一句话不答应；赵十六爷无声地讲，我无声地听，赵十六爷最后是朝你吐了一口痰，说你还不如赵永德，赵永德还知道偷偷喂他一颗糖；佛啊，你不再是我的师傅，我也不再是你的弟子，我只想找三百块钱给你装修装修，骗几年的供饭，现在，我不要这钱，我烧了，你要的话，自个儿去取；佛啊，你看，对面有座山，山上有座坟，坟上有个老人家，小得和蚂蚁一样，抱着自己的墓碑；他死了几个小时了。”

粮食问题

很多天以前，当李志坐在破旧沙发上，数着父亲给自己的钱时，就会想到这个场景。这个场景在初一开学时发生过，现在是高一开学，照例还要发生一次。李志想到，这一天天色阴暗，班主任像是封赏群臣的皇帝，点着各人名字，然后附带性地问一声："你吃什么粮。"吃他这种粮的需要多交一份建校费。李志想到老师这一问时，所有同学都会讥诮地看着他。李志忧虑重重，想爬火车离开县城，将这些皱巴巴的钱一次性花光。

但一想到父亲是蘸着口水，将钱一元一元地点给他，他就知道自己没胆。这个中年男人长着凶神恶煞的脸，肯花一万元的代价买一次李志的一百分。但他却是个开三轮摩托车的。这些摩托车是红乌县政府照顾残疾人生计的，本来叫"拐的"的，李志的父亲托了关系，领到牌照，也四肢健全地去抢生意。李志的父亲早晨都去汽车站守着，遇见中巴车下人，就连拉带拽，非让人坐，不坐就要打人。李志读书的红乌二中离汽车站不远，李志每天上学都要到父亲那里去领两个菜包子。为了这个缘故，李志从不和同学一起上学，放学时也尽量选择街道内侧走。他害怕看见街道上那些喜气洋洋的“拐的”，害怕父亲突然停车，跟他打招呼。

李志知道“你吃什么粮”的答案有两种，但是生活在油泵厂的知青子女和那些副科级子弟只知道一种答案。他们惊奇自己班里竟然还有一位吃农业粮的同学，他们从一出生就吃商品粮，他们不种田不种地，分不清楚葱和韭菜。李志也分不清楚，但是生出他的人是一位农村妇女。这位妇女至今守在乡下种棉花。她没来由地害怕李志，每次上街做完一顿饭，把衣服洗几遍，就悄无声息地潜回乡下。李志拿她没办法，只会和父亲犟气，他曾经暗示过，要给派出所送礼，把自己转成城镇户口。但是父亲给了他一巴掌。这个窝囊的男人说出一句愤怒的话：“有种你考上大学，考上了就是商品粮，考不上回去种田。”

但是考大学是三年以后的事情，李志现在是要生活。李志把那些一元钱找卖瓜子的换成十元一张的。他想到，为什么父亲要给他这么多零钱，是要展示生活的不易吗？李志每次看到那只黑手蘸着口水点钱，一边点一边抖，就会感到恶心。李志觉得自己花钱是小偷。李志走进了校门，又走出来，他看见一辆停在路边的轿车，便对着白亮的车窗照着自己。他觉得自己长得不好，就像每次他都考全班前十名，还是觉得不振奋。他在做这样的假设：如果有人愿拿一个城镇户口换走他的面孔和学习成绩，以及一切可以交换的东西，他都会心甘情愿地成交。但这是不可能的交易。这也是让人丧气的假设。

八点，班主任就要点名了，然后问，你吃什么粮，不是商品粮的话是不是交了建校费，好吧，既然如此，那么现在就交上来。下边的同学多半无事，叽叽喳喳地谈最近的电视剧，陆小凤或者花满楼，直到点到李志的名字。李志将会被迫站起，像蚊子一样低吟："是，我是。"这时所有人都会诧异，停下来看他。啊，他竟然是，怎么是，他原来是。

李志都听得到他们心里的庆幸，还好我们没跟他深交呢，原来是这样的人。

在来学校前，李志起了个大早，核实头天晚上想的方案，比如装病，比如迟到。但是不知道是什么力量，又不可阻挡地将他推回学校。他看见校门上的红旗"扑啦啦"地响，下面是穿着新衣服的同学，他们有的往外走去吃早餐，有的往里走去看教室。李志觉得往外走的人是为了故意看他才往外走，往里走的人也是为了故意看他才跟着他。他觉得自己是穿着人皮的老鼠，走在人群里。

李志缓缓走着，突然觉得一阵肌肉痉挛从小腿传到大腿，他像踩上棉花，心里很空。坚持走过步月桥后，他把书包丢在地上，无限委屈地坐下去。在桥下有一个暗绿的池塘，里边生着残荷，它们把一束不知道叫什么的水草挤到一边。李志看着桥上走过来的人，桥上走过来的人也看着他。李志觉得这源源不断的人，看起来都像已经知道他的身份。他们相互示意，心领神会，就等着老师点名，将这个乡下人的身份正式宣读出来。

李志等到腿舒服一点后，站起来，但是站起来的他，却不知道要去干什么。过了桥有一条环形的水泥路，包着一个大大的篮球场，从路下到篮球场，需要过六层台阶，大约一米多高。有几个穿着吊钥匙长裤的男生在场内投篮，故意不理会那些坐在台阶上的女生，那些女生也装着没看见他们，其实他们很清楚自己都在看着对方。李志偷偷练过乔丹的持球转身技术，他看到这几个人的球连篮板都挨不上，有点想下场的冲动。但是那自早上就有的巨石压在他的心口上，使他觉得真正耻辱的是自己。他是没资格的，他如何过去跟他们说，我也会打球。他觉得自己虽然和别人踏在同样的水泥路上，但只有自己感觉到这是水泥路。而他们轻快地走着，习以为常，理所当然。

李志走到水泥路对面，经过一段土路，来到面包房。他绕到房后拿出半根烟抽起来。当他的背部体会到墙角的阴冷时，房内的香味也飘出来。李志分辨不出这些香味哪个属于羊角面包，哪个又属于夹心面包，他只记得第二节课下了后，同学都会去买一只回来。李志透过窗户看到烘箱热气腾腾的场景，好像烟雾升到天堂。李志仿佛听到上课铃响了，一阵揪心的恐惧锁住他。他突然意识到一场火灾也许可以转移掉所有人对他身份的关注。他想火灾发生后，所有人都会冲出来，拿书包和枝条扑火。他摸摸口袋，想去后门修理铺买点废弃的汽油。仿佛上帝在指引他，面包房就是个好受害者，这个由老校办改建的木屋，肯定易燃。李志向后门修理铺走去，在这途中，他俯身捡了两张旧报纸。

李志神志不清地向后门走。此时，县城流氓雷刚带着一个小弟趾高气扬地朝他骑来。雷刚两只脚搭在自行车龙头上，小弟在后边不停地踩脚踏。李志健步前行。后来，准确地说，是他撞倒了雷刚、雷刚小弟和自行车。雷刚和小弟爬起来，一人照着李志的屁股来一脚。李志觉得他们像是自己的父亲，李志数着他们下脚的次数，他准备到第八脚时鱼死网破。但是雷刚在踹到第八脚时直接将他踢倒在地。他闻到沥青的味道。他扑在地上，看到几个快要迟到者奔跑的脚步，然后他看到自己和树一样长高，长直了。他的耳朵被雷刚拧住，他像一条死狗被提了起来。

雷刚在前边继续趾高气扬地骑车，他的小弟在后边押着李志。李志觉得自己踏实了起来。雷刚把自行车骑得和蛇一样，轮胎几次接触到水泥路的边沿。杨树上的斑点和大块落下的阳光，使李志眩晕。李志觉得时针正在一步步跨近八点。李志听到时间将至时发出的“嘀嗒嘀嗒”的抽搐声，李志挣脱那个小弟，向前冲去。此时上课铃大响。

有着宽阔肩膀的雷刚像辆汽车，栽倒进路边的篮球场。脑袋着地了呢，然后口吐鲜血，估计是要死了。越来越多的同学跑出来，将李志围在中间。李志略带兴奋地看着他们，感受着他们对他的敬畏。英雄在此。学校保卫科的人提走了他。他在穿越步月桥时看见门外忽闪忽闪的警灯，但他听不见任何声音。

就在李志要被塞进车里时，他看到父亲。父亲手里拿着两个菜包子，对着他说了几遍“怎么了”。保卫科的人没有理他的父亲，继续将他往里塞。这时，父亲拉着他们的胳膊，凶狠地说：“无论如何，也要让他把两个包子吃完。”李志扭过头大声喊：“滚。”

都是因为下了雨

那日请客，对象是个南方人。我点好四个菜，等了半小时，他才看着书摸索过来。打招呼时，他抓着我的指尖摇摇，脸上挤出一朵笑，然后一屁股坐下继续看书。我说话时，他只是"嗯嗯"地回应。后来大约是读完一个章节，他丢下书，抓起筷子寻菜，寻到一半放下，说怎么没有鸡蛋呢。

摊鸡蛋上来时，他小心用筷子把它切割为五块，一块块地嚼。鸡蛋不是口香糖，我实在想不出有什么嚼的理由，可这衣着斯文的人竟然咂出巨大的声响。吃了一刻钟，鸡蛋吃完了，他才从忘我的境界归来，不好意思地说："我有'鸡蛋崇拜症'。"

他从这时开始漫无边际地饶舌起来。

他说："不知道你看过《走近科学》没有。有期节目说一个孩子得了'被窝依赖症'，无论走到哪里都要抱着自己的被窝，人们夺下来他就号啕大哭。后来找了专家研究，才知他曾是流落街头的孤儿，被遗弃时唯一的财产就是这床被窝。我也如此，一天不吃鸡蛋就觉得不安全。小时候我们家有只老母鸡，而孩子有五个。老母鸡要生产时，先摇摇晃晃跑到屋前‘喔喔喔’通知一遍，我们五个孩子鱼贯而出，跟到鸡窝，看着它卧在那里，‘扑哧’产下一只蛋来。那蛋起先有鹅蛋那么大，后来变成鸭蛋那么大，最后只有鹌鹑蛋那么大，蛋壳都透明了，可怜那母鸡年事已高，营养不良，下到这份上也算鞠躬尽瘁了。哥哥这时总是小心把蛋捧在手心，在我们的庄严护卫下走向厨房，哥哥要是有了点颤抖，我们就一起喊‘小心小心’。妈妈把蛋摊成一个饼后，切成五块，我们又开始争执起来。也就是那时，我知道人力是无法将一个圆均分成五份的，我们即使吃到大的那块，也以为自己吃的是小的，几乎控制不住委屈的泪水，以为母亲太偏心。说起这种家人间的关系，有时还和春秋战国一样，只有永恒的利益，没有永恒的朋友。有天哥哥吃完，眼巴巴地看着我，遗憾得像条水牛。我当时还没舍得下口，被看得实在不舒服，就分一小半给他。谁知哥哥吃了，又‘嘿嘿’笑着从饭里刨出一块来——原来是他妈的藏着了。我去讨要时，他端着碗一溜烟跑了。我再没碰到比这更让人愤怒的事了。”

我说：“原来如此。”

这时他把书翻开，指着其中一个标题说：“你看，胡安·鲁尔福写的，‘都是因为我们穷’。这话锥心刺骨，我谈了七次恋爱，四个姑娘嫁到港台，其中一个重逢时是在江边，对面就是一艘大轮船，她拨打手机，那轮船鸣笛三声以示回应。那时我总是想，台湾人把我的女人收割光了。然后又想去洗浴中心对那些满手老茧的老妓女耳语，都是因为我们穷啊。我想这对她们是多大的宽慰啊。可是多读几遍这句话，又读出险恶来。‘都是’这两个字很霸道，扒窃、赌博、强奸、打劫、杀人、堕落，都是，都是因为我们穷，都有了正当性。这就好像老天飘落一纸授权书，授权你去干任何事。我不喜欢这样，可是面对那些哀伤而愤慨的记忆，又找不出比这更好的话了，这话好像万能的泻药，把人生便秘的东西都排出来了。”

我听得晕乎，对方却越讲越欢，刹不住车。他先是讲到南方的冬季，风像针尖一样刺上来，寒彻入骨，这时加衣，在内裤和外裤之间加一件毛线裤。孩子们穿不起毛线裤，就以蓝色球裤替代，那球裤两侧缝着白条，柔软，单薄，和载重自行车、老式收音机、呼啦圈一样，是那个时代的典型记忆。而这球裤穿得久了，又穿出习俗来，因为总穿在里边，就有了隐私的意思，和内裤一样，最好不要显露出来。接着他又讲到中学老师法眼如炬，开学第一天就能判别谁适合从政，谁会造反，谁以后要劳教，谁又终生碌碌无为，老师看了一遍，就让一个叫农红的女孩当了班长，理由是她眼神、腮帮和高昂的头颅有江姐的意思。事后证明老师是对的。班里有个差生叫老鼠屎，十七岁长到一米八，威武而龌龊，在初中时祸害一方，把老师整哭了。可是这厮第一次在高中造反，就被农红镇压了。农红说："何爱民同学，请你回到座位上去。"老鼠屎叉着腰说："老子就不回去，你能拿我怎样？"农红说："你不要无理取闹，何爱民同学。"老鼠屎说："我就要无理取闹。"农红说："怪不得人们说你是老鼠屎，一粒老鼠屎坏了一锅粥，我不信今天管不了你。"老鼠屎拔好衣袖，说："你说谁是老鼠屎？你说清楚。"农红打了他一耳光，说："我说你是老鼠屎。"老鼠屎拔出拳头要反击，农红把脸挺上去，说："你打，你打。"众人上来架住老鼠屎，农红又上来抽他一嘴巴，老鼠屎像是掉进网里的鱼，翻跳起来，可是农红已经举起一把凳子砸过来，是真砸，挡的人差点被砸骨折。老鼠屎大约没见识过什么叫嫉恶如仇，什么叫大义凛然，仓皇软下来，笑嘻嘻地说："打是亲骂是爱。"然后他的鸡巴就被农红踢了，据说肿了好些天。家长到学校来告状，告着告着就说："谢谢你们啊，你们教育得对。"老鼠屎一世英名毁于一旦，竟辍学了。而农红呢？踢完人后，面不改色地走上讲台，说："大家继续复习。"

我说："农红一辈子也不曾低头吧。"对方苦笑一下，说："这大概就是我要讲的主题吧。"我说："到主题了？"他说："是啊，我先说下南方的雨吧。南方冬天，雨是细的，绵的，风刮一下就飘起来，可是阴冷，十几日让你走泥巴路，让你衣服干不了。你们北方就不一样，北方天气不会湿冷，晾衣服容易干。那时我时常就为这个着急犯愁，我家有五个孩子，老大穿不下的衣服老二穿，老二穿不下的老三穿，如此接力，到我头上存货并不多，天一下雨，就没得选择了，衣服不是短了点就是长了点。我不肯穿，可是母亲面有愠色，母亲说，怎么就不能穿呢，怎么就穿不得呢，讲究什么呢？我还要犟，母亲就抛来一件她的裤子，说，你试试吧，看能不能穿。”

我说："主题，主题。”对方说："就快到了。农红和我家一样，家里有五个孩子，分别叫工红、农红、商红、学红、兵红。农红比我们家还穷，我估摸着天下雨了，她在家里比我还窘迫，也一定气呼呼地和老娘争执，说我不做你女儿了，做你女儿真可怜。可是这么想，我又觉得是在玷污人家的神圣，农红不应该像我的，不会为这点鸡毛蒜皮的事争得面红耳赤。农红长年累月穿着的是一条的确良旧裤子，可是这裤子穿得干净、挺括、有骨气，谁也看不出上面写了寒碜和局促，而且我总是想，倘若她不穿这条藏青色的裤子，对她的尊重也会减去不少呢。农红就是这样一个人，因为过于高尚，甚至对同学构成了压力，有时对面而行，大家还要低头，好像自己终归是有罪的。可老天总会露出它残忍的一面。却说这日，雨下了一个礼拜终于停了，天在早晨悄悄显亮，我们照常上学，我踩着上课铃入座，习惯性往后边望了望，却发现农红没来。这是很诡异的事，这个班谁都缺过课，就农红不可能，难道女强人也会病？这么想了一节课，再回头时，发现农红已经坐在那里，正拧着眉头抄笔记，那阵势就好似笔记本和她有仇，笔尖几乎要把纸面全部划破。我想农红也知道从后门进来了，当时老鼠屎迟到，就是猫着腰从后门进来。第二节课是英语课，英语老师最喜欢农红，照例要让她回答问题，往日农红都会‘唰’地起立，干脆利落地回答，这日却扭扭捏捏装作没听见，老师唤了几次，她才扯扯滑雪衫下摆，恐慌地站起来。我们看到那个站立者的脸上，红色像火柴一样，‘呼啦’一下被擦亮了。连耳根也红了。老师好像看出什么，说：‘请坐。’可是农红却仍然战栗地站着。老师又柔声说：‘请坐。’农红才惊醒过来，重重坐下去。然后扑在桌子上睡起觉来。”

我说：“发生什么事了？”对方说：“别急啊。到了课间操时，我们稀稀拉拉走到教室前，把自己像秧苗一样栽种到合适位置，我记得老鼠屎曾经的位置是树边，我的位置是一个有石尖的土面，而农红的位置则是旗杆下，那是领操的位置。可是这个位置如今空着。别的班级班长都来了，就是农红没来，班主任走到教室门口大喊：‘农红，农红你怎么了？’里边大约咕哝着说病了，可是没有得到班主任的认同，班主任说：‘出来。’广播快要喊‘第六套广播体操现在开始’时，农红磕磕绊绊地走出来。当时有的同学张着手臂，正等着做动作，忽然痴愣了，当时我咳嗽不止，忽然也不咳了，操场上一千多号人全部傻眼了，失聪了，什么也听不见，就看着农红像个被打断脊椎的人，凄苦地走到领操位置。平时我们做操，懒懒散散，蹦蹦跳跳，好像两下就结束了，这日却觉得特别漫长，一二三四五六七八，二二三四五六七八，三二三四五六七八，无穷尽也。我们看着农红一次次沉重地展开手，一次次沉重地弯腰，就好似一个笨拙而努力的木偶。风刮过来时，农红柔软的裤子被刮到一边，大腿和小腿的形状露出来，我们像是看见一个人在赤身裸体地做操。我们悔恨自己长了眼睛，这一千来盏手电似的目光，几乎可以烧化农红了。广播一停农红就跑进教室，像匹长着蓝腿又气又急的驹子。”

这时，我打断他说："农红到底怎么了？"对方好似不解，说："她穿着蓝色球裤来上学了啊。她没有裤子穿，所以穿着球裤来上学啊。你可能还是不理解，蓝色球裤在我们那里又叫贴肉裤，和内裤一样，是不能穿在外边的。你就这样理解，有个女人穿着内裤走在街道上了。这样不好理解，你就想有个女人穿着光光的丝袜上街好了。上次，我在宾馆洗澡，洗完才知没带换洗内裤进去，出卫生间后正好面对一面镜子，我就看到自己套着上衣，下边什么也没穿，包皮、阴囊和阴毛清清楚楚露着，想躲没处躲。在我意识到房间内只有我一人时，羞耻心才消退，可是又害怕四面墙忽然一下倒了。我就想当时要是像《读者文摘》说的那样，大家都在操场上把外裤脱下来，和农红一样露着球裤做操，会是多感人啊。可这不是扯吗？”

我说："那农红以后呢？”对方说："后来农红还是认真地做班长，有时候都觉得她做得用力过猛了些。高三下学期前，她成绩排在前两名，考大学应该没什么问题，但是到了下学期，一个油腔滑调的男生天天跟着她下课，就把她跟到手了。后来高考竟然只考了我们班三十几名，差分数线一百多分。”

我说："可以想象。”对方说："是啊，可以想象。”我说："那后来呢？高考以后呢？”对方这时莫名其妙笑了，我以为他还要笑时，他刹住，说："后来，农红跟我讲，大轮船好好玩啊，太阳好的时候，甲板能把脚烫死，工人们要浇好多好多的水。”

再　味

命题：上海是什么?

谁能说清楚呢，谁都可以搜索出一些简介来，比如它是西太平洋一座国际港口城市，是中国最大的经济中心，简称沪，别称申，马上要举行世博会了。但是你满意吗?你不满意。我说我来的时候，这里的高架桥在滴着寂寞的水，现在那里奔驰着无声的车辆，像带着光芒的子弹对射，这么说你也不满意。可惜你请的咖啡了，我是完不成你的采访任务了。再来一杯咖啡?吃定我?你还真有点意思，我憋一点是一点吧。我还没来上海时，总觉得它是糖果，是乌托邦，是女人下边看不见摸不着的宝贝，现在好了，一日就知道平常了。什么?你说我把答案说出来了?上海是中国人心目中的女性阴部?哈哈，你真逗。就讲这种不在场的印象?就当我没来过上海?这也能讲?好吧，我现在倒是来这上海了，只能讲我以前没来时的感想了，你将就着听吧。

我对上海最初的印象来自一只尼龙包，水泥色的，画着外滩和高楼，楼上写着两个字（“上海”），字下边还配汉语拼音（“shanghai”）。当年这包就很土，谁拎它谁就是农民。我舅舅就是一个农民，就拎着它，出门和人算炭钱。我舅舅提着这包来我家时，谁也没在意它，我在意了，我看了包上方方正正的楼，又看了外边的土砖墙和远山，觉得世界大了。

我问舅舅：“你去过上海吗？”舅舅说：“没去过，你以后去啊。”我问怎么去，他答道：“考学啊。”这么说的时候，他突然有点不好意思了。因为我三表姐考了七年大学，七连败。

我三表姐最后一次高考时，晕倒在现场。当时是我舅舅借板车，把她拖回家的。回家后她卧床不起，谁也不能和她说话，一说就急。后来同学带来志愿表让填，她说你帮着填吧，第一志愿是复旦大学，第二志愿是复旦大学，剩余的也都填复旦大学。说完又倒了。

那个时候我舅舅还请了神婆来，说女儿得了疯病，要叫叫魂。神婆从田野叫起，“嗯嗯啊啊”越叫越响，快叫到家门口时，我三表姐披头散发从屋内蹿出，我舅舅一家措手不及，眼见她跑远了。大家以为她饿了会回来，但一直没见回来。

几天后，我舅舅报了案，警察走了个过场，就没再查。

我舅舅就哀叹，当年要是用绳子把老三绑到小马家就好了。

人家马家拉煤，有台东风车，少说也是个万元户，就是这样一个好家庭的公子，迷恋老三，老三复读，他也跟着复读，没事的时候，还偷偷开东风车给这边送新鲜猪肉，不费汽油吗？汽油不值钱吗？这么一片苦心，老三瞎了眼，看不见，竟然要赶人家走。人家也是有尊严的啊，你赶了一回人家来二回，赶了二回人家来三回，三回你再赶，人家就不来了。

后来，我舅舅不知哪根神经搭错了，放榜的时候竟跑到学校去看。现在想，他当时去是带了微小的愿望的——万一我三表姐中榜了呢？那也是个说法啊。但是他从老师那里接到纸条后，算来算去，也只算出一百六十一分。他不懂，就问旁边学生："一百六十一高不高啊？"旁人说："高，实在是高。"我舅舅五迷三道，就又跑到老师那里去问过，老师把手插在裤兜里，眉毛拧作一处，连说了六个"怎么说呢"，我舅舅就懂了，就管不住鼻涕和眼泪了，就跟疯了一样，跑到街上，跑了几里路，才知跑反方向了。

我舅舅在回家路上碰到第一个熟人后，气喘吁吁地张开左边五根手指和右边两根手指，说了一句"七年啊"，也晕倒了。

我老是喜欢跑题。

我们家很快就搬县城去了，我也就到县中读书了。老师不知怎么发善，把我安排在班里最美的女生旁边坐了。这女生叫孟瑶，多么高贵的名字啊。我也就是那个时候开始发育，开始做梦，我老是梦见孟瑶赤身裸体站在我面前，让我盯着她那里看，那里却是和手臂、脖子一样，光溜溜、光滑的。

这个孟瑶美到什么程度？说高了你不信，说低了我自己也不同意。五官没什么可挑剔的，眼睛很黑，嘴唇很薄，皮肤很白，白得透明，能看到皮下隐藏的蓝色静脉，就像一尊光洁的瓷器，一尘不染。我就不同了，我照镜子时，老是看不下去，这无疑也增加了我暗恋的压力……这个女人品性其实不好，走路的时候仰着头，有天然的优越感。我很害怕和她交流，但是我必须说，正是她告诉了我上海是什么样子的。

她说："我们上海人不像你们乡下人，把橡皮擦叫'涂'。"她说："我们上海就没有一寸土，也没有一寸柏油，全部是水泥，我们从不跌跤。"她说："我们上海的路上，一辆车接一辆车地飞驰，全部是轿车，东风就不能上街。"她说："我们上海人上楼根本不走楼梯，我们坐电梯，电梯你没见过吧，'嗖'的一下就上去了。"她说："我们上海人就没有长得丑的，男的也用香水。"她说："你们这些人还没吃过口香糖吧，味道就是这样的，你闻到了吗？馋死你。"

她说的上海就像个百宝筐，应有尽有，就像天堂，纯净如冰。我每听一次，就委屈一次，愤怒一次，老想拿家乡的好处教育教育她，但一直没找到很好的证据，后来索性想揍她了，但也就想想而已，想多了，又想到她下身去了。

那时，我和一帮混混慢慢混到一起，很快就从一个人的家里找到一本医学解剖书，看到女人那里，沟沟壑壑，险恶得很，可怕得很，让人失望得很。但我相信孟瑶有另外的构造，仙女都会有另外的构造。

孟瑶那时总是憧憬，自己有天会和父母一起回到上海。我们也相信有这一天，人以群分，物以类聚，这么美好的女孩就应该待在天堂。如果真这样的话，她就把我们完完全全抛弃了。我们继续待在封闭的县城，而她永远地遥不可及了。

后来有一天，我父母忽然回乡下了，竟然是去看望我三表姐。据说我三表姐不单回来了，而且还带回一个老公。我父母很兴奋，但他们回来时，兴致不那么好。我妈妈说："那男的比你舅舅都老，你舅舅可以叫他哥了。"

我心说：我三表姐不算美人，但还算年轻啊，怎么就嫁给一老头呢。

我妈妈说："老是老，可是个上海人，劳改到我们这里几十年，总算放了，要放回上海了。"

我当时只觉上海是个残忍的城市。后来我到省城读书时，也觉得省城是个残忍的城市。我的辅导老师是中国人民大学法学系毕业生，却只能娶到一个国营工厂的钳工，那钳工长着倒葫芦脸，丑不说，还刁蛮，竟然在喝喜酒时跟我们说，你们这些外地孩子啊，记得不要随便吐痰。我当时真想吐一口到她脸上，什么玩意儿，什么东西。

我舅妈后来来我家，叹息了半小时，说万没想到老三出门的心这么大。我妈妈说，考学考那么多年，就已经说明了啊。两个女人就要抱头痛哭。

不过这倒霉的气氛几个月后就消失了。因为大家慢慢意识到有个亲戚在上海还是不错的，外人见了也总是说，不错啊。他们才懒得管那男人是花甲老人还是后生小伙。他们就羡慕上海。

我们家当时装了电话，三表姐在上海有什么事，会打电话给我妈，我妈就跑到车站叫人往乡下带信，这也算是我们的光荣了。这个电话传递了很多重要信息，比如：

三表姐生了个男孩，叫淘淘。淘淘没有上海户口。三表姐开始送货，早上起得很早，天冷，冷得人总是哭；三表姐说想做个批发的店，看老六老七能不能去。结果不但六表姐七表姐去了，结婚了的四表姐五表姐也去了。三表姐的店越开越大，说是要搞股份制，看大姐二姐能不能投资入股。结果大表姐二表姐都凑了两万汇过去了。后来乡里有些闲钱的人听说生意做得大，越来越发财，不让入股，也把钱汇过去了。这样股份就越来越多，我们那个乡去上海打工的都投奔到她手下去了。

至于她老公，老早就把一条腿架在棺材上，不死不活，坐看风云。我三表姐说婚姻就算了，一切只为了淘淘的尊严，淘淘有未来啊。

我三表姐在电话里，一直是用溜溜转的土话跟我妈妈讲。讲着讲着，有那么一天，就讲出上海话和普通话了，我妈妈就听不懂了。三表姐有些不耐烦，说：“再味（会）。”匆匆挂了电话。我妈妈很扫兴，很失落，跟我们学了一句“再味”，眼泪都要出来了。

后来，我妈妈就愤恨地说：“老三是有点假了，有点轻了，跟我说上海话了。”

我本来可以拿三表姐在上海的传奇经历向孟瑶发起反击的。但三表姐成事的时候来得晚了些，孟瑶带着对我的鄙视从初中毕业了，而我则升上高中。我失落得不行。

后来，我在油泵厂门口见过几次这个女人，她手里抱着一只毛茸茸的小狗，有一眼没一眼地看着夕阳，不看我，我慢慢也就知趣了。后来据说有个街道流氓花大力气，文武并用，要追她，把她吓到远亲那里去了。

你可能说我很贱，一个这么傲慢的女孩子你还热爱着。现在想来就是很贱，不单我贱，我们班的男生都贱。说起来，我们竟然认为她有这个资格——她固然傲慢，但也是只傲慢的孔雀啊。

这么说，还有一个元旦晚会的事情。当时大家唱歌，多是模仿谭咏麟来个《水中花》，你是“强要留住一抹红”，我也是“强要留住一抹红”，就像毕业留言册上写的，你写“祝愿发财”，我也写“祝愿发财”，思想贫瘠，毫无创意。但轮到孟瑶出场时，看到她一袭白裙，下巴还卡着一台小提琴，我们便震呆了。我们县城的、乡下的父母可从来不教我们这个。

那天灯光很好，我们都看到那睫毛投下的阴影，和里边汩汩而出的气质。我们被莫名的哀伤集体击倒，我们固然贫穷、贱、丑陋，但却都有了伟大的心，都想把她的头抱在臂弯，好像她就要哭了一样。而最让人难以释怀的是，她拉完《二泉映月》，慢慢把小提琴放到身前时，还鞠了一躬，起身后我们看到她泪眼婆娑。我们也几乎都要泪眼婆娑了。

我是不是又跑题了？你是一个好的听众，你勾起我叙说的欲望。再来两杯茶，我埋单。换啤酒吧，上两瓶。我有些情绪了。我接着孟瑶说，我想说的是，后来孟瑶失踪了，我们看不见了，我们就以为她在上海过好日子了。

后来我从苏州的软件公司跳槽到上海，第一天就缩在高架桥下，被上边滴下的水击中了，就寂寞就冷了。我就去百盛百货买衣服，我买好一件外套，往外走，突然又被尿意召回了。我在琳琅满目的商场里到处转圈，到处找，就是没找到厕所，却猛然见到孟瑶的背影了。我脸红透了，化成灰都认得，却不敢去认。我就在那儿站着，直到她转身。

她脸本来是僵硬的，又很快眯眼看了我一下，接着眉毛挑起来，最后是凄惶一笑。她用虚弱的声音说："'涂'，是你啊。"

我竟然还有点幽默感，我接口说："我不是'涂'，我是'橡皮擦'。"

孟瑶又说："你现在知道了吧，这里没有一寸土吧。"

我轻微地反击了她千疮百孔的傲慢："还是有点柏油的。"

我原以为她接下来要"嗤"我一下，但是她却又一次凄惶地笑了。我正准备问她现在在干什么工作，膀胱又受不了了，便转口问厕所在哪儿，她熟练地一指，我就走掉了。我在厕所快快地抖着"老二"，但是尿怎么撒也撒不完。我就猜想孟瑶现在干什么，这样我就醒悟过来，她穿的衣服和别的导购穿的一样，她就是一导购。导购拿多少工资呢？五百？八百？我没多想，毕竟是个活仙子在眼前，毕竟是他乡遇故知，我觉得厕所为什么离买衣服的地方那么远呢。

我回到原来位置后，却没看到她。我问别人，别人说她下班了。我在里边转了几圈，一无所获，后来几天，我又去那里收获，仍然一无所获。再后来，我每个月都去那里突袭一次，还是没有见到她。

她是彻底消失于我眼前了。

你问得好，我到上海来为什么不找我三表姐？因为她进局子里了。说来话长。我在苏州的时候，我妈妈就跟我说："要是三表姐打电话向你借钱，你就说没钱。"我说"好"，我确实没几个钱。我问她怎么了，我妈妈说出事了。

据我家人说，我的三表姐公司越开越大，大到最后就像关不住的水龙头，缸太小，水太多，多余的水要转移。这样三表姐就去中部的一个县级市考察了，这一考察喝了洋酒，就和市委书记、市长相见恨晚，决定投资了。起先谈好搞地方特色，后来觉得前景堪忧，就改为模仿一家大的合资企业的生意了。

那时我们家乡很多没钱的人看到机会来了，纷纷借钱，去入她的股。这样我三表姐就身携巨款，君临那个县级市了。具体做的时候，她制定了两个方针，其实是一个方针：

> 节约一切成本；
> 争取早日分红。

这样生产了几个月，县级市里的人就习惯喝这厂里生产的饮料了，回报滚滚来，但那被模仿（这样说吧，就是被假冒）的企业却及时递来一纸律师状，当地的合伙方一看赚的还没罚的多，马上组织黑社会把机器抢回家了。我三表姐这时才知道自己是外地人，根本不是什么自己人。她的钱“哧溜”一下见底。接着我家乡的亲戚们一个个上门讨债，讨要股份，手里都拿着她签的字，弄得她焦头烂额。

我三表姐就是这样失魂落魄，魂不守舍，悲哀地坐火车回上海的。路上有个卖假币的，不知怎么就看上她了，一番迷魂大法，让三表姐用仅有的两千真钞兑换了两万假钞。

我三表姐摸着重新厚实的钱包，就像断炊的烟民摸着厚鼓鼓的一条假烟，有些迷糊地得意着，大概想到东山再起了。但是在到站后第一次买烟时，她就被店老板偷偷打110了。警车开过来时，我三表姐对自己的处境还是浑然不知，正在慢慢“嗞”着摩尔香烟的味道。但当警察一伸手捞她胳膊，她就晕倒了。

我也用过假币，但我自己是不察觉的，所以店老板一般都提醒我。三表姐也是不察觉的，但人家在她包里翻出一张，又翻出一张，一共翻出两百张，这就有问题了。我三表姐据说是被抬进警车的，整个人垮得厉害。

我三表姐考大学考七年没考上，卖饮料卖七年才卖出点名堂，转眼基业就没了，不垮才怪呢。后来的故事比较简单，这个社会就是这样。你记得余华写的《许三观卖血记》吗？人家要抄许三观的房，许三观还招呼媳妇倒茶。我舅舅也是这样，我舅舅拿出几包廉价烟，挨个发烟，但都被挡掉了、扔掉了、捏掉了……满地都是烟末子，我舅舅还要一个个发。

那天乡下的股东们都来了，像挤春节的火车一样，挤到屋里，这个提椅子，那个抱桌子，这个拆床铺，那个卸玻璃，什么值钱的都拿走了，值几毛钱的也拿走了。没抢到好东西的还要打我舅舅，我舅舅视死如归，所幸旁人出面阻拦，说："你们打死他，他就没偿还能力了。"大家这才作罢。

最后赶来的人，在屋里转了足足有半个小时，什么也没捞到。我舅舅见他辛苦，就从内裤里掏出手表来，说："给你，最后一件，不能亏待你。"

那人惊诧地看着我舅舅，恶狠狠地说："你别以为这样就可以了。"

我舅舅点头哈腰地说："是，是。"

人都走光了时，我舅舅才感觉到累，倒在几捆干稻草上，看着空空如也的四壁，酣睡过去。而我舅妈在医院也被抢救过来了，医院催着要钱，我大表姐二表姐吵了起来，一个说老三虽然没还你钱但给了你工资你应该付，一个说我辛辛苦苦在那里拿工资是应该的大清早的你去送牛奶试试……

我记得有人说过，女人那里，你看不到时，它美得和什么一样；你看到时，它又是那么丑陋。我们那里还有长辈怕后生犯生活错误，总是说别碰那东西，女人裤裆里带刀，吃人。就说这么多了，我还有事，再见。

百分之五十

这个城市，每个人的脸都长着经验，厨师如此，工人如此，小偷和小学生也如此，大家下了公交车，就奔到熟悉的领地，有条不紊地生活着，好似错综复杂的卫星，按照上帝旨意井水不犯河水地运转着。就连乞丐也是这样，在地下通道放下被窝后，先来几个俯卧撑，好几个月了，都是这样。

这天，只有叶森的生活稍稍有了点偏离。早上，他接到一个意外的电话，匆匆坐起来，又被困倦驱赶回被窝，最后却还是被“非去不可”四个字挟持了。人都会有些非去不可的事，比如父母死了，老师做寿，老婆发阑尾炎。这次的麻烦来自堂弟叶森。

堂弟在电话筒里悲哀的声音提醒了叶森，他叶森在某种程度上还是莫家镇的后代，还不是省城与生俱来的贵族。早晨的风像悬挂的冰砖，一块接一块蹭叶森的脸，使他愈加清醒，这一切得来不过偶然。倘若在小学的某次野炊他没有被找回来，也许就让野狗吃了，就变成一堆狗屎了；倘若高考前的一个夜晚他没有把阳具从一个女人腹内及时抽出来，那喷薄而出的精子很可能就繁殖出一个仓促的孩子和一张仓促的结婚证来；倘若高考时他在做那道题时赌的是A，就丢两分了，就正好落榜了……他擦掉A，用2B铅笔重新涂上B，这样他就进了一家师专，后来又考研考到省师大了。而叶森恰好相反，成绩与叶森差不多的他，在考前削铅笔时不小心削破手指，流血不止，方寸大乱，结果少了四分。这四分让叶森在莫家镇做了一个惨淡经营的油漆商人。

有一天夜里，叶森看书，看到下边注释区里有一个简短的故事，心情灰暗。故事说，双胞胎的哥哥出生后不久就死了，多年后，成为作家的弟弟对母亲说："活下来的是哥哥，我早就死了。"叶森那天夜里做了一个噩梦，他从温软的席梦思上升起，穿过薄如蝉翼的天花板，来到青穹之上，俯身注视莫家镇。莫家镇仍然局促如木刻，仍然散发着幽蓝色的光芒。一辆拉煤的车修好轮胎，"吭哧吭哧"地走了。几个临街的商户打着哈欠收拾着摆放于外的货物，而叶森也拉下了卷帘门。叶森被难闻的油漆味熏了一天，此时走路东倒西歪，但黑暗正是经验的一部分，他安然地回到家，推开木门，拉亮灯泡。那光明起先暗着，吸引着几只奄奄一息的虫蛾，后来有限度地亮起来，这样，斑驳陆离的家具、盖着小孩尿布的摇椅和墙上快要掉下来的年画便一览无余了。地上的叶森伸手捞了捞裤裆，确信那里还有生气后，便打着酒嗝找打鼾的娘子，褪她的大红短裤。短裤褪到一半时，叶森朝天空望了一眼。

这一望便把天上的叶森吓落下来，便把梦中的叶森吓醒过来。他不知道自己在梦中见到的是叶森还是叶淼，他觉得自己真的好像还在莫家镇活着。他感觉夜晚随风舞动的柳树条和电视天线栩栩如生，像是手，像是锁链，像是判官，就要将他锁死在无法过活的小镇，他极度不真实地看着床边的电话、床上的老婆和老婆热烘烘的睡衣，看了很久才看出安全感来。他想，他还是省城一所中学的老师，叶老师，孩子们都用普通话喊他，叶老师。这样，他又唏嘘起来，唏嘘命运是不可预知的河流，因为某块石头、某条山脉、某次工程、某次天气，走向不同的河床，碰见不同的花朵，有了不同的结局，有的成为地下水，有的变成海啸，有的索性蒸发于旱地（就像生命死亡于一次意外）。他和堂弟就正好是两个完全不同的造化，两条完全不同的河流。

前年春节叶森回家时，看到的堂弟，长着和他一样宽阔的面庞，一样高挺的鼻子，一样干瘦的身材，却让皱纹在眼角似发情的蜘蛛，尽情驰骋开了。那是乡下人的老相。那次回莫家镇，叶森已经看出堂弟安然于上帝分派给他的角色。堂弟眼里闪着激动的火花，以乡下人的谄媚向叶淼妻子郑晓蔚敬酒。堂弟说："嫂子，我哥小时候拉屎在板凳上，鼻涕总是挂着，大家都叫他鼻涕罐。嫂子，你当初是怎么看上我哥的呀。嫂子，你必须喝完，你不能看不起我这门乡下亲戚。"叶淼当时很不舒坦，便招手把侄子引过来，施舍给他一只汽车模型。那小侄子捏了捏它，想控制住笑控制不住，未几又用袖子擦掉鼻涕，极其无耻地看着叶淼，叶淼便又施舍他一只变形金刚。这一施舍施出祸了，那天，侄子的双手紧抱叶淼大腿，抱了一下午，上厕所也不饶。夜晚，叶淼褪下裤子，看到腿上青一条紫一条，哭笑不得。郑晓蔚说："乡下孩子啊。"叶淼没说什么，也只有这时，他才发觉自己竟然对老婆怀有爱意。这个机械厂的普通女工穿白色羽绒服，戴假金子，擦大宝SOD蜜，在省城不算什么，在莫家镇却超凡脱俗，让众妯娌好一阵"啧啧"，众妯娌的手都是皴裂的。

叶淼在莫家镇待一个晚上就想回到省城，在省城他可以坐在马桶上看报纸抽烟，在这里却要伸手到床底下捞痰盂。那痰盂一揭开盖，便冲出一股呛人的氨肥味道。叶淼一只手端痰盂一只手捉着鸟儿，几次想拉，拉不出来，最后急一下缓一下算是拉掉了。拉掉了，叶淼就对郑晓蔚说："拉拉？"郑晓蔚厌恶地说："拉你妈。"

穿过地下通道，就看到省第二人民医院了。它被草坪、铁栏杆和花圈店簇拥着，是个哥特式古堡的模样，看起来和麻风病院、精神病院没有区别，看起来就是被隔离的。还在老远，叶森就闻到里头飘出的福尔马林的味道，他对这味道很敏感，很恐惧，总是以为会窒息在里边。

叶森在踏上医院台阶时，想自己是不是应该回去，但非去不可。堂弟叶森，乃至整个叶氏家族，也只有叶森一个亲戚在省城了。叶森吸了一口气，盘算好话语，进去了。一进去，那些喜气洋洋的实习护士和奄奄一息的病人，就构成鲜明对比，病人越呻吟护士越兴奋，护士越兴奋病人的死亡气息就越重，那死亡的霉斑从肉体延伸到桌椅、垃圾桶和墙壁，像是密不透风的网。叶森想自己不能和这些人接触，但又必须表现出一些同情。我很同情你们，你们让我感同身受。

上到三楼造血中心后，病房正在搞消毒。叶森透过大门玻璃，看到一股白色的气体萦绕其间，而叶森正抱着头坐在对面的椅子上。那身躯一动不动，将自己包在一个世界里，就好像在展示堂弟对城市的态度——有些恐惧，有些委屈，有些愤恨。不是因为疾病，他永远不可能来这里。而现在，他来了，听着窗外汽车兀自奔行的“哗哗”声，可能觉得城市就是招灾惹病的罪魁祸首。

叶森走过来，推开门，叶淼看清楚了他，他脸上挂着干枯的泪痕和眼屎，嘴唇不停哆嗦，他好像遇见救星一样，捉住叶淼一边胳膊，闷头下去，许久才说一声："哥呀。"

叶淼拍拍叶森的肩膀，说："别难过，又不是没希望，现在科技发达。"

叶森又哭了好一阵子，叶淼的手在裤兜里捏来捏去，想抽出东西来，放弃了。等到叶森哭好了，哭静默了，叶淼问："怎么得的病呢？"叶森叹息一声说："油漆熏的。"叶淼又问："有治愈的希望吗？"叶森说："医生说还有百分之五十的希望，来晚了，开始的时候走不得路，还以为是骨头出了毛病，找了县城的骨科，看了很久才有个医生说，怕不是白血病吧。"叶淼说："这病也不是不能治，有希望总比没有希望好。"叶森说："是啊，我们做父母的，只能替他活了，治得好治不好都是要治的，就算把自己毁了，也要治啊。"

叶淼听得心里一紧，就好像叶森在说："是啊，你们做亲朋的，只能替我活了，治得好治不好都是要治的，就算是把你们毁了，也要治啊。"

叶淼这样想，叶森果然说："我的本钱都丢进去了，现在准备卖房子了，房子卖了卖床，床卖了卖枕头，到时候大家都出一份力吧，我借，我还要活好多年，我还。我想大家有闲钱的没闲钱的，都借个两万三万吧。”

叶淼听得，猛然看到日后一个场景，恰似电视里绑架的场景：戴着面纱的叶森拿着匕首，像宰一群鹅一样，挨个收割熟人，叶淼也瑟瑟发抖地站在其中。叶淼突然觉得这个堂弟很是狡黠，不禁冒了半身冷汗。叶淼又想到是时候了，这个时候给比任何时候都好，这个时候还有点主动权，便从裤兜里掏出信封，塞给叶森。叶森当仁不让地接了。

信封里有五千块钱。早上出门时，叶淼瞒着老婆，打开柜子，拿出一万，想想又拿掉七千，数了一遍又一遍，最后数出五千。五千正好，五千符合叶森第一次的奢望，多了露财，少了说不过去。

叶森还在说一些化疗的事情，叶淼小心地听着，找准一个空隙，插了句闲话，说我现在情况也不好，岳丈没得那个病就好了。叶森好似没听见，仍然沉浸在悲哀当中，牙齿一开一合地说。这悲哀有时像是发生在叶森自己身上，有时又像发生在别人身上。叶淼听得焦躁不堪，就说去见见侄子。

隔着病房的玻璃，叶淼看到剃光头的侄子面色如霜，毫无生气，像张画皮躺在床上。叶淼心想，还好这毒没消完，但他还是少不了伸伸舌头，对着玻璃里惊动的侄子做鬼脸，“咧咧咧”。侄子冷漠地看着他。

叶淼说:“时间不早了，我还要去监考。”

叶森说:“我送送你吧。”

叶淼说:“不用了，真不用了。”

叶森说:“好吧。”

叶淼说:“有事尽量联系我吧。”

说完，叶森就后悔了。不过，在他三步两步走到楼下后，还是感觉呼吸一下通透了。

有两天的工夫，叶森害怕时间走动，仿佛这时间到达一个期限，他就必须再去二院了。间或他又想自己是不是应该把余钱借给可靠的朋友，这样在叶淼找来时，他可以摊开双手说，唉，半年前借空了，套牢了。这两日，叶森害怕门铃突然响，电话突然响，害怕叶淼突然凄苦地说:“哥呀，在生死线上了，要用钱往上堵了。”

叶森想扯掉电话线，又觉得自己实在过分。这样噩梦了几回，他就想自己为什么要在省城呢，孤零零待在省城好难受啊，朋友啊，亲戚啊，谁来了都找他，谁出事了都找他。他又想自己不仁不义，人家毕竟是条命，没操过人，没吃到鱼翅，眼见着要死了，自己是见死不救。

这个当儿，老婆郑晓蔚的盛怒及时到来，大约也没有比这盛怒更痛快的事情了。

郑晓蔚发现钱少了五千后，大吡："你也不算算你的工资多少？你每月三千五，一年四万到头，我每月一千，一年一万到头，加起来五万。五万，你抽烟一年抽一万，看书一年看一千，吃饭一年吃一万，还要买衣服，买家具，你余几个钱？我们这是没要孩子，要了孩子你怎么活？你自己都没得活，还管别人死活！好，别人活了，你倒是死了。你牛×，你仗义，你这么多年处那么多朋友，大手大脚，仗义疏财，有朋友回报你吗？你是万世的好人啊！"

叶淼惴惴地回应说："不是朋友，是兄弟，是老三。"

这回应就好像往滚油里洒水，把郑晓蔚惹爆了。"兄弟？就你那兄弟？他自己开店发财，怎么老扯用你的钱？你说这过年回去，也没见他给你什么，就是你又买这个又买那个，生怕怠慢了。现在好了，他照应不照应你，倒来吃你了。你以为白血病好玩，是感冒啊？那是无底洞。你有多少钱，他吃你多少钱；你有多少血，他喝你多少血。你要是跟着他们过，我不反对，你们乡下人回乡下生活去，别拖累我，你现在就和我离婚，咱们财产分清楚。"

叶淼说："我也不是量力帮帮忙嘛，人活一世，总要个互相照应的。"

郑晓蔚说："照你妈×。你照应你的去，你给我滚。不，我滚！”

郑晓蔚是个烈性子，洒下泪水，蹬上鞋，提了钱夹，拉也拉不住，摔门去了。叶淼听着高跟鞋把楼梯踩得“笃笃”响，听得开心。叶淼觉得这样空落了也好。

这样分离了一日，岳母打电话来。岳母是个长者，语重心长地说：“小叶啊，我把女儿嫁给你，不怪你穷，你也老实，我们没嫁错，你是好人我也知道，但是我现在就是想劝劝你的好，你好的时候多考虑考虑自己，你也不是什么富人，你赚的是血汗钱，用你的命赚来的，你吃了很多粉笔灰，用脑过度，身体劳动瘦了，说直接点，你连给自己治病的钱都没准备好，你现在连孩子都没有，我们都盼着呢。你有了孩子，你怎么养孩子？我们就算了，我们也不期盼你给什么好处，我们有退休工资，就是唯愿你好。你这样撒钱出去，我们替你着急，也替我们女儿着急。你们结婚四年，攒了四年的钱，都是牙缝里抢救出来的钱，都是米粒里榨出来的钱，你们辛苦了，你不能就这样让它们付之东流啊。人家就是赌博，也有个百分之五十的机会赢，你这个是血本无归，你什么都图不到。人家感谢你也没用，感谢不值钱。”

叶淼唯唯诺诺，却总觉得心下有股火气。本来这事是自己也不情愿的，现在倒有些情愿了。乡下人怎么了？乡下人就不能活命？我受够了你这一家，你这家就知道以你们高高在上的眼神斜拉了看我，你们以为你们是谁？不就机械厂的工人吗？三代是工人，牛 × 什么劲？

不过叶森说出来的还是："罪过，罪过了，妈。"

岳母说："你还叫我妈呀？"

叶森说："叫。"

岳母说："那你过来吃饭。"

吃饭就是去接郑晓蔚，叶森出门上路，就有个目标，就是岳母的家。但是走着走着，叶森便突然看到车辆在陌生地来来往往，行人和建筑物也是，他突然对原本的一切丧失了掌握，他想起自己小时候那段惨痛的走失。他现在看着自己走路，好像是看着另一个人走，这另一个人，饿着肚子，瘪着身体，在上帝安排的凄风苦雨中孤苦无靠地走，什么方向也不是方向，什么可能也不是可能，什么路都死了，只剩下身躯还造孽地活着。

叶森失魂落魄，闻到路边有一股油漆味。正是这偶然的一桶油漆，飘散出剧毒的气味，气味又恰巧钻到侄子生龙活虎的肺部，进入他的血管，尽情杀灭他的血细胞，让他变成白纸一样的白血病人，让他的爸爸变成白活几十年的人，让他的堂伯变成左右为难、犹豫不断的人，变成生活被彻底打乱的人。

现在，叶森怎么做都是错。

如果他接回老婆，就杀死了侄子；如果拯救了侄子，就伤害了老婆，就和老婆离婚了。他这把年纪这样穷酸，怕是再也难找到合适的了。但是日后我叶淼又如何回到莫家镇，如何面见那一个个姓叶的人，他们在我父母死前死后有米出米，有谷出谷，有血卖血，有衣借衣，而你呢？你如此冷血如此冷漠，你不把人当人，不把生命当生命，你就不怕人家揪着衣领揍你吗，就不怕人家拿锄头挖你祖坟吗？就是简单地从生命角度说，你能忍心看着一个幼小的生命变成没呼吸的尸身吗？他什么错都没犯啊，他没日过人，没偷过钱……上帝，你为什么不往地上砸三千万下来？

这样痴呆地走了一些步子，叶淼头疼起来，就看到每个对面而来的人都是叶森，叶森伸出鸡爪似的手，咧开大嘴，像是鬼魅要生吃了他。吃了一半，却又不吃，只冷冷地说："哥呀，你给我好好记得。"叶淼就出起虚汗来，就觉得自己要病了，病了才好呢，就解脱了。

这样下去，叶淼脑袋终于是越来越痛，终于是需要一家酒馆。

叶淼虽也点了一两个菜，却一下筷子不伸，就是喝，好像喝晚了就赶不上了。这样终于醉了，他便扯起喉咙大骂服务员："你他妈别催我要钱，老子有的是钱，你别说是得癌症、肝炎，就是得艾滋病我也治得起。少安毋躁，少安毋躁。”

叶森抽出一百，也不让找，勇敢地走了。一路上，叶森东倒西歪，看到路边有烟摊，拿出五十来，要了一包中华，拆开后，嘻嘻哈哈抽了一根。见到有眼镜店，又钻进去，找到一副深沉的墨镜，掏一百买下了。叶森戴上墨镜，便觉得世界是青的，黄昏的，地狱的。他看得见大家，大家却看不见他。他悄然冷笑，不知不觉走到地下通道。

地下通道本来就黑，在墨镜里就更是漆黑了，叶森尝试让自己像盲人一样行走，这样走了几圈，终于看到乞丐了，乞丐是黑绒绒的影子。叶森踩着他的被窝说：“有几天没吃饭了？”

乞丐说：“三天。”

叶森说：“想吃什么？”

乞丐说：“米饭，肉。”

叶森说：“想不想吃鱼香肉丝？”

乞丐说：“想。”

叶森说：“我给你一百块，你去吃。”接着。叶森见乞丐没有反应，又抽出一张，说：“再给你一百。”见乞丐还是没有反应，一连又抽出三百，说：“都给你，你从今开始吃好的喝好的。”

乞丐“扑通”跪下，连磕七个头，大喊：“再生父母请受一拜。”

叶森等酒嗝完全打出来，凑过去对着乞丐耳根说：“你想报吗？”

乞丐说："大哥，我是条贱命，上刀山下火海，你一句话。"

叶淼说："那好，你先答应我。"

乞丐说："答应，不答应给车撞死。"

叶淼说："果真？"

乞丐说："果真。"

叶淼说："那好，你让我想想，我考虑下可行性。"

杜撰集

狐　仙

1

山药是多年生蔓性植物，长得丑陋，但煲汤好吃，《本草纲目》说它益肾气。武汉三镇的官员、军长和老板大概姨太太多，便爱吃，吃着吃着吃出门道，说偌大中国，只有江西瑞昌县南阳乡几里地种得正宗。

荣枯而的父亲是做这个生意的，每年秋天，他都会去南阳乡一趟，可这一年他去不成了，因为茶喝到一半，有人告诉他这里刚坐的是癞道人，他便想到虱子、龌龊和疾病钻到身体里，发了痢疾，几日不见好。

2

荣枯而本来从学堂请了假，陪待产的妻子，结果上了这条路。这条路六百九十里。从汉阳坐船到九江是六百里，从九江坐轿到瑞昌是五十里，从瑞昌搭驻防军官便车到南阳又是四十里。

如此紧赶慢赶，却听到当地对接的收购户说：“你早来了几日，怕是各家各户还没收拾好。”

荣枯而坐在陌生的集市，眼见着日起日落，不认识的人像游魂走来走去，没法自处，便问有没有游玩的去处。那人便安排算账的李叔带他去大帅故地。

3

荣枯而跟着李叔向西行五里，穿过两道石壁做成的门，看见一条铁路赫然摆在面前。荣枯而心下奇异，这荒郊野岭，如何有现代机械？李叔说，当日大帅忽而有梦，醒来便派人到家乡修铁路，修到这五里，自己被副官杀了，从此阴阳两界，魂兮无归。

荣枯而心想如此，看秋日的红叶、翠枝，在阳光下朝锈迹斑斑的铁轨和湿烂发黑的枕木拥来，慢慢有了些诗意。

走不多远，一匹驴驮着两只淡蓝色的箱子，极不情愿地走过来。未几，一个清瘦的老头挥着柳条也跟着走过来，他对后边一个长粉刺的女孩说了几句方言。李叔说：“老头在讲，我还不疼自己女儿？她是你姨娘家的，我嫌麻烦都来不及。”

如此走着，凉气袭背，方走到铁路尽头，那里有石门，上边写了四个字：衣锦还乡。

石门后没有路。

4

荣枯而在阴凉茂密的竹林里钻来钻去，只听到远处公鸡疲惫地叫唤，不知道怎么走出，这时李叔扯了扯他衣襟，他跟着走几步，一下又站在竹林外了。

眼前四面环山，山下植了竹林，二三十户人家，四五十亩地。

眼前牛还在地里。

可是等走近了，牛已经走到回家路上了，后边的赤红汉子左手拉牛绳，右手扶肩上的犁，驼着背跟着。汉子沿路“咄咄咄”地唤着，那些鸡呀鸭呀羊呀，也跟着大部队走回了，只有小孩子叼着磨得雪亮的螺丝钉，跑来研究荣枯而的中山装。忽而又有农妇提笤帚出来打，小孩便光着屁股从田里绕回家了。

李叔说：“我去讨个账，你随便逛下吧。”

荣枯而随便走着，看炊烟升起，暮色像黑铁块，一块块往下掉。荣枯而想，夜晚了，吃饭的吃饭，洗碗的洗碗，打鼾的打鼾，哼叫的哼叫，人各有家，畜各有巢，万世平安。自己多余了。

5

转到祠堂时，荣枯而进去看灵牌，没看到有谁上边写着“三军大帅”字样，倒是在案头发现一只红色的琥珀。荣枯而擦掉灰尘，就着余光看，没看明白。

这时，身后传来窸窸窣窣的声音。

荣枯而猛回头，只看到祠堂后面有个局促的戏台，像黑洞一样立着。惊诧时，又见一个着粉红色戏服的女子左手扣指，右手执扇，袅袅地从暗处飘到台中央了。

荣枯而想躲开，却又察觉，他是在看她，她却是不看他的。荣枯而便小心踏过鞭炮渣，走到台下，这下看清楚了些。戏子有个瘦弱的身子，眼角寿桃般的胭脂胡乱涂了一把，鼻子中间一截留白也不平整，还有头簪中间最大的一颗琥珀也空了，有些可笑。可是这人却是美人胚子，丹凤眼恍如汩汩涌动的月光，这光铺洒下来时，荣枯而战栗起来。

荣枯而举起手，说：“琥珀，你头簪上的琥珀掉了。”

戏子一怔，侧耳听着，僵立在那里。许久了，她又抖抖衣袖，流下泪来。泪水冲坏了好不容易涂好的胭脂粉料。荣枯而措手不及，女子又袅袅地走了，好似从未来过。

6

荣枯而想上去看，又怕造次，痴怔许久，李叔过来喊，荣枯而便像牛看到鞭子，跟着李叔失魂落魄地走了。

走十几步，回头看，祠堂只是模糊的影子。

族长是个宽厚的老人，荣枯而吃饭时装作随便一问，问到了戏子。族长听了几遍，不明白，荣枯而觉得心思暴露了，不敢再问了。族长却又说："你说的是狐仙吧？"荣枯而说："怎么是狐仙呢？"族长说："早年她和她娘跟着来唱戏，挨家挨户吃饭，我们都见了，她们吃饱，就露出一大一小两只尾巴。"荣枯而说："狐仙你们不怕？"族长说："也是生灵，不伤人，还瞎了。中午我们做饭，她就摸着上门了。"荣枯而说："她娘呢？"族长说："死了。"荣枯而说："怎么落你们这里呢？"族长说："她是跟着业伯的，业伯昼间走了，说是四处赚点戏钱，托我们先照应着。我们拿了人家米，觉得人家也可怜，就留在祠堂了。"荣枯而说："业伯要是不回来呢？"族长想了很久，不知怎么回答。这时李叔起身寒暄，说天也不早了。

7

荣枯而本想找个借口再去祠堂一趟，却找不到，李叔又催，便跟着昏暗的灯笼往竹林走去了。穿过竹林，走上铁路，下坡，荣枯而觉得好像是在走向黑夜的深湖，走一截，没一截，终至是彻底淹没了。

回到南阳，挑担的农户围上来，捉衣服，拉手，一脸讪笑地问价。荣枯而好像待在一群苍蝇里，脑袋里勉强打起算盘，想父亲和农户都会满意，便说了价钱。有个人嫌少，掰开一段山药，让荣枯而摸。荣枯而摸了摸，黏黏的，像摸到女人那里，便又加了一分。众人才皆大欢喜地散了。

夜来，荣枯而躺在床上，被心间隐隐的痛闹得睡不下，将将有睡意时，收购户又来敲门，说打点好了。荣枯而拉开门，走到清冷的黑夜里，前头挑夫们已经“咿咿呀呀”地挑着山药，走了，热闹了一会儿，又什么声也没了，荣枯而感觉自己被插了草标，被推着拥着往前走。如是行四十里，至瑞昌县，付了银票，又行五十里，至九江码头。荣枯而见大船尖头劈波斩浪，“哗哗”声遍遍传来，心下晃当当碎了。他是永远看不见这女子了。

8

回到汉阳后不久，妻子产下一子。大冬天的，睡如归，可是每两小时总要起来换洗尿布。荣枯而便神经衰弱，睡不下去，便恍然见到——十几条蛮汉，喷着口臭，眼神焦急，提裤子等在戏台旁边。而一个汉子早已将戏子放倒于腐草，要把粗直的东西捅下去。戏子好似又哑了，只是瞪着无用的眼睛，任泪水河流一样默默流进夜晚。

荣枯而后来一连几日，又梦到这个场面，便想是不是狐仙托梦来了。可是推窗一看，石街上卖菜的勤勉地来来往往，黄包车和轿车也来来往往，便宽慰自己：这事不可能发生。

妻子却看出点苗头，说他拉手过去是真拉，现在却是假拉。妻子问："是不是有别的女人？"荣枯而说："你胡乱猜测什么？"妻子说："我知道没事，可总是怕。"荣枯而心里凄凉下来，努力回忆了几下戏子的样子，却是什么也回忆不出。好似粉末在水里稀释了。好似棺材合盖。

9

如是春来暑至，夜变热了，同事们摇着扇子去戏院看戏了。荣枯而也早早去了，找到合适位置，盯着大探照灯下阔大洋气的戏台。不一会儿，大家吃瓜子、打招呼的声音猛然停住，“咚咚锵”的声音忽然响起来，一个穿粉衣、戴彩盔的女子，像王后一般移步台前，朝众人凛然一望，众人大喝“好”。

荣枯而托着下巴看，看不到什么艺术，倒看到那骄傲的王后总是拿手擦汗，便有些嫌弃。可就是这戏子，终于也唱出了《牡丹亭》里的几句："一时间望眼连天，一时间望眼连天，忽忽地伤心自怜。”

这一句如此清晰，如此明白，荣枯而便忽然见着那腐草飘飞、摇摇欲坠的戏台上，可怜的戏子朝着错误的方向，一遍遍望，一遍遍听，什么也望不着，什么也听不着。荣枯而中了祟，竟是半刻也待不得，急急回家。可是回家了又开不下口。

夜半妻子醒来，见荣枯而没睡，摇他。荣枯而说："你能活。”妻子不明就里。荣枯而又说："你可以活的。”

10

又是秋天，荣枯而盼着父亲再病一场，可是父亲却没病，也没去南阳的意思。荣枯而暗示了很久，父亲算是明白了。父亲抖着报纸说:“去不得了。”荣枯而便说:“有什么去不得，每天那么多人跑船。”父亲说:“跑船的都是贱命。”荣枯而说:“可是我们也是贱命，我们不做，别人做了，日后就接不上了。”父亲说:“我有不好的预感。”荣枯而说:“我不担心你，你倒担心我了。我是活人，怕什么？要是情况紧急，你们先走，先去西南找老二，我相机再去，也方便。”

父亲没作表态，妻子却出来跪着。

荣枯而说:“你这是干什么呢？”妻子只是不说话，也不擦眼泪。荣枯而起身欲走，妻子却来挽他的腿。荣枯而像在石缝中卡着，卡了很久，一狠心，拔出腿来。妻子大约也知自己不懂事，便扑在地上哀号。荣枯而回头看了她一眼，知道她被骗了，父亲也被骗了。

他们以为他还会回来。

11

荣枯而站在甲板上，感觉船像浮在水波上，许久不走一步。荣枯而便以岸上一栋楼宇为参照物，看这么久船到底移动了多少。一条笔直的线从岸上忽然飞来。荣枯而听到旁边老汉简单地“啊”了一声，然后众人飞奔入舱。荣枯而心下骇然，老汉中弹了，正捂着胸部的鲜血，扭着身子抽搐。荣枯而像鱼一样跃进舱里。

众人你一句我一句地说。一个说，日本人打过来了；一个说，不是，是国军自己放的；又一个说，总之是打起来了。众人忽而又看见老汉痛苦地滚到江里，甲板上空空如也，便个个叫起菩萨来。船往南边打了打方向，荣枯而怕是要回头，它却又从南边往下游走了。如是几小时，大家见两岸境况平静，又想可能是防军的枪偶然走火，便口口声声谢起菩萨来。

12

可是船到了九江，码头上忽然吹口哨，说是不能靠岸。船上的人炸了锅，吵着要回头，船长说油不够回武汉，众人说，开到哪里算哪里。大船便拉了下鼻子，侧过身躯，准备返航。荣枯而好似刚爬到井口，又慢慢滑了下去。荣枯而闭着眼睛，想自己跳下水去，却是半点信心也无。

这时，一艘小船划过来，拿桨拍打大船，喊："有没有到彭泽的？"荣枯而得救一般，挤过去。旁边人出了个好价，荣枯而马上出了多一倍的钱，船夫又要了多一倍的钱。这样荣枯而才算是顺着索儿下来了。

一下来，荣枯而就要吐了。小船儿像摇篮，摇过来晃过去。

13

荣枯而和船夫比画很久，才知道彭泽是九江东边一县，去九江又是七十里。夜深如雾，只有岸边有些萤火。荣枯而觉得风总是撞在脸上，额头慢慢烧起来。如是行了一截，一艘船赶过来，几个军官提着灯，说是查间谍。

军官看了荣枯而汉阳教育局的证件，敬了个礼。荣枯而问："仗是不是要打响了？"军官没理他，回自己船去了。荣枯而听到他们在那艘船上说——

"记得后天集体去马土当抗日军政大学听讲演啊。"

"不是明天吗？"

“明天是香口那边的。”

荣枯而想有心听讲演，战争就还没开始。

如是行了一截，又一艘船赶过来，又上来几个国军军官。这次他们举着刺枪，抵着众人的胸口，“叽里呱啦”地说了一通。荣枯而慌慌地说:“我是汉阳教育局的。”那些军官听不懂，押着荣枯而上了那艘船。荣枯而上军船后，听到后头“扑哧”几声，船夫大概是被刺死了，一泡尿便尿到裤子上。

荣枯而想自己总算见到日本人了。

14

船儿走走停停，躲躲藏藏，而后又自由恣意地驰骋起来。

口里被塞着布的荣枯而跟着上岸了，岸上是日本人的世界。马匹嘶鸣，火把跳跃，皮靴在沙地上“嘁嘁喳喳”地踏着。日本人一个个走过来，对绑在柱子上的荣枯而说:“你的，死啦死啦的有。”荣枯而便筛糠，便想一把雪白的刀子，像扎一颗桃子，扎破自己的心脏。荣枯而又想，这阵势估计是要打大仗了。

许久了，才来了一个翻译，翻译问了很久，问不到什么，翻译便回头对军官摇头。军官抽出军刀，荣枯而眼睛一闭，像羔羊般待死。翻译又过来问:“你好好想想，这是命啊。”荣枯而便想到一点，说香口的驻军都去马土当听讲演了。荣枯而也不知有用没用。然后军官走了，翻译也走了。许久了，翻译过来说："皇军本来探察到香口缺守的情况，又怕是空城计，现在信了。"荣枯而说："我可以活了？"翻译点点头。荣枯而的眼泪便滚下来。

15

荣枯而被押了一上午，方被放出军营。他想跑，又怕站岗的误会，便冷汗直冒地走。走了许久，回头一看，没人影了，便开始跑，就怕反悔的马蹄声马上赶上来。跑了一会儿，静静一听，那马蹄声原是远处轰隆隆的炮响，后来竟然火光升天，烧烂了半边天。像是节日。

荣枯而走了几步，见天空蹿出一群飞机，像蝗虫一样扑向远地，便匆忙钻入高粱地。荣枯而看到高粱秆流着紫色的血，青气扑鼻，心想自己到底是在哪里。

16

许久，世界静了。荣枯而爬出来，不见一人，四周寂静如画，荣枯而便耷拉身子，疲惫欲死地走。走了几个钟头，天色暮了，荣枯而听到一辆卡车从后边开过来。荣枯而看清旗帜，便早早守在路边招手，可那车像是狗，跑近仔细瞅了瞅他，又跑了。荣枯而再抬腿已抬不动了，衰竭地爬了几步，爬到水沟边，捧起水喝。甘美如酒。他又不停喝起来。可是这水竟让最后一丝体力跑了。荣枯而拉完肚子，饿得两眼冒金星，看到满天满地都是肉块、包子，伸手捞，一只也捞不住。荣枯而像死了一样，舔着尘土，倒在路边。梦里好似被黑雨包围，淅淅沥沥，永不超生；梦里好似被压在泥堆里，囫囵浑浊，挣扎不脱。可是腰疼起来了。荣枯而疲倦地睁开眼睛，看了很久，才看到是一个军官踢他。

军官蹲下来，露出很好的牙齿说："文化人，跟我走。"

荣枯而颤抖着向车上爬，却是连抓住栏杆的力也没有。军官伸手一托，把他托上去了。荣枯而躺在车上，像躺在床上，看着昏天晃晃地在上边，好似在阴间。荣枯而也不知车往哪里开，迷迷糊糊到了一个军营，军官让端了一碗饭。吃完了，军官就交给他一把刷子，一桶石灰，说，连夜把院子外刷好了。荣枯而走出门时，细看牌子，竟是“九江防区”，心里闪亮起来。

荣枯而在院墙上刷了行白字：中华民族万岁！又跑去另一

边墙刷了一行白字：打倒日本军国主义！打倒汉奸！

打着灯笼看了看，石灰浆像血，从笔画里流出来，荣枯而又拿抹布小心去擦。

17

夜里，荣枯而想跑，却看见军营大门拉上了，就拿着宣传材料和烧火的睡一起了。次日，游行队伍的声音和军号声一起响起来。荣枯而和杂工一起出来，看到游行队伍前头有个五花大绑的人，被人提着，腿像是被打断了。军官掏出枪指着那人的脑袋，大喊："打倒汉奸！"学生们和市民们便大喊："打倒汉奸！"荣枯而也举起无力的手，软绵绵地跟着喊。喊声停止后，有好长一段寂静，然后荣枯而听到枪响一声，便软坐了下去。众人横眉怒目，赶上来，要吃汉奸的肉，喝汉奸的血。军官又朝天放了一枪，荣枯而便跟着民众一起，四散跑了。

18

荣枯而找人多的时候走，人少的时候躲，从渠堰出了九江城，竟是越走越有太平世界的意思。这样磨蹭到瑞昌县，发觉银铺还开着。老板是生意熟人，大约没想到这个世界竟然还有武汉大户，烧热水，做热菜，借新衣，像管待少爷一样把荣枯而管待了起来。荣枯而作势要去南阳稳稳农户，老板竟向防军借到一匹赤红的马。

荣枯而看到一条蜿蜒的白路，夹在垂满的稻浪中，停在山前。不一会儿，他就和风一样，蹿到山前，有些红花，在黛青色的石壁间开放着。荣枯而"驾驾"了几声，马又转到南阳集市去了，气势如一名送鸡毛信的军官。荣枯而看到蹄下，农户们连忙把山药担子往后移，收购户也倒退了几步。收购户的腰间扎着毛巾，脸比去年红黑了些，在街道上咳出一口烟来。荣枯而想，世界还是昨日。

不用再哭了。

19

行过石壁，铁路出现在眼前，却是衰老得更厉害了，风吹起时，黄锈飞舞起来。远处，茂盛的山花、灌木和树枝扑到铁轨上，把路遮蔽了。可是荣枯而毕竟是到了铁路。好似一个疲惫的人游过大海，看到码头边洗衣的妇人。荣枯而把马拴在靠水沟的树上，步行往前了。如是胳膊被划了大大小小的伤口，后背又阴凉起来，荣枯而才走到铁路尽头，却赫然见到尽头的石门早已倒塌，“衣锦还乡”四字也褪红了。

石门后还有一排钉好的铁丝网，密密麻麻，好像要把世外桃源挡在里头。荣枯而心急如焚，捞起铁丝网，从下边慢慢蹭进去。进去了，原来的竹林已经被砍出一条明路，荣枯而三两下就跳到视野高处。眼前是二三十户人家，四五十亩地。没有人走动。没有鸡叫。只有一群苍蝇，“嗡嗡”地围着路上的死牛飞舞。

20

走进村庄后，蜘蛛网结满门户窗棂，也没响声，也有响声。一股腐烂的味道从地面、床下和里间不停冒出来。荣枯而惊惧起来。荣枯而推开族长家的门，看到族长看着他。眼睛瞪着，看着他。人的衣服却长了绿苔，人的腹部也长了绿苔，一只蜈蚣正从嘴洞里慢慢游出来。荣枯而转身吐了，两腿战战，背部冒出大汗。他觉得族长还是看着他。

这里来了一场声势浩大的瘟疫。

他忽然悲怆起来，忽然想到戏子的脸也塌陷了，眼睛只成了两只窟窿，绿苔正长在干枯的头发下。或许只有紧密的牙齿和结成团的胭脂粉，还能提供一点去年的影子。这就是轮船、黑船、军船、卡车、两条腿、一匹赤红色的马啊；这就是六百九十里路、半边天炮火、无数具飞起来的尸体；这就是妻子、孩子、父亲。这就是早已明知的真相啊。

荣枯而抽搐起来，勉强打起精神后，跌跌撞撞地去祠堂。祠堂已是废墟，干草和发白的对联飘荡在房梁上，台下的蒿草却已长到半人高。荣枯而在天上地下一点点找。找到了老鼠的尸体、牛粪，一颗琥珀，又一颗琥珀。

春 天

我陪着二十一世纪的女人，看一张韩国碟。一个穿白裙的年轻女子坐在明黄色的水车旁，看着风把绿草如茵的四野，吹出了波浪，不一会儿，在欧洲某个钢琴家的伴奏下，一个邮差敲打着车铃出现在唯一的路上。我的女人微闭双眼，陶醉在这美丽的意境中，生怕我打搅她，又生怕我走开不看。我咬牙切齿，猛抖手中一本书。

在书中，作者唐德刚说：总司令一声令下，万千小卒，顿时落下，只听苞谷田内一片瑟瑟之声，群虫争食。十余分钟之后，似乎又是一声令下，万千小卒，立刻起飞，剩下的苞谷园，只见断壁颓垣，一片荒丘。乖乖，此情此景，真是不见不信。我记得蝗虫起飞之后，还看见一位农村老大娘，手持一脸盆，坐地啼哭。她原先以为敲脸盆可以吓走蝗虫，谁知蝗虫根本没有理她呢。

我喜欢和人对着干，你说乡村是天堂的，我就说是地狱的。蝗虫经过后，鼠疫闹一遍；鼠疫闹一遍后，军阀掳一遍；军阀掳一遍后，土匪还要操一遍。如是折腾，地皮下降好几寸，而石尖冒出好高，像一把把匕首插在路上。就是这纲常败坏、狗都不日的苦路，也走出一个邮差。他还在很远的地方，村庄的小孩就闻风出动，说是嗅到了酱油的香味。其实那是因为他有严重的脚气。有时候邮差走着走着，想到什么，就坐在路边唱淫荡的词儿，拿手指擦脚趾，擦得后来歌也不唱了，直叫“爽也爽也”。

这邮差面黄肌瘦。就是这样子，眼窝深陷，两颊凸起，七八十斤的样子。他哼着：

> 三更时辰门扇扇响，
> 情哥哥进了妹妹的房，
> 娘问女儿什么响呀！
> 风刮树枝沙啦啦响。

他是个虔诚的青年，眼里闪现着赤诚的火光。他在早先并不是邮差，官办的邮驿不要他，洋人办的邮局不要他，就是民间的民信局也不要他。他是被关在门外的。那时候他看着邮差骑马坐舟，潇潇洒洒路过，总是像被遗弃的幼兽，在空地上焦躁地走来走去，踢石头子，有时候还哭。村里人都说他是发了病，他却迷途不返。就是这样一个人，老天为了酬报他，派蝗虫、鼠疫、军阀和土匪把土地轮番刮一遍，刮得尘烟滚滚，人心惶惶，官办的、洋办的、民办的邮政机构通通歇业。这样，他就由一个怀才不遇的人迅速变成能者多劳的人，不停地接这个口信，带那个物件。他一直想证明自己是最优秀的，他也完全证明了。他名声日隆，开始成为那些活寡妇、白发人的寄托，他一到某地，某地就倾巢出动，围着他要结果。他说死了，人们就哭，他说还没死，人们就捶着心窝给他粮食。他送信只有一个原则：照单全收。现在的邮局还要问包裹里有没有摩丝，有没有剧毒物品，他却是什么也不管的。而这似乎也成为他的传奇，传说最广的一件事是他给土匪窝送去了一个裤裆的秘密。

土匪窝那天休养生息，给老二和寨主的女儿操办婚礼，大家喝得醉醺醺了，忽见邮差来了。邮差大声喝问老二："你是张顺吧？"老二说不是。邮差接着说："你胳肢窝下有颗痣，你是张顺。你老婆托我给你带信，回家吧。"叫张顺的老二很恼火，叫人拖走这疯子，却不料寨主把枪往桌面一拍。邮差不饶人，继续呵斥："你老婆知道你不承认，所以要我再带句话，如果大家不信你是张顺，可以告诉大家，你的阴毛下还埋了一颗痣，是绿色的。另外，你每晚要做那事前，都要去小便一次，叫作荡干净。”这下山窝闹翻了，寨主脸色很不好看，拿枪就顶住邮差的头，邮差闭着眼睛，不敢看。寨主退了三步，然后是“啪”的一声，张顺倒在地上，死了，邮差也尿了一裤子。寨主很不屑地说：“我当是什么英雄。”邮差说：“一路紧赶慢赶，未曾小便，这下被枪声震开了闸口。”寨主想想也是，念他独闯虎穴，是条汉子，便邀他对饮三杯，又出银两礼送他下山了。

邮差作为传奇来到下沉村时，下沉村的地痞李水荣背着手绕着他走了三遍，问：“大土匪果真敬了你酒？”

邮差说：“是。”

李水荣又问：“你果真什么都接？”

邮差说：“是。”

李水荣复问：“尸体也接？”

邮差说：“是。”

李水荣这时哈哈大笑：“那我要是送自家的尸体呢？”

邮差脸色憋得通红，好似青面兽杨志碰到泼皮牛二，不过还是庄重地点头，说：“送。”

李水荣收住笑，拿冷眼认真研究了邮差一遍，扬长而去。走了那么几步，他冷笑道：“只怕是人都死绝了，我也死不了。”

李水荣是很难死，幼时，其母请人给他称命，称出个六两一钱的命来，卦云：

名利双收，一生富贵。不做朝中金榜客，定为世上大财翁，聪明天赋经书熟，名显高科自是荣。

注解起来便是：

为人心秉直，聪明利达，心善口快，有才能。见善不欺，逢恶不怕，刚柔有济，事有始终，早能宽大，而能聚财，祖业如旧，六亲兄弟有靠，自立家计出外更好，二十至二十五六七八九岁有险，三十开外古镜重磨，明月再圆，六十六至七十方交大运，妻宫小配，寿元七十七岁，卒于春光之中。

这命阎王是要到七十七岁才收走的，目下李水荣二十不到，还有将近一个甲子可活，如何不嚣张？

村人见李水荣顺带着把大家也损了，也是敢怒不敢言。这李水荣有本钱——鼻根宝塔长，眼睛铜铃大；块头牛块头，鸡巴驴鸡巴。白昼做天罡，夜里闹地煞，想想都很可怕。村人私下也要绘声绘色说那根鸡巴，说鸡巴捅进张凤，就像粪勺搅动茅坑，时间久，动静大，弄得一村人睡不好觉。村人还说这张凤不要脸，没吹打就住进来，我看是恋上那物了，是把那物当米饭当枕头了。

韩国的爱情在电视上进展缓慢，有时候是朵雏菊，有时候是朵泪珠，眼见着杜鹃花式的鲜血在胸口越开越大，男女主角却还没有宽衣解带的意思。我脑袋里想李水荣和张凤绝不能这样，他们应该一进门就心急火燎地脱衣服，裤子没褪完，人就扑床上去了。

李水荣健硕的屁股就像捏紧的拳头，一下下往张凤身躯的深处揍去，起先还有些铺垫，后来索性疾风骤雨、狂风暴雨，撒开蹄子操，就好像操的不是一个女人，而是一张床板、一间房屋、一片大地，就好像要把整个大地操到地壳里去。这样操了一两个小时，张凤早像面粉袋一样晃来晃去，神志不清，而李水荣才刚刚出汗，汗珠像冒泡一样，从李水荣的发尖冒出，清楚地砸落在张凤脸上。张凤哀告道："我帮你捋出来吧。"

说是捋，其实捋不了，因为张凤站起来时，两腿一软，支撑不住，坐地上去了。张凤哭了，哭得越大，李水荣就越得意。对他来说，世界就是他的，土地是他的，粮食是他的，女人也是他的。

但俗话说，盈满则亏，李水荣也有做落水狗的一天。却说这治了李水荣的人，又是张凤。张凤的叔叔科举未中，流落异地，换了朝代却荣归故里，在县里做了督学。督学大人说，男女早就平等了，你应该接受教育，这样就把张凤拖到县里女子学堂去了。张凤那天就像被绑架走的，嘴被捂住，手被捆住，两只小脚像扑水一样扑打着土地。但是在县里待了六七日，她的记忆就出问题了，她想不起李水荣的生辰八字和他的属相，她被眼前的景象冲击坏了。眼前是一个个方方正正的字，是一句句礼貌谦恭的话，是一个个头发中分的人，就像瞎子猛然看到漫山遍野开满五颜六色的鲜花，她眩晕了。

此时的李水荣则待在下沉村村头，捧着空空的双手，好像那里原来有一个大海，现在却生生蒸发了。他一直以为张凤会像往常一样穿越河流，走到他跟前，但是他再也没有看到。暮色开始变得越来越漫长，越来越迟缓，最后竟似是不走了，凝滞在天空中。李水荣灰心丧气地倒在枯草上，负气地让阴气慢慢渗入背部，他想这样病了就好，死了更好，但最后他还是腰酸背痛地起身回家。那回家的身躯像是被放了血，已不复当年之勇。在遇见一个邻居后，他强行拉住人家，气急败坏地说："再怎么，别人也是在喝我剩下的洗脚水啊。"

话说得如此酸楚，竟使我相信这个操蛋的男人也是有爱情的。

如是绵延一月后，虚弱不堪的李水荣终于放下等待张凤投诚悔过的架子，背上干粮进了县城。这一路他看到茂盛的鸦片地散发着床铺的温暖味道，看到尖尖的石头痛快地割着自己脚下的老茧，有时候他觉得不解痒，还要停下，把老茧故意放在石尖上摩擦。但是在这对鸭子式的大脚踏进县城后，它们就老实了，收缩了。县城石阶渗出的凉气从脚心钻入血管，传递到心脏、手臂和大脑，竟使李水荣连连打战。

李水荣试图吸口气平复自己，但是这惶恐却似落下了根。越来越多着新式服装、剃新式头的人，给李水荣投下了越来越多的阴影，李水荣分明在他们冷若冰霜的脸上看到了刀兵气。李水荣想，或许这里到处都潜藏着兵爷，他这么想，果然就有一拨裤腿扎绷带的丘八喊着口号走了过来。狗屁不是的李水荣感到小腿抽筋。

后来，李水荣像老鼠一样，忍受着一间间黑色店铺对自己构成的压力，沿着墙根往前走，走到了女子学堂。他不敢问看门的能不能进去，也不敢找看门的打听张凤，就偷偷坐在围墙外边，等那个变作凤凰的人出来。

这一月来，张凤读书本来无事，却不料因自己的胸脯比周边人鼓得大，被戴金丝眼镜的国文老师盯上了。张凤起先有些摇摆，后来又禁不住国文老师簧舌轻摇。国文老师说："这世上人只分作两种，一种是粗鄙，一种是不粗鄙。你如此佳人，好似那笛子，丢给农人，岂不是白白糟蹋，位置还不如门边耙锄呢。"张凤宽衣之前，面色红润，心儿狂跳，说："我已不是处女了。”国文老师恼恨地说:“你脑袋里怎么还有那么多旧思想呢?这个国家,这片土地,不破除这旧思想定然是没有出路的。”话虽说得动听,但当张凤完全打开身躯并闪出一道白光后,为人师表者还是控制不住先行射了。

张凤大约是连这事情也忘记得差不多了,以为这样就代表已经发生了,穿上衣服陷入惶恐中。她惶恐的正是李水荣,她没有在国文老师面前脱衣服,便不惶恐,一脱,惶恐滚滚而来。她觉得自己伤害了李水荣,而幼狮的可怕就在它受了伤,受伤使它气急败坏,使它铤而走险。这天杀的不正是亡命之徒吗?

张凤想解决李水荣的问题,文的武的想一通,脑门抓破,始终进不了门。

这样,她就走进校门外李水荣的视野了,就果然碰到李水荣了,她走不是,不走也不是,感觉周围人的目光火辣辣地钉在身上,她本是县城人,现在却有个乡下的亲戚过来揭露她的身份,她真想找个缝隙遁了,真想一头撞死在地,真想对着恼恨的李水荣一顿尖叫,但是李水荣却意外地没有恼恨,而是鼓着一双哀楚可怜的眼睛,像是要挨宰的水牯。这让她的心晃当当地碎了。

张凤暗示了下,羞急急地走在前头,李水荣仿佛懂得这意思,拉开一段距离跟着。这样到了一家昏暗的茶馆,张凤像主人，像主宰，很不耐烦地示意李水荣坐下。过了一会儿，她觉得不能这样刻薄，又过了一会儿，她又觉得就应该这样刻薄。她想让李水荣暴怒起来，想让李水荣把锅碗瓢盆都扔掉，想让他把她提起来抽几个耳光。我在看阿兰·德波顿的《爱情笔记》时，看到这样一句话：

> 触怒之后立刻发火是最为宽宏大量的，因为这样可以使冒犯者不会过于内疚，也不需要生气者息怒。

我想张凤的心理就是这样的，这也许是分手的最好办法，你要发泄，让你发泄，要愤怒，让你愤怒，请愤怒，但是李水荣却始终只知道管理好眼窝里大把的泪水，最后管不住了，就号啕起来。李水荣像透过一张水窗帘，对张凤说："我日日夜夜想啊。"

张凤没有说话。

李水荣又可怜得像条狗，说："你让我做什么都可以。"

张凤似乎被这柔弱逼到一个绝境了，她既不能在这条情路上亲手宰了李水荣，又不能让李水荣把她宰了，她只能顺着李水荣的话勉强往下接："好，你做一间四房的青砖瓦房来。"这话一说出，像雷电一样闪在张凤心里。张凤想自己怎么这般聪明呢，她没有说是做八房的，那样说就过分了，就让对方以为自己是故意刁难；她又说了做四房的，四房对一个女人来说难道不是应该的吗？张凤等着李水荣反击，等他说做不出四房好屋，这样她就可以再反击，说，你还是个男人吗？这个要求过分吗？是呀，这个要求不过分，但对有点穷的李水荣来说，大约又是可望而不可即的。

李水荣停止了哭泣，死死看着张凤，张凤努力使自己的眼睛仍然有着母牛般的柔情。张凤听到李水荣一拍桌子，说："好。你等着。"然后李水荣头也不回地消失了。

李水荣走了，就像一块石头从张凤的心口搬走了，张凤的呼吸一下畅通了。李水荣说"好"，就代表着他进了圈套，他要是不盖房子就等于放弃了，要是盖，那又会知道自己终归是盖不起的。张凤一次次想自己怎么这么聪明呢，后来觉得聪明不能浪费，便让不那么粗鄙的国文老师知难而退了。

这么大好的河山，终归是要属于她张凤的。她开始想寻找一个文能安邦、武能治国，在不粗鄙和健壮两方面达到完美统一的男人做靠山，她这样想，便在做体操时，暗暗抓住体育老师的手拍打了自家胸部一下，这体育老师心领神会。这体育老师原是响应孙中山先生"武术救国"号召出来做老师的，会得好几手拳脚，此后便日日在张凤面前表演黑虎掏心、丹凤朝阳、双峰贯耳，看得张凤甚是欢喜。张凤想，李水荣不过是条不会武术的水牛，再怎么耍赖，无理取闹，也是要被打得狗吃屎的。张凤吃下定心丸。

体育老师收完拳，呼气，双拳平出，大喊一声："谁能杀我？"

张凤鼓掌："无人。"

如是，光阴荏苒，张凤已习惯枕着体育老师的肱二头肌看夕阳，而后者强身健体似乎也离不得张凤的三寸宝地，两人卿卿我我，就等张凤毕业了，却不料邮差忽然冒出来。邮差还是那么瘦削，手无缚鸡之力，像只公鸡在县城的石阶上蹦。邮差说："李水荣让我带信来，瓦房盖到一半了，年底便可上梁盖瓦。请守诺。"

张凤听得，眼一黑，人猛然倒下去，就好似走在坚实的路上突然掉到深坑一般，后头体育老师赶紧扶住。体育老师掐了人中，又人工呼吸，总算是把张凤弄醒了。张凤醒了，看看眼神如炬的邮差，又要晕过去，体育老师便把她的头扭到自己这边，说："看着我。"体育老师还扬了一边的胳膊，那里的肌肉像是火山，鼓胀不堪。张凤这才好了些，张凤说："人家把房子盖好了。"

体育老师说："怕什么？能杀了我？"

张凤点点头，闭上虚弱的眼，十分哀楚，十分好看，这更坚定了体育老师扶助弱小的信念，他大声对邮差说："你他妈告诉他，我在县城等着他！"

李水荣第二次进县城时，胳膊撞来撞去，像个火药桶一般，随时会为了小事爆炸，但当路人试图拉住他胳膊时，他又置之不理。他怎么会理别的事呢？他现在牙齿把牙床咬得都快翻了，眼神像石球快要从眼窝里屙出来，他就像疯子一般死死盯着前方，恨不能三步并作一步。他这样强力奔走，以至于人们都注意到他，人们仿佛见到他每一个毛孔都在呼呼喷火，每一个细胞都在吱吱尖叫。人们说他一定是寻仇去了，杀人去了，你看他尿急了，就对着树快速地撒，撒完了，裤门不关，就匆匆走了——这不是发癫痫的猛虎，得急病的蛟龙吗？

那天，李水荣是恍惚的，天空像被风刮起的床单，时而高时而低，时而明朗时而灰暗。他不记得自己是不是推翻了看门的，是不是顺手操起了一把木凳，总之他很快来到了学堂的操场。在那里，他看到一个人越来越大，大得快要爆炸了。这个巨人像是耍猴一样，左跳跳，右跳跳，嘴里不时吐出四个字，那声音像是从水管里发出的，听不清，嗡嗡的。李水荣觉得自己脑子也是嗡嗡的，他想赶紧砸倒这巨人，这巨人却收起套路，平站在那里，向他谦恭地作揖，就好像给李水荣端出一盘寿桃来。李水荣以为人家是服软了，却又清楚地听到对方大喊："谁来杀我？"他想都没想，操起木凳就砸在对方脑袋上，然后他看到那巨人像蚂蟥一样缩小，蜷曲于地。

躺在地上，体育老师兀自镇定，伸出手说："你别逼我。"

李水荣更恼了，骑上他的身躯，操起拳，似武松打虎一般，左右开弓打起来，直打得体育老师三气不出，七窍冒烟，喉咙不断咳嗽起来。李水荣打着打着就没意思了，就软下来，不过他还是伸手捞了把人家的鼻血涂抹在人家脸上。就是这太阳底下猛然闪出的血光，突然刺激了体育老师，后者一拱身，竟把李水荣拱到一边了。李水荣以为人家要来骑他，却不料对方勾着手掌，让自己起来。李水荣起来冲过去，只见那老师轻轻一闪，轻轻一拍，自己便蹿到地上去了。李水荣闻到土地的味道，青青的，硬硬的，像是所有疼痛拍马加鞭杀到了。他欲再起，却不料体育老师赶过来泰山压顶，那手肘砸在身上时，像是钢棍砸在瓷盘上，李水荣听到肋骨断裂的声音，那声音像是枯井里蛤蟆的一声啼叫。李水荣软软地叫了声"娘"，昏了过去。

体育老师欲要再压一次，邮差忽然又闪出来，他鞠躬，下跪，磕头，求得体育老师住手。体育老师连呸了几口，带着心脏不好的张凤优雅地走了。邮差望都没望他们，在众目睽睽之下，试图把李水荣背起来，但就是背不起来，最后还是几个校工过来帮忙，邮差才算把哼哼唧唧的李水荣扛到背上去了。

巨大的李水荣压着瘦小的邮差，艰难地向外边浮游，浮了很久，才浮出校门。那天，石阶上的人又都看到了这大败而归的场景。

后来的日子对张凤来说，就算安全了。有时候她也担心，因为她考虑到李水荣虽是个粗人，却不似一般人想得那么开。人都有弱点，人家自缢投河了怎么办呢？这样她就站在石阶上等邮差，仿佛邮差能带来一个结果，她似乎就需要一个结果，她可不能老这样耗着。

这样等了很久，邮差也没出现，倒是家乡来的人告诉她，李水荣复原后亲手把盖到一半的砖房拆了，拆一块骂一句，说："总是要死给你张凤看的，做鬼也要缠死你的。"说得是那么恐怖，张凤听得也是一惊一惊的。但来人又告诉她，拆完他就不骂了，天天又和人打牌抓鱼，好似没有此事似的。张凤便双手合十，说："万能的时间啊。"

万能的时间，像河流宽容沙石泥草一样，宽容了一切，使不幸不再延续，幸福像炊烟一样重新升起。就是在这样坦然大度的时候，春天降临了中国大地。我们瑞昌县的柳树换下痛苦的皱皮，冒出新鲜的芽苗，那些芽苗伸出它们的小手，像是蛇吐出它们的舌头，它们说："我们来了，我们回来了。"而那些绿色的禾苗在蝗虫洗劫过的土地上齐齐整整地站着，有时候风往东吹，它们向东摇摆，有时候风往西吹，它们向西摇摆，但它们总还是坚强地站着。远处的山倒映在水中，则已经是苍翠的颜色，就像水中石头压着一件绿色的衣服。这样的景致，就和碟机里放的韩国电影一样，让人止不住微闭双眼，陶醉其中。

对了，在那绿色波浪掩埋的唯一路上，还出现了邮差，此时他已经有一辆自行车了。他打着车铃，吃力地骑着它，向县城游去，他的嘴里唱着小调，词已经进化成这样：

> 四更家里床板板响，
> 情哥哥妹妹睡得香，
> 娘问女儿什么响呀！
> 风刮窗纸啪啪地响。

我看到他有时候扛着自行车穿过绿色的河流，有时候趁人不注意从绿色的稻田里抄近路，有时候又停下车折下一根柳枝，嗅枝条里新鲜的味道。如此歪歪斜斜骑了一阵后，车胎爆了，他也不恼，慢慢推着车走。大概走了四五个小时，他也不饿。

在女子学堂门口，邮差和看门的寒暄几句，进去了。然后他走到体育老师的宿舍门口，在那里他看到正在阳光下打盹的张凤，便踮起沉重的步子，绕着张凤走，那脚步踏在太阳晒软的黄土上，像是敲鼓，这鼓声终于是弄醒了张凤。

张凤擦擦眼屎，又用手挡住阳光，才看清对方是邮差。张凤像任何一个将要结婚的女人一样微笑着说："你来了？怎么现在变得这么胖啊？"

邮差什么也不说，继续绕着张凤走，那脚步声现在如此羞涩，如此腼腆，如此充满暗示的味道。张凤终于是"哧哧"笑起来，说："你这是怎么了？"

邮差说："你记得当年李水荣和我开的玩笑吗？"

张凤猛然惶恐起来，说："他说找你送他的尸体。"

邮差说："现在我送过来了。"

张凤说："在哪里？"

邮差打了很久的饱嗝，才说："在这里，我肚子里。"

五百万汉字

一九九二年第二期的《现代妇女》杂志，介绍了一位叫勾艳玲的记忆英雄，当时的记者通过吉尼斯编辑的嘴赞颂这位邮电系统的劳模："天哪！一万五千个！她能背一万五千个电话号码！"但是十年后，在一位领导人问她还背不背电话号码时，她回答说："不背了，现在都用电脑查号了。"领导人风趣地说："这说明科学进步了，社会发展了，我们的工作方式也改变了。"

这段资料让我想起我同学的父亲，他曾经是个铅字工人，闭着眼能从字库里挑出你想要的任何字，领导视察印刷厂时，厂长都要他出来演示一番。但是后来一项叫激光照排的技术让他没用了，他就去没有技术含量的门卫室上班，每天借酒浇愁。

那个时候我去他家，总能听到他像疯子一样唠叨，无非是李叔生逢其时，死得其所，而自己不过是丧家之犬。我没怎么在意，和同学一起玩游戏，直到有一天，我才猛然从他身上感觉到世人的屈辱与悲壮。他抱着一堆无用的铅字死了。

同学的父亲在公墓占了一个很小的位置，而他说的李叔却以铜像的姿态傲视整个陵园，在大理石基座上，雕刻有“视死如归”等字眼。后来我被抽调到党史办上班，看了很多解放前后的资料，才知道李叔是怎样死的。领导当时让我写了个《李康烈士小传》，我正正规规写了一万字，现在我看到勾艳玲的新闻，就想把李叔的事迹弄成小说，以纪念所有被毁灭的聪明，和曾由聪明带来的无限快感。

李叔最后的死是用一颗子弹实现的，子弹从头左边的太阳穴钻入，陷在脑浆里没有出来。执行枪决的军统周苍黎把冒着烟的枪往地上一丢，叹口气说：“可惜那五百万汉字了。”

一九一五年欧阳博存等人编写《中华大字典》时，收录汉字不过四万八千个。到了一九五九年，日本诸桥辙次编写《大汉和辞典》，汉字也只有四万九千九百六十四个。但是周苍黎相信李叔的脑袋里有五百万个汉字，就像我现在也相信一样。

周苍黎和李叔是私塾同学，后来又一路进了国民中学，对李叔那颗硕大的脑袋自然印象颇深。梅抱村的独臂老人到现在还说，李叔很小时就能把《唐诗三百首》《宋词三百首》背诵完。周苍黎在审讯李叔时，恰恰用这个做武器，来考验李叔。

周苍黎：“不说，那还认不认我是同学？”

李叔点头：“认。”

周苍黎："还是无话不谈？"

李叔："虽然各事其主，无话不谈。"

周苍黎："那你跟我说，你是怎么闭着眼把字从字库取出来的？"

李叔："习惯。我用脚步、手给每个字丈量好了距离。"

周苍黎："我姓名里的'蒼'字怎么找？"

李叔："前行三十尺，左拐，再左拐，行一尺，手抬半尺，草部十画，夹在'蓊''蓓'之间。"

周苍黎："每个字你都能做到万无一失？"

李叔："万无一失。"

周苍黎："武则天那个'曌'字呢？"

李叔："铸字厂不会铸造这个字，但是在我心里，它应该返行十六尺，右拐，前行十二尺，半蹲下身子……"

周苍黎："你出发的地点是什么？"

李叔："宇宙的中心。"

周苍黎："宇宙是什么？"

李叔："就是一排又一排字库。"

周苍黎："你怎么把一排又一排字库记住呢？"

李叔："我已经说过了，用脚和手。脚和手长到我心里去了，每当我看到一个字时，我总是想到脚步在无声地走，然后无声地停止了。有段时间我打算用数字去记忆这些汉字，效果不错，但我还是更喜欢用脚步和手。我能听到字们在哭，在笑，在哀求，我看到它们没奶吃，就我这样一个父亲，我就悄悄走过去。”

周苍黎：“有没有记忆出现局限的时候，比如像茶杯的水满了。”

李叔：“我担心过，但是后来有一天我发现自己是无限的，因为我本身并没有记忆，我只是感知。你可能不知道感知的简单，也不是什么秘密，就是点、横、竖、撇、捺、钩六个基本结构，你知道这六点，就知道一切。如果世界还剩下一个‘永’字，你就能把所有汉字都复原出来。”

周苍黎：“我办不到。”

李叔：“各人造化不同。这就是我只能做铅字工，而你能做干部的原因。”

周苍黎：“你会做干部的，只要你愿意。”

李叔：“不，我还是做铅字工吧。我喜欢这个。有人喜欢下棋，据说下到最后不要棋盘，嘴上念炮二进五就行了，我也是这样。”

周苍黎：“你会不会自己造字？”

李叔：“我早就造过了，我说过这是个宇宙，铸字厂给来的铅字只是整个汉字里很少的一部分，就是字典里的汉字也只是很少的一部分，我按照那六个基本构造创造了更多的汉字，我把它们存在脑子里，有五百万，但这还只是宇宙里很小的一部分。”

周苍黎：“为什么说很小？”

李叔：“六乘六，三十六乘三十六，一千二百九十六乘一千二百九十六是多少？没有止境的。”

周苍黎：“那你创造出来干什么？”

李叔：“和自己说话，比如说花，老是说牡丹就很无聊，要用自己繁殖出来的汉字说。有很多汉字我只用一次就丢了，我觉得这样有新鲜感。你应该会理解的，你和你老婆第一次的时候会很激动，但现在不激动了，你需要新的女人。就像我需要新的汉字。”

周苍黎：“那你为什么只创造了五百万个呢？”

李叔：“因为我就被你抓住了。”

周苍黎：“抓住了也可以制造啊。”

李叔：“不，一离开我的房间我就创造不出来了。”

周苍黎：“你能告诉我一个你造的字吗？”

李叔：“告诉不了，字和你没感情，我说前行九十尺，左拐一尺，再左拐三尺，你肯定不激动，但我激动。再远的字，我都愿意跋涉，我找到它就擦拭它，亲吻它。”

周苍黎：“大概你和仓颉一样有感情吧。”

李叔：“我不如他，他制造了世界，我只制造了虚空。他造福子孙，我却只照应到自己。”

周苍黎：“你会不会为了字哭？”

李叔：“有时候我感觉一个字实在太丑陋，就想修改它，但是我发现仓颉已经做了最合理的选择，我再怎么修改也比不上原来的安排。这就是命，字也是命。比如‘粪’，本是一个结构很美的字，命名错了对象。”

周苍黎：“你现在看着，枪就指着你的太阳穴。你死了，那些字怎么办？”

李叔：“不怎么办，本来无一物。”

周苍黎：“真的想通了？”

李叔：“真的想通了。”

周苍黎：“有没有想过，你可以不死的。”

李叔：“我本来就要死的。你刚才问我会不会为了字哭，我其实天天哭，我已经铅中毒了，已经咳血了。我天天舍不得那些字库里的孩子，我一走，它们就蒙灰尘了，就散架了。但是没办法，人迟早是要死的。这就是命。命该如此。”

周苍黎：“我们可以帮你治好病的。”

李叔："治好也没用，你们又不能让我长生不老。只要我一天感觉到自己不是长生不老的人，我就会陷入这种悲哀中，我就想一排排推倒这字库。"

周苍黎："既然你已置生死于度外，把谜底告诉我又何妨呢？"

李叔说："你还是枪毙我吧。"

周苍黎若是等闲，大概也混不进军统。能在刚刚察觉到李叔时就将其逮捕，已经很能说明问题。逮捕的时间卡得很准，李叔想把纸条吞下时，周苍黎已经掐住他喉咙。从那张沾满油墨的手里揪出来的是一张揉皱的纸条，上边用铅笔写着三个数字：三三、二一七、四二三。

周苍黎当然想知道这些数字代表什么，李叔当然也不会讲。李叔说，纸条既然没送到指定地点，它就没价值了，再问就是多余。但周苍黎觉得，哪怕它只是一个临时的、无用的密码，那也应该知道这密码写了什么。要是真一点用都没有，李叔怎么还愿为它受皮肉之苦？

从审讯室无奈地出来，周苍黎想，如果自己像李叔有一个汉字的宇宙一样，有一个数字的宇宙，那么他就能知道这些数字的含义。但他是凡人。周苍黎唯一可以把握的是，李叔固然可以出类拔萃，可以鹤立鸡群，但和他打交道的共军首长毕竟还是凡人，他们一定还得用世俗的语言交流。这就意味着，李叔和共军首长商定了一套彼此通用的密码翻译系统，就像他在和我说话时，使用的仍然是仓颉创造的字一样。

隔壁火速请来的算术老师，已经用算盘打了半个小时，他们将数字们拆散组合，加减乘除，汗如雨下，个中高手甚至抛掉算盘，用手指头速算，但是一对照军事地图上的那些经纬数据和坐标值，他们还是没有给出让人恍然大悟的答案来。密码本就不用说了，在总计破译的三本共军密码册里，这三个数字分别指代：晓海裴、死肥月、艳菌沉。毫无意义。

周苍黎有些伤心，一脚又踢开审讯室的门，叫兄弟们狠狠打，打到满地找牙再说。

事实证明，殴打对李叔来说，确实没用。周苍黎唯一的收获是，他注意到李叔偶尔会急促地看一眼墙钟。他看什么呢？难道是担心接头的人在傻等？

也许那个接头的人已经在早上被射死了呢。早上，周苍黎亲手枪毙了一个有秘密的人，那个人也是视死如归，但是马虎的他却留下一张李叔的照片在夹包里。周苍黎有些可怜李叔，就跟他倒茶，在喂他喝的时候，周苍黎发现，李叔又看了时钟一眼。

三点三十。

三三?

那么下一个是两点十七分?再下一个是四点二十三分?周苍黎有些兴奋，他喜悦地对李叔说:“是不是三个时间点，三点三十，两点……”

“蠢货。”李叔说。

周苍黎很容易想到这是三个轰炸的时间点，或许也是里应外合起义的时间点，也许这样吧，可以吩咐人向上司汇报的。但是这边还要继续，因为李叔的眼神是那样轻蔑，不是道义和主义上的蔑视，而完全是智慧上的蔑视。这使周苍黎很没把握，他知道任何人在真相被揭露时都应该惶恐一下的，但是李叔一点也没有。

周苍黎指示了一个手下，然后继续苦想。

四点时，钟响了，李叔身上有些颤动，周苍黎再次注意到了。他这次知道了，他实际直到这个时候才明白一点。他被自己的愚蠢灼伤了。

周苍黎大喊:“赶紧到印刷厂拿版样。”

接着他大喊:“控制印刷厂，没有我的命令不许发行报纸。”

李叔也就是在这个时候彻底瘫倒了，像是坚持了很久再也坚持不下去了，像是疲惫过度，生命到期了。

周苍黎嫌吉普车有点慢，他脑海里满是铅字工李叔狡猾的笑，李叔狡猾地伸手从字库里取出一枚枚字来，然后也记下每个字在版样上的位置，第一，第七，或者第八十五。

他一定记得自己所要传递的三个字，他记清了那三个字分别对应的数字，就是第三十三、第二百一十七、第四百二十三。然后他把这三个数字送出来，再由人传递出去，然后外边人只要从报纸上找到这三个数位，就能对应找到三个汉字。这就是秘密所在。

不过他又想到李叔说的话，“你实在太蠢了”。他又有些不自信起来。

果不其然，在周苍黎激动地拿到版样后，他发现自己无法获取符合逻辑的三个字：

如果秘密藏在社论里边，那么三个数字对应的三个字是：破自勇；

如果秘密藏在短讯里，那么七条短讯分别的字数根本到达不了四百二十三；

如果秘密藏在民生报道里，那么三个数字对应的三个字是：菜虫捍；

如果秘密藏在通讯报道里，那么三个数字对应的三个字是：废莫定。

周苍黎坐在印刷车间发呆，现在连这张报纸也变成宇宙了，这里边的字每个都被施了魔法，它们都听从李叔的，按照李叔的思路走，但出现在周苍黎眼中时，却一个个失去了意义。

就是这样，如果印刷好的报纸被送出去了，情报就被送出去了。但所幸，纸条被截获了，这样，商量好密码规则的共军首长和李叔，就失去理解的桥梁了。这也许算得上是周苍黎的功劳，自打上任以来，他基本保证居民的信件发不出去，电话打不出去，三人交头就能被盘查。这无疑增加了共军情报工作的成本。现在看来，唯一的漏洞是报社，党国的报社竟然活着这么一位特务，是可忍孰不可忍。

后来，报社负责人走过来说："外边的报童在等着呢。"

周苍黎疲惫地伸伸手说："发吧。"

在回去的路上，周苍黎又想到李叔的脸，这张脸深不可测。小时候在梅抱村，他们俩互相勉励，还算兄弟，但总看不出这个人有什么难以预测的东西。现在不同了，梅抱村也像那不可知的宇宙了，变得难以理解，难以辨认了。这仗这么打下去，什么亲朋好友，什么同学少年，都毁了。这样想了一会儿，周苍黎突然命令吉普车掉头，等他回到印刷厂时，第一个拿到报纸的孩子正准备往外奔呢，他一脚踢翻他。为了表示情形紧急，他还朝天放了一枪。

在确信报纸一张也发不出去后，周苍黎才又离开。

一回去，周苍黎就对半死不活的李叔说："这下好了，报纸也不卖了。"

李叔抬起头笑笑，说："你一定没有查出来那三个字，如果你按照这样的顺序去找，就会找到，就是第一个版最后一篇文章的第三十三字，第二个版最后一篇文章的第二百一十七字，第三个版最后一篇文章的第四百二十三字。这样三个字凑在一起，你就会知道答案了。"

周苍黎说："你告诉我有什么好处，反正报纸都扣留不卖了。"

李叔说："我告诉你也没关系，反正我总是要死的，我死了，这套情报传递方式就作废了。你难道不想知道吗？"

周苍黎说："说吧。"

李叔说："蠢到家。"

周苍黎抽出手枪，打死了李叔。子弹从头左边的太阳穴钻入，陷在脑浆里没有出来。周苍黎把冒着烟的手枪丢在地上，叹口气说："可惜那五百万汉字了。"

今天我也是这么可惜的，就为了一个情报，强迫自己学习了三个月的铅字抽取，混进敌人报社，并建立起对汉字的热爱，最后又亲手把这五百万的汉字给报废了。

后来的事情我在《李康烈士小传》里说得很清楚：早上九

点，我军司令没有及时看到报纸——这一李康多年向其传递情报的舞台，想到李康的危险，还有多种可能。下午，他仍然没有看到报纸，因此确信这本身就是李康传递的情报。梅抱村。时不我待。没有报纸。必须在国军援军赶到前摧毁守军的军火库。必须赌博。我军司令下令飞行员驾驶苏联援机，趁夜飞临梅抱村，将李康和周苍黎的故乡，将这个隐蔽极深的国军军火库炸了个底朝天。

蝴蝶效应巨著

文学家格罗连科用了十三万字来描述一个工人的人生。那个叫阿廖沙的钳工一成人就进入国营工厂的摇篮，在大吊灯下，他工作极其辛苦，但只要想到自己总会平安地进入这工厂安排的墓地，便会感到踏实。旱涝保收的他，因此也养了一个女儿，叫罗芙嘉。阿廖沙这样教育罗芙嘉：相信工厂，相信集体。教育了十来年。罗芙嘉也曾想这样被巨人的手掌托管。但是暴风雨总要来临，突然的改革招致集体制破产，阿廖沙的墓地没人许诺了。进入半失业状态的他只能让罗芙嘉自谋生路，而自己也开始前所未有地疲倦起来，他开始不那么认真地检验螺丝钉的质量了。他想螺丝钉有很多颗，如果一颗蹦掉了，那还有很多颗。

他就像被遗弃的妇女——既然你们可以遗弃我，那我也可以遗弃螺丝钉。

格罗连科又用七万字来描写另一个工人的一生。那个叫瓦西里的文具厂工人，其故事与阿廖沙无二，也是在突然的改革后失去方向，开始在制图工作上敷衍塞责。瓦西里忍受了自己的不敬业，反正就这样，谁也管不了谁的死活。瓦西里的儿子也叫瓦西里，小瓦西里失去进入文具厂的希望后，自学成才，成为莫斯科郊外有名的扒手。

格罗连科还用十万字描写了一场形成于侏罗纪的飓风，在地壳充分运动后，海洋和大陆的分野越来越清晰。有一股暴怒的力量，在火山那里积蓄几十万年后仍然没有疏通出来，被扔到海洋底部，上帝奢望海水能用它的肚量慢慢消化，但海洋也奈何不得。这股日积月累的怒火迟早会带来一场席卷整个欧亚大陆的飓风。

格罗连科还必须用十万字来讲讲俄罗斯民族的时装演变，在经历了沙皇时代和布尔什维克时代，经历了上流社会的影响和无产阶级的要求后，忧郁的眼神和短发重新回到莫斯科年轻人身上。是巴黎那边传播过来的，还是俄罗斯本来就有此风俗，格罗连科必须考证清楚。需要他考证的还有手表，这世上的手表很多，但是最美的那一块是怎样的？它生于瑞士，还是伦敦？这怎么着又得三万字吧。

让格罗连科烦恼的是，在最后关头他还要克制焦躁，再用五六万字来写月亮与月经的关系，以及对地铁控制设备的介绍，只有解决了这个课题，他才可能写出这整篇文章的结尾。格罗连科告诫自己：你的整个人生既已陷入这辉煌的写作，那就毫无退路可言。

格罗连科的结尾只写了不到两千字：

我一直说，我要写的是一篇惊心动魄的爱情故事。我们还是赶快地说下去为好。前章已叙，按照月亮运行的规律，莫斯科时间一九九四年六月九日下午，罗芙嘉的月经应该停止，她不可能再对事物烦躁了。实际上，当莫斯科遭遇百年不遇的飓风（如你所知，它们从侏罗纪就开始酝酿了），她也没有烦躁，她甚至还觉得“生活总归这样美好”。当她走进地铁站时，飓风赐予她神性，因为她将在这里遇见瓦西里——有着流动工作经验的瓦西里认定在这拥挤的避风港内，下手比较容易。

此时，莫斯科地面只有飘荡的雨和碎玻璃，地铁里人山人海。亲爱的读者，这只不过是个背景，他们就只是为了让瓦西里和罗芙嘉结合而准备的。傻 × 的人山人海啊。

事情发生在瓦西里扒窃疲劳后。他将惯于作案的手伸到拉手环里，发呆，他意识到面前背对自己的是个短发姑娘。说实在的，他有些喜欢她了，因为短发像他工作的唯一原则：简洁。而简洁产生美。不过，他并无更多邪念，他总不能将她的脸扳过来，好看看对方是麻风病人还是白雪公主。再说了，上帝也不鼓励一个人在工作间歇期制造事端。说白了，这短暂的发呆只是他持续作案过程中的临时休整，更大的钱包在等着他呢，也许只有五秒钟，他就要重新投入工作了。

这时，挂在车厢内的画框有了点变化。框内，一块蓝色的布冒充蓝色的天空，因为胶水没有粘牢，这块布掉了下来，画框内便只剩下青黑色的玻璃板。瓦西里想，这一定是我爹干的好事，他就没认真粘过一幅好画。

事情至此还是平淡无奇，亦如前边长达一百万字的叙述，亦如这突然裸露出来的、丑陋的青黑色玻璃板。但是奇迹总是平地一声雷，是的，让您久等的高潮不打招呼地来了——在列车经过一个转弯口时，隧道内壁增强的灯光持续照耀车厢内部，它们像印刷机一样，将罗芙嘉忧郁的眼神和完美的脸庞印刷在画框那块玻璃上。我们的主人公瓦西里，一个小偷，被爱情击中了。他突然感觉到人生何其肮脏，何其龌龊，而救赎的唯一希望就在于前边的女神。他的喉结开始抽动，情绪迅速上扬。他想跪倒在地。但是那些作为社会背景的乘客，不允许他做出这个冒失的动作。他为此痛苦，面庞扭曲。

恰在此时，罗芙嘉也在那电影胶片一样奔跑的玻璃板上，看到身后惊愕的眼神，她看到这个世界终于有一个相貌堂堂、衣冠楚楚的男士对自己表露出了不怀好意的好意了。她也被击中了。她也陷入了难以表白的窘迫中。

时间一分一秒过去，他们就要先后下车了。可怜的上帝啊，你将让他们重新进入没有奇迹的世界！你让他们不再相逢！这时候，你们应该感谢我格罗连科，正是我在前边絮叨了那么久的手表史，才让一切看起来有了灵感。我准确把握了莫斯科下等市民对手表的偏爱和认知程度。事实上，瓦西里也是在这个他扒窃最多的物品身上找到了突破口。

一直没有找到好开场白的瓦西里，在确信自己拥有了一个好比喻后，自信地咳嗽起来。他很快吸引到可爱的罗芙嘉回头，他开始了轻缓的演说：

> 倘若世上有很多手表，那么你就是最美的那一块……设想一下，如果这样的手表，它佩戴在肥胖的、庸俗的、贫穷的、肮脏的手上……

青黑色的玻璃板重新闪耀着电影胶片式的光芒，不过越来越缓慢，那里显映着女神完美的后脑勺和乘客的大声叫唤。在这个完美背景下，罗芙嘉泪眼婆娑地回应瓦西里：“什么也别说了。”然后紧紧抱住对方。

这就是你们要的高潮，有情人终成眷属。上帝在艰苦地造山，艰苦地让火山像憋着的精子一样憋了几十万年，艰苦地让俄罗斯的审美传统和政治形态发生缓慢变化，并让大量的工农失魂落魄后，终于将一切美好和善，体现到年轻的瓦西里与罗芙嘉身上。

鼓掌吧，亲爱的读者，我知道你们等了很久了，你们的回报拿到手了。瓦西里和罗芙嘉晚上就要睡到一张床上，“吧嗒吧嗒”地接吻，像烟火升空一样地感受蚀骨销魂的快感。但是，人们都说我是个坏老头。我想也是这样，我现在还要啰唆一点，就是这个故事的结局在阿廖沙不再是国家工人时就已决定了。这就是我在文章开头用十几万字絮叨阿廖沙的原因，那个时候阿廖沙终于是疲倦了，终于是不爱枯燥的螺丝钉了。

那些松动的螺丝钉被马马虎虎地安装在列车上，现在它使地铁的最后一节车厢在运行过程中猛然与整个车厢失去联系。它就像是被果断抛弃的孩子，无望地跟着父母的马车跑了一小会儿，然后停下来，遥望着它们跑远。乘客们大声尖叫。哦，天哪。阿廖沙的女儿没有察觉到这神奇的一幕，她紧紧偎依在盗圣小瓦西里怀中，想象着自己是一块瑞士女表（对钟表饰物，她比任何女人都精通，也比任何男士都热爱）。她就是那块绝无仅有的表，她也需要一块绝无仅有的表。她现在想的，就是和这个男人一起拥有完美而幸福的未来……就像童话里说的，从此过上幸福快乐的生活，有很多的土地，很多的绵羊，很多的裙子。

不久，虽然这事发生的概率很小，但最终还是发生了：后边的一辆列车冲将过来，将这节孤独的车厢撞个稀巴烂。据说还发生了火灾和爆炸，嘿嘿嘿，所有人都烧成炭灰。嘿嘿嘿。

世　界

雨水像马蹄疾驰而去，草坪、树林、山隘升起乳白色的雾气，天空大亮，辽阔而寂静。在这梦境的尽头，疯狗左手执矛，右手扶膝，坐在还积水的石头上，一动不动。

疯狗的名字起源于一场战争。当时他操起一根木棍，在人丛中打出一条开阔的道路。及至他冲到路的尽头，战争便结束了，敌我双方垂下紧握兵器的手，静静看着他像敲碎一只椰壳，轻巧地敲碎首领的头颅。血从额头流下，首领的眼光像火苗被风猛然吹熄了，可疯狗还是扑上去，压倒他，从脖颈处咬下一块肉来。

疯狗被戴上插满羽毛的头盔，被载歌载舞地庆祝了一夜，从此落群了。那些过去对他毫无防范甚至有些嘲讽的目光，如今变得惴惴不安。疯狗试图上前，那些人跑了，姿势和当时的敌人一样。也许英雄都有这样的遭遇，英雄抹平了敌我双方的区别，成为人类共同的心病。

疯狗后来用双手按住山寨里一个白发苍苍的老人，要他讲述世界自有人以来的传说，而后者只是凄惶地摇头。那些飘扬于历史的家园守卫者，其臂力及对弓箭出神入化的运用，曾被夸张地演绎，可在眼下的疯狗面前，不过是些空洞而渺小的陪衬。谁都看到了疯狗吐下那块肉时眼放磷光的场面，那并不意味着一个强悍的敌人消失了，而是意味着一个难以制服的恶魔诞生了。那场战争不过是为了几颗该死的玉米。

疯狗试图证明自己的善良，却使人们越来越惊惧，那些本应和勇士紧密相连的女人，也摆出随时赴死的架势。疯狗曾经想废掉自己，以便像个懦弱的小丑被小富即安的人们抚摸，但是他听到体内的血液在坚决地歌唱，它们在寻求释放，释放是他唯一的欲望。他丢下尖石，有力地站起来，抓起弓箭和长矛，走出茅屋，走出村寨，从此将自己放逐在路上了。

在穿越密林时，他曾经被巨蟒缠住，好像被粗藤条箍死了，在天空甩来甩去，可是那令自己也惊惧的力量还是从身体的每一处关节、每一个毛孔喷涌而出，他像掀开稻草一样掀开蟒蛇，然后追上去一脚踩碎那还在吐芯的头颅；在路过山岗时，他一拳打中猛虎的下颚，枕着它睡了一夜。

他找不到合适的敌人，他的存在越发地无意义，他是无目标的活死人，丧家的狗。

然后他就看到了一个奇怪的老人。那个老人梳着女人的头发，额头和嘴角布满皱纹，一双眼睛入定了一般，看着对面树叶上铺洒的阳光。疯狗走过去了，老人忽然说：

“你将死于雨后，死于一个与你一模一样的人之手。”

疯狗走回来，老人仍然看着对面树叶上铺洒的阳光，疯狗伸手过去晃了晃，那双眼睛并不眨动。是个瞎子。可是咒语不就是这些人做出的吗？疯狗说：“你说什么？”老人却是抿紧高傲的嘴唇，像块岩石一样坐着。

疯狗朝着南方继续走，走了好些天，好些夜，不知不觉穿越草坪、树林和山隘，来到一个熟悉的山寨面前。从山岗上远眺，那里左边窝着几十座茅屋，右边窝着茅屋十几座，却不正是自己离开的地方吗？这么说，回到了故乡？可是故乡明明是在北方。

疯狗继续朝前走，感触到河流透着往昔一般的凉气，石尖在路间适宜的位置冒出，牲畜的粪便也遗落在相同的树前，就连路人也是一般。他们长着和疯狗记忆一样的面孔，穿着和疯狗记忆一样的衣服，露出和疯狗记忆一样的眼神。他们匆匆跳开，团聚在一堆，仓皇地说：“原来不是我们这儿的恶狗。”

疯狗的心明亮了，按照上苍的旨意走进一间凋敝的茅屋，就好似走进一个黑洞。黑洞里有个东西蠕动了下。等到疯狗的眼睛适应屋内环境后，那人也从吊床上翻下来，站在对面，瞪着巨卵般的眼球，紧扣着浅薄的唇线，山岩般的鼻子正往下呼呼喷气。疯狗一下看到了自己，可是在这短暂的熟悉以及奇异感过去后，汹涌而出的却是巨大的陌生和羞惭。疯狗不知如何自处，如何开口，总算合了下眼，盖住那巨卵般的眼球，他才笑着说："看来真有个一模一样的我。"

对面的人也勉力笑了，说："不是做梦吧？我也受了启示，也要去找你的。"

疯狗说："不是梦，是真的。"

说完这话，疯狗忽然意识到什么，待要出手，对方的矛尖已伸到喉口。疯狗"呼哧呼哧"喘着气，猛然就醒了，他看了看四野，四野已被浓云盖起来，山峰和树木变成深灰色的影子，远方有闪电像蜥蜴的舌芯猛伸出来。

后来……雨水像马蹄疾驰而去，草坪、树林、山隘升起乳白色的雾气，天空大亮，辽阔而寂静。在这梦境的尽头，疯狗左手执矛，右手扶膝，坐在还积水的石头上，一动不动。

他在想自己注定要和那个叫恶狗的人决一死战。

恶狗会坐在远处的某块石头上，思考着同样的问题。这样的路程也许很远，但是两个有力的人相向而走，就用不了多久。汇合点也许是块开阔的平地，也许是个局促的山凹，也许是条河流，那个时候他们可能同时看到涂满毒药的箭头飞向自己的眼窝，同时看到磨得尖亮的矛头扎向自己的心脏。也许恶狗将死掉，也许疯狗将死掉，也许都得死。但是死亡并不可怕，活着也许比死去更凄寒。

那就走吧。

疯狗摸了下鼻环，扯掉腰间湿透的兽皮，提长矛，背箭袋，赤身裸体地向密林深处走去。大颗的雨滴还在斑驳的树皮上慢慢往下滑，一些虫子开始叫起来，巨足在泥浆里踩出“扑哧”的声音来。走了有一阵，疯狗的脚步轻起来，有时他甚至还趴在地上，卧听是不是有强悍的脚步声传来。可是他什么也没听到，对方和自己一样兴奋而狡猾。

疯狗在意识到可能的猝遇后，将握着的长矛提起来举在肩上，他想在第一眼看到恶狗后，自己应该是一个弓步，将长矛投掷出去，然后再躲藏在什么东西后边，拈弓搭箭。他这样想，心跳快起来，呼吸喷动，好似世界的时间越来越少。

终于走到林间一片开阔地时，对面林丛的鸟儿“扑啦啦”飞了。来了，恶狗惊动了这些避雨归来的鸟儿，他的智慧太浅了。疯狗准备缩回到林里，却又不知被什么力量拉到阔地中央，在那里他朝天望去。

他看到了此生没看见过的东西。

看到了传说中没出现过的东西。

一只房屋大的蜻蜓。

蜻蜓长着平坦而规整的腹部，腿粘在一起，正依靠不停旋转、画着圆圈的翅膀将自己青黑色的身躯悬滞在空中。翅膀发出巨大声响，把树梢扇得颤动起来，好似山风。

疯狗卸下箭袋，看到了一样吃惊的恶狗，但这时他们只容自己点头，然后同时拈弓搭箭，将涂满剧毒的箭矢射向怪物。他们的左手几乎要捏碎弓柄，右手几乎要拉断弓弦，他们听到“嗖嗖”两声，两支箭刺破空气，向上天刺去。

但是它们被强大的旋转的风轻松刮下来了。那强大的风甚至刮倒地面的矮草，使地面出现一个气流的圆圈。他们抽出另外一支箭时，人类的直升机摆了下头，往高处飞飞，飞走了。

明朝和二十一世纪

如往日一样，我在人行道旁等待时，陷入存在的疑问中。宝马和伊兰特，红色的车和黑色的车，飞驰而过。它们从没告诉我它们从哪里来，到哪里去，我也不知道自己从哪里来，到哪里去。

像格里高尔早上醒来发现自己变成虫子一样，很早我就发现自己其实是一只遥控玩具。在我的体内应该有一组电子元件，它们红的绿的紫的黑的，密密麻麻、有条不紊地缠绕在一起。我感觉到有一只遥远的手按着遥控器，那个人把他脑海里的思考化为手上的指令，他手上的指令通过电磁波传达到我的体内，那些电子元件得到信号后，开始运作，开始组织我的语言和行动。我并不由自己控制，我没有自主权。

有时候天高云淡，花草的香味会沁入我的鼻腔，使我出现微感冒症状，使我在打喷嚏的过程中感觉到原始的快感，使我忘记自己的不幸。但是当我又一次坐到餐桌边或躺到床上时，我便清醒地意识到自己体内有一组电子元件。我真想把食物踢掉，把床烧掉，但是我却被迫把饭吃掉，被迫躺下睡觉。

我对商场里的那些化妆品、电器和服装没有丝毫兴趣，我却能在里边泡上一个二十四小时又一个二十四小时，我用鉴赏家的眼光、妇女的口才与银行家的气度，和那些温州来的上海来的商贩，就宝石的纯度、衣服的料子和国产电器的振兴问题进行讨论。我恨不能把饶舌而细心的自己杀掉。

我感觉到自己人格最分裂的一次是参加一次会议。会议本来结束了，但是我却不听自己指挥，匆匆走上主席台，我摆好话筒，干练地咳了一声嗽，然后开始不要讲稿，一通海讲。我讲了两个小时还是三个小时，已经忘记了。我想把牙齿咬紧，但是那些词语还是飞奔而出，有时候我还能看到感叹号掉落到地上的场景——群众见到，仿佛见到烟花落于地上，他们抱紧胳膊，带着敬畏的心情跳着避开。

我敢发誓，那些要么叫“民生”要么叫“革命”的词，我一个都没学过，我的教育史上没有这一节。我甚至不记得自己受过什么教育，但是我竟然能不顾自己是个粗人的事实，在公众面前大放厥词。

我在人行道旁边又一次陷入“我是什么”的疑问中，对面的医院也许能消解我的痛苦。我就是奔着它的X光去的。

医生拿着片子缓缓往我的方向走过来，我感觉到喉内多痰。

我曾经痛苦地想拿刀剖开自己，看看里边到底是不是有个仪器箱——好了，现在答案就来了。

但是片子里并没有显示出电线或仪器，我不放心，又检查了一遍，发现了骨骼、心脏、肝脏、脾脏、胃、肠子，就是没有发现电子元件。

我担心那些元件是不是埋在了内脏的崇山峻岭里了，我又问医生。但是医生以不容争辩的口吻给我指了下一个检查部门。那个部门在三楼。我到三楼一看，原来是精神疾病科。

我怎么会有神经病呢？

我气愤地离开医院。

但我又相信医生是对的，我也相信片子是对的——没有人拿着什么遥控器遥控我的生活。我晚上在家里陷入对这个问题的哲学思考当中。按照无神论的观点、科学的精神，既然没有查出“被操纵”的物质证据，那么也就意味着“被操纵”不存在。它们是雄辩的，它们接着说：既然不存在“被操纵”，那你出现“被操纵”的情绪，可以推导出你的生理心理出现了问题，你在暗示自己。

我是不是真的疯掉了。我栽倒在这个问题里难以自抑。如果我能证实自己疯了，我将拿出左轮手枪，将枪口伸到舌底。

但是在半夜我突然笑了起来。我终于找到它们的漏洞，它们的逻辑简直霸道。它们在“遥控器、感应器”和“被操纵”之间画了简单的等号，但是这个世界上，又怎么会只有遥控器才能操纵人呢？绳索也可以啊，刀片也可以呀，有时候一句恐吓也可以的。

不过在我的生命中却找不到这些武器的影子，我不知道自己得罪过谁，有谁曾经给我施加过武力。我一直像空气一样存在于世界，没有仇恨，没有荣耀，我不值得别人去操纵。操纵我换不回几张钞票。那我的被操纵感又是怎样出现的呢？

按照一些哲学上的观点，每个人也许都会出现这样的恶心感。每个人来到世界，都是父母的失误。父母吃了点春药，控制不住自己，又不愿意顶着寒风下楼买安全套，这样你就被一锄一铲地从地里弄了出来。这个说法是迷人的。等你在世界上直立行走之后，你接受“高高兴兴上班，平平安安回家”的苦役，你仇恨那周而复始的机器，你仇恨加班，仇恨三班倒，仇恨粮食和爱情由工作来制造，仇恨自己是零自由的。你仇恨必然而至的死亡，和必然而至的下一代。

你的被操纵感由此而来，你战胜被操纵感也由此而来。按照哲学家的灵丹妙药，你获取了生命的意义，你承认它们。既然饭难吃是一定的，你为什么不把它津津有味地吃下去呢？你不觉得拉屎其实也是一件幸福的事情？你不觉得生孩子是一件有神性的事情吗？

但是哲学不能将我治愈。因为我突然意识到自己是没有父母的，不但没有父母，连童年也没有。存在主义是一种人道主义，但我和“人”这个概念之间产生了严重的不协调，我常怀疑自己的生命到底是什么。

有那么一个多情的季节，我连屎尿的义务都不必尽，身上经常只穿一套衣服。但是当朋友来到我家，我拉开衣柜，他们又发现我的衣服泛滥成灾。我有着源源不断的钱币，我曾经一个小时内将数十万花尽，但是只要一回家，我就会看到，损失的钱又回来了。也许，对我那无穷无尽的扑满来说，一点损失根本不算损失。人类任何可以计算的数字，对无穷大而言，都是不值一提的。

我的生命直接开始于一个落叶满街的秋天。

“秋至，蝉死。世间忽多一人。”

我就是这样忽然多出来的。

能够将我固定在这个世界，像钉子将耶稣钉在这个世界的，是两件事：一件是哮喘，一件是对明史的研究。在哮喘史上有一位叫切·格瓦拉的鸟人，他因为哮喘的不可解而选择更激烈的革命，愈哮喘，愈革命。革命结束了，没有革命，那也要创造条件去革命。

以往哮喘发作时，我总是想去放火，去参战，去做爱。我想依靠后者来躲避前者。直到后来，我偶然在发病之时摸到明史的一个集子，才寻找到了意义。

我早已尝尽药物，早已发现它们并不能克服“呲呲”的声音（那有如钝刀在咽喉边割来割去的声音），早已承认哮喘本身。我把它作为身体的一部分承认，病痛使我意识到自己多多少少是存在的。而明史则是一针有效的毒品，它使我不至于掉落到疼痛的深渊。

所谓的意义只是一针毒品。

但这针毒品毕竟使我不至于倒毙，不至于在“忽多一人”之后无可发挥。

我阅读明史时，时常预先带了一个问题，那就是他们是怎样存在的。我发现他们和今日之我其实也无多大区别，如果要我来写明代的人——我肯定也是写写那些店铺，我笔下的人物不吃不喝，有着足够的银两，他对棉衣对官服对鸟的羽毛，有着宫廷般的讲究。他也许会因为一时酒足饭饱，饱暖思革命，振臂一呼，口里乱冒“有德者居之”“明年到我家”之类的词。

我在翻明交通史时发现他们是没有人行道的。这重重提醒了我。我突然想到，那个我笔下的骑马者，他在顿首的那一刻，看着马车和驴车，简朴的车和豪华的车，会不会突然意识到自己存在的荒谬？

我突然豁然开朗。

他一定也觉得自己并不自由，他明明有很多衣服，但是却总是如二十一世纪的武侠电视一样，只穿一件衣服，这衣服不馊不臭，天天散发奇香。他也会觉得自己体内被下了药，他感觉到自己正被人遥控着。他为此苦恼，去郎中那里做了化验，但是郎中在化验之后却冒出一句："说没有就没有，你是不是神经病？"

他一定几次想杀死自己，因为自己太不听话了。他一旦确定自己得了神经病，就把匕首伸到胸口，把自己结果了。他肯定也会得到早期无神论和僧道老庄等哲学营养，思考自己的问题。

他最后也会觉得自己连个人都不是。

他肯定没有父母，亦没有童年。他的来源只在于一个叶落满街的秋天。

这一句是作者我写的——

"秋天来了，知了死了，世上忽然多出一个人来。"

狗日的！我搞懂了，原来我是明代一个吃饱没事干的穷秀才创造出来的。我是他另外创造的一个世界，我是他的一个寄托。他每天吃的是糠米，所以把我写得大富大贵；他每天喝的是黄水，所以把我写得呼风唤雨；他常常病倒，郎中怕死在自己手上，几次潜逃，所以我几度孤苦伶仃，无法行走。

但是他一旦复原，他就进入这想象的天堂。他恨自己的脚行路太难，他创造了车；他恨车太慢，他又创造了机动车；他恨机动车太慢，又创造了飞机；他恨自己的茅舍太漏风，他创造了砖瓦房；他恨砖瓦房太小，又创造了水泥房；他恨水泥房太不好看，又创造了摩天大楼；他恨山水太小，由此打通平原；他恨江湖太远，由此发明手机。他恨这恨那，恨东恨西，恨天恨地，他恨恨恨。

他恨老婆心疼他，不就是一碗没有米的稀水吗？不吃饿死了吗？走开！他恨儿子太吵，他几次都要把他丢到外边喂狼。他恨邻居无德，关键时刻过来要债，不就几块布几斤米吗？屋内任何东西，女人，孩子，你要哪个你拿哪个。别吵啦，别烦啦，求求你啦。

他恨我，他恨我生活不能自理，恨我在他纸上活了一年多后，还是没有属于自己的语言，没有自己的逻辑。他恨我是个生硬、粗笨、单线条、概念化的物种。

他恨不能把我撕了，有几次我还真被撕了。我在被撕裂的纸上，一半身躯叫“五”，一半叫“口”。我有时候感觉到背部没来由地疼痛，现在我知道了，是这穷秀才在擂桌子捶纸。

这狗日的自己得了哮喘，还把我写得也是哮喘。

我的猜想愈来愈可怕。早上推开门时，我突然意识到自己是纸上的一个名字，我就掐了掐自己，发觉自己是疼的。我又觉得自己不是。

但是当我看到那些街道上的配角，那些等我出门才会运行起来的配角，我就知道我确实是一个毛笔下的名字。这老先生不单创造了我，还创造了我的朋友、我的情人、我的邻居、我的同事，他创造了二十一世纪。

我就这样带着"被操纵"的感情生活在这个虚幻的世界，直到有一天，我突然意识到"自由"。

是的，自由。我意识到了我体内存在着自由。

这个自由其实在我寻找存在意义时已经出现了。我在思考"我是什么"时，我就有了一定的主导性。我虽然是在笔尖下行走，但是我成为自主者。是我——在拖着这秀才疯狂书写。我看到疯掉的秀才在书写完一章节后狂奔出门，我听到他对着山野狂呼："老子，老子，老子……老子。"这时，我的哮喘又要发作了。

下沉村的童话

1

少年阿芒像是经历了很多个世纪，看着草从新绿变成浓绿，然后枯黄，还原为土地。河流也是这样，春天的时候涨水，冬天只剩细细一条，断断续续地流，随时可能消失于永恒的地心。经验的改变出现在一个秋天，耕牛仍然注视着地面，神情呆滞地嚼草，阿芒在暖阳中坐起身，看见一个穿深蓝色工厂服的中年男子骑车经过河对面。阿芒站起来，好想转身对下沉村大喊：“喂，我看到一个外边人了。”但他最终只是无限深情地看着蓝色的影子消失于废弃的水电站，又消失于废弃的寺庙。再往后就是光秃秃的下沉山了，这是条死路。

他想跑回村里去跟伙伴说，又害怕外地人从下沉山返回走了。他就坐在那里等，紧盯着寺庙的路口，但是许久了也不见自行车返回，久到让阿芒觉得对方根本没来过。放眼下沉山，二十来米高，坐在这里比画只有一指高，好像轻轻一跃，就能跃到山顶。在阿芒的经验里，这是座死山，没有树长过，没有人爬过，连个岩洞也没有，像枚公章立着，立了很多年。如今还是孤零零立着。

天色黑下时，牛拖着腿一步一步往回踏，阿芒惆怅地跟着走了。回到村子后，阿芒逢人就说："我看到一个外边人了。"每个人，大人小孩，都说"扯卵蛋"。阿芒又比画着说，他穿着工厂的衣服，蓝色的，长长的，盖到膝盖了。大家嗤笑着走开。阿芒很失落，回家惴惴不安地向父亲说了，期待父亲把它当一件事处理，父亲却只是看他一眼，便否决了。随后和母亲说就有些徒劳的意思，母亲翻开锅盖拿手指探探煮着的红薯，说："莫抵挡我。"

阿芒吃过饭，站在门口看，村里的灯火灭得差不多了，下沅山黑魆魆地立在远方。阿芒关上门，闩上门闩。

第二天一早，阿芒去了远村姑姑家，送一斤白糖。路上的草有露珠，太阳照着还是冷，阿芒品尝着昨夜奇异的梦：那个穿工厂服的男子把他放在自行车横档上，让他扶着龙头。阿芒看不清对方的脸，只是感觉捏着他的手的大手湿润暖和，风吹起头发，他们顺着一个个滑溜的小坑向前飞行。在姑姑家，阿芒要吃这吃那，却像想念着一个姑娘一样想念着自己的村庄，吃完他便疾步走回，远远看见队长家门口围着很多人，像是开大会。他跑起来，跑进人群，推开大人的腰挤到前边，发现什么也听不懂。不一会儿南叔丢掉烟头，说："不行不行。"队长哀伤地看着，说："那你说多少。"南叔叉开五根手指，旁边男女都说"要不得"，南叔便把外衣丢在地上，拨开众人自顾自地走了。

"反正我不同意。"南叔头也不回。队长跟上，一村人也叽叽喳喳地跟上，像是水改变流向，流到南叔家了。挤到门口时，阿芒还想挤，人不耐烦了，说小孩子懂什么，就把阿芒推开好远。

后来一连几日，阿芒牵着牛去河岸，什么也没看到。村里人路过时说牛吃饱了，阿芒一时委屈起来，等到村里人走远，他陷入很深的孤独。回到家，父亲拿手拍他脸，拍了几下，没拍明白，就去找村头医生汉友了。阿芒屁股挨了一针，发起烧来，母亲变得怜惜起来，阿芒黏黏糊糊地说："明明是看见了的。"母亲就找妯娌去叫了一个魂。

病好得差不多，阿芒虚弱地起来，看见家里一个人也没有，就往大太阳里走，走到队长家门口，果然大家围在那里，叽叽喳喳地说普通话。阿芒从腿林中蹭进去，看到的正是那身深蓝色工厂服，眼泪几乎要溢出来，但是看到具体真人时，又被陌生惊了。中年男人的脸瘦削，像块尖利的褐石，眉毛粗重，眼仁直直盯着。碰到旁边有个声音，他不是瞟，而是整个脑袋笨拙地转过来，他的手上捏着一捆人民币。在乡里干部主持下，中年男人坐下来，给家家户户发钱，大家领到就拿手指蘸印泥摁个手印，然后用难听的普通话哼叫一声徐老板。南叔拍着胸脯说，以后要是饿了，随便来吃，我们乡下也有酒有肉的，莫嫌弃。叫徐老板的中年男人露出整齐的牙齿短促地笑了一下。

人群散开后，阿芒期待徐老板过来抚摸一下他，但是真走过来时，他脸“唰”地变通红，人躲到一边去了。徐老板笔直地走进乡里的绿色吉普，走了。阿芒和几个孩子追着尾烟跑，边跑边喊：“我说了的，我见过他的，你们不信。”跑了很远，阿芒只剩一人了，悻悻而归。

父母亲在灯光下合计钱时，阿芒凑过来说：“我说过我见过的。”母亲“嗯”了一声，然后说：“你们也不问问他买山做什么？”

“你管他买去做什么，拿到钱就是了。”父亲说。

2

因为时常骑自行车穿过河对面，徐老板慢慢长进阿芒的经验里。谁也不承认是阿芒发现了他，徐老板也从不朝河这边望一眼，阿芒慢慢扫兴了。将要入冬时，村里骚动过一次，因为徐老板带着长长的板车队伍开到下沅山下了，板车上载着一排排钢条。阿芒和大家赶到那里看，工人们正从山脚搭起，要一层层往上搭建钢架，好像想搭个钢铁碉堡。

南叔过去打群英会香烟，徐老板低头摆手说不吃不吃，南叔还是很有面子，朗声问："徐老板啊，你这是要做什么工程？"

"也不是什么工程，就做着玩。"徐老板边说边去拉钢架，拉不动，估摸是结实了。南叔接着抽了一根，若有所思地说："估摸是要搞旅游了。"官话的口音是"旅"（lǚ）和"理"（lǐ）不分，回来的路上，几个婶婶说："什么理由？山是个理由？"阿芒就说："是那个旅游，和玩庐山一样，外边人都来玩，还要收门票呢。"

"那是不是要修柏油路？"一个婶婶说。这么一说，柏油路就长进阿芒的心里了。阿芒和母亲去邻近的范镇赶集，踩过那路面，一粒粒的，和硬掉的牛屎粘在一起，汽车开过，哗哗作响。阿芒去跟伙伴说："知道柏油路吗？我坐在那里守着，每隔一分钟，就有一台车从东边开过来，西边的车还没走完呢。"

"吹牛吧你。"伙伴傲慢地走掉了。"有病。"伙伴又加了一句。阿芒站在后边声嘶力竭地说："你等着，等柏油路修通了，你好好看着。"

钢架搭建了好半个月，搭好了。那钢架修了三个，分别在山的左边、右边和山前，高度与山顶齐，从一层层钢架里又伸出不少钢板，做成路通到山岩上。远远看，下沉山像被插上了密密麻麻的筷子。然后村里又骚动了一次，因为徐老板带着长长的石匠队伍开到下沉山下，石匠们丢掉锤子和钢钎，从板车上拉出一块块绿篷布，一层层往钢架上拉，半天下来，竟是生生把篷布结扣在一起，将整个下沉山罩住了。

“他干什么见不得人的事？他为什么不让人看？”下沉村的人低声喊叫起来，好像想见的灾难就要来了。南叔是急性子，跑去喝问，徐老板有些尴尬，只说：“我打保票。”见南叔不是个善人，又说：“我要是害你们什么我就是你生的。”南叔说：“不是干坏事为什么不能告诉我们？”

“我干坏事政府能通过吗？”徐老板拍着他肩膀说。南叔还要说什么，徐老板招手让石匠们停下活，说：“不做也可以，你们把钱还给我，我拆了这些，走还不行吗？”队长这时赶过来，说：“没有的事，没有的事。”拉着南叔走了，南叔咕哝了几句，南婶恶起嘴来，说：“要得啊，就你嘴多，他就是把山刨了，也亏不到你一分钱，他亏你什么了？”

后来队长给下来的说法是要在山上漆些油漆，怕下雨淋着了。后来山那边就传来“叮叮当当”的声音，是几十把钢钎凿在松软酥泡的石头上了，好像在世界尽头开了一个闹市。趁着工匠们和徐老板走了，村里人趁夜跑到山脚下，打着手电筒四处看，却只看到笔直的钢架和缺损的石尖，什么也看不明白。一块小石头从上头跌跌撞撞跑下来时，大家便踩着石头粉末跑出来。有的说是要在山上写几个大字，有的说是要塑个佛，就像乐山大佛一样。南叔这个时候倒是有聪明才智，说："是佛，不是佛遮起来干吗，佛都是要开光的。"

阿芒又想了一遍柏油路。路修好了，外边人男男女女坐车来，跪在山脚烧香拜佛。那个时候他就不牵牛了，他背着手光荣地走来走去。

后来有人去问石匠，石匠也是迷迷糊糊的，说是按照图纸来凿的，具体要听指挥。村里人再要问徐老板，徐老板只是冥思苦想，不想让人家打扰的样子。大家都见过刻苦的读书孩子，想想人家苦成这样，拿头一下下轻撞庙墙，就原谅他了，不去吵他了。

有一年多的时间，大家对篷布盖着的下沉山习以为常了，阿芒有时做梦梦见的也是盖着篷布的下沉山，他逃到里头，黑乎乎的，逃无可逃，吓醒过来。第二年过年时，石匠们回去了，村里家家户户糊对联，宰猪杀鸡，村口血流成河。阿芒从二百封鞭炮上偷偷拆下几颗，拿着火柴到村外去，刺刺地点着了，躲到树后，许久没听到声响，又猫着腰去点新的一颗，待将要炸起时，雾气里走出一只干皱的皮鞋，踩灭了它。接着另一只干皱的皮鞋跟了过去。在它们上头是那件沾着白色石粉的蓝色厂服。

阿芒说:“嘿!”

徐老板转过脸来，眼窝通红，双鬓花白。阿芒记得以前见到他时那里还是黑的，现在花白了。徐老板直盯着他，又似没看见他，转身走了，像是从路边坟里走出来的鬼魂。

阿芒小跑着跟上去，说:“嘿!”

徐老板继续朝前走。阿芒问:“你是雕个佛吗?”

“是雕一个佛。”徐老板说。

走到队长家时，队长说:“咦，哪阵风吹来了徐老板，你过年不回家吗?”

徐老板说:“不回了，样子出来得差不多了，从今往后就守着了，完工为止。”

队长说:“那你住哪里?”

徐老板说:“我住庙里。”

队长说:“那快请进啊，来我家过年，在我家和你家一样。”

徐老板摇摇头，脚卡在门槛上不进不出。队长拉了几下没拉动，见对方也不是坚决要撤，就说:“你直说，要什么吧?”

徐老板掏出十元钱，说要瓶酒要碗肉。队长“呵”了一声，把钱塞回给徐老板，跑里边置办去了。阿芒说:“庙里很冷的。”

徐老板转过身来，眼睛盯着阿芒，一点光也没有。阿芒可怜兮兮地回家了，走到一半禁不住自语起来，说："神经病。"

3

正月十五过后，石匠们回来了，徐老板从庙里爬起身来，飘出一股腐臭味。后来石匠们临走时都说，看到老鸦在庙上面盘旋，已经知道他要死了。阿芒却是不确定正月十五是不是有老鸦，当时的阿芒被另一个问题紧紧攫住内心了。

工匠们有条不紊地在山上凿了一些时日，连黑漆也请人上了，忽而散开伙，匆匆从篷布里跑出来。然后还算负责任的几个找来板车，将徐老板的尸体从石头粉末里抬出，拉走了。他们走的时候干净利索，拿着锤子、钢钎，说："徐老板掉下来后，背脊骨都断了，身体呈九十度，嘴角鼻孔都是黑色的血。"

阿芒就是这时被另一个问题紧紧攫住内心的，那就是这个佛到底是什么样子的。他忽然觉得这是永不可能揭开的谜底，为什么大家都不关心这个问题。他就要痛苦死了。在工程队没来之前，下沉村的人冲到篷布里去拆钢条，拆了十几根后，听说那些人来了，便携带赃物跑回村庄了。阿芒问："你们看见什么了吗？"他们说："钢条。"

工程队的人很快拆完属于他们的钢材料，拖着板车走掉了，篷布失去支撑，像件外衣盖在山上。几天了也没有人来拆，下沉村的人想去拆，打的索结儿太牢，又没有钢架往上通，遇着了工程难题。南叔召集几个后生开了半天会，说是架梯子上去，梯子没那么长，把梯子接起来，接两节可以，接三节没人敢上去。“反正跑不了，总在那儿的，那东西防雨，坏不了。”南婶说。

后来大家像是忘记了披着篷布的下沉山，好像它一直就那么存在着。有的人还说，这没用的东西和狗一样，还穿件衣裳。只有阿芒中了祟，他看着朝阳和夕阳轮番照着篷布，使它从淡绿变成浓绿，最后化归黑色。他真想一把把它扯下来，可是他扯的时候就知道自己的力是世间最无用的。他想发动全村人一起来扯，但是他又清楚地知道，自己不过是这个村庄的一个白痴。

阿芒理智一些后，和父母亲插秧去了，秧慢慢长大，还没长出谷子，就栽下身躯，露出枯黄的叶面来。在这个旱季，接踵而来的是几场恶心的战斗，因为要让别人田里稀少的水淌到自家田里，南叔把锄头打在别人背脊上，被呜呜叫的警车带走了。大家目瞪口呆地站在村口，像看一件耻辱，看着困兽犹斗的南叔被塞进玻璃窗后的铁笼子里。南叔他爹对队长说：“不关你的事，他要是回来怪你带路，我跟他拼命。”队长还流出了些眼泪。

这个时候只有阿芒置身事外，他像蚂蚁一样，每天往村外搬一点东西。他搬运得那么巧妙，以至于谁也没有察觉到。等到大家猛然闻到一股浓重的呛人味道时，傍晚的下沉山已经冒起浓烟。山脚下的干稻草烧出巨大的火苗，干裂的篷布跟着烧起来，烧一下跳一下，好像要停下来，找个线路又蹿燃起来。阿芒惴惴不安地看着自己的作品，恳求尽量多烧点。

村里贪财的后生往下沉山跑去了，后边跟着妇女。妇女大骂："狗戳的，天漆黑，值几个钱？"阿芒跟着也喊："值个卵钱。"妇女跑了一顿，忽然站住，跺脚笑道："我看你们怎么救啊？"那前头的后生们却已是在擦下的闪电里自顾自地跑远了，等他们跑到废庙时，雨"噼噼啪啪"地砸下来，瓦片掉了好几块。他们想等等雨停，冷不防雷猛然打到庙前，吓得哆嗦起来。待是将将停了，他们跨过被劈焦的树木，一路蹿回被窝。

阿芒走回自己家，重复着他们的话："报应，报应。"然后安详地钻入被窝，和整个村庄一起沉沉睡去。黎明时他被一阵预备好的兴奋惊醒，爬下床，拉开门闩，走了出去。他借着薄薄的光看了眼下沉山，那里，篷布已经顺利掉下山来，昨夜，绳索一截截烧断了。他看到山是个模糊的影子，他仔细又瞅了一眼，然后沉稳地走回村庄，一家一户地敲窗子，里边传来一声声呓语："谁呀？做什么？"

"出来看下沉山。"阿芒摆出队长一样的声音，沉稳地通知道。

阿芒被每个人骂了一通，但他还是积极地履行了自己的使命，然后一个人走到河岸边，坐在那里窃笑着等待。早上七八点的时候，大家都起来了，他们打着哈欠，慢慢走到村口，走到河边，走过端坐在草坪上的阿芒，表情痴呆地看着下沉山。他们忘记了说话，忘记了抽烟，忘记了抬手，他们垂着双手，拖动着脚，像是失去了魂魄，表情痴呆地看着下沉山。二十来米高的山如今是一个年轻女子的头像，她的脸不宽不窄，鼻子恰到好处地挺在中间，嘴唇微微上翘，像是在笑，像是不笑。她的头发整齐地向后梳理，露出宽阔的额头，两条眉毛弯着，隔得不远，隔得也不近，好像有条空寞的河流淌动其间。她的上过黑漆的眼睛，占据在眼眶中间，像是要说很多话，又一句话不说。她平静地注视着前方，她就这样平静地注视着前方瑟瑟发抖的灵魂。

废弃的庙像个渺小的盒子，立在她的风衣纽扣前。

图书在版编目（CIP）数据

灰故事 / 阿乙著. -- 南京 : 译林出版社，2024.
8. -- (阿乙作品). -- ISBN 978-7-5753-0209-8

I. I247.7

中国国家版本馆CIP数据核字第20246NH801号

灰故事　阿　乙 / 著

责任编辑　侯擎昊
装帧设计　胡　苨
校　　对　戴小娥　梅　娟
责任印制　闻媛媛

出版发行　译林出版社
地　　址　南京市湖南路 1 号 A 楼
邮　　箱　yilin@yilin.com
网　　址　www.yilin.com
市场热线　025-86633278
排　　版　南京展望文化发展有限公司
印　　刷　徐州绪权印刷有限公司
开　　本　850毫米 ×1168 毫米　1/32
印　　张　13.5
版　　次　2024 年 8 月第 1 版
印　　次　2024 年 8 月第 1 次印刷
书　　号　ISBN 978-7-5753-0209-8
定　　价　72.00 元